固山书院

乙巳新春 兰亭刘波

侯青山 ◎著

山西出版传媒集团

山西人民出版社

图书在版编目（ＣＩＰ）数据

固山书院 / 侯青山著. -- 太原 : 山西人民出版社,
2025. 7. -- ISBN 978-7-203-13997-3

Ⅰ. I247.5

中国国家版本馆CIP数据核字第2025RV9072号

固山书院

著　　者：	侯青山
责任编辑：	王晓斌
复　　审：	崔人杰
终　　审：	梁晋华
装帧设计：	李志意

出 版 者：	山西出版传媒集团·山西人民出版社
地　　址：	太原市建设南路21号
邮　　编：	030012
发行营销：	0351-4922220　4955996　4956039　4922127（传真）
天猫官网：	http://sxrmcbs.tmall.com　电话：0351-4922159
E-mail：	sxskcb@163.com　发行部
	sxskcb@126.com　总编室
网　　址：	www.sxskcb.com

经 销 者：	山西出版传媒集团·山西人民出版社
承 印 厂：	山西基因包装印刷科技股份有限公司

开　　本：	787mm×1092mm　1/16
印　　张：	19.25
字　　数：	260千字
版　　次：	2025年7月　第1版
印　　次：	2025年7月　第1次印刷
书　　号：	ISBN 978-7-203-13997-3
定　　价：	98.00元

如有印装质量问题请与本社联系调换

目录

固|山|书|院

第一章

　　清宣统元年（1909）腊月初七的晚上，天黑得像锅底，一伸手就能摸下一手黑，且短时间内洗不掉。西北风刮得不是很狂，但还是掠过了北固山的山顶，穿过了几片掉光了树叶的林子，刮到了平鲁县城里，又从人们看不见的土坯墙或者是石头墙的缝隙里钻了进来，吹得躺在热炕上睡觉的人们也睡不安稳，时不时地要裹一下被子，或者是把搭在被子上面的老羊皮袄往上面揪一下，以抵御这无处不在的寒冷。

　　半夜里，一声凄厉的惨叫声从西北方向固山书院的大成殿里传了出来，本来就睡得不甚安稳的人们被惊醒了。古怀阁伸手推了推妻子福凤说："你听见啥没有？"福凤说："好像是书院那边传来的，莫非又是有人被铁刺扎住了？"古怀阖叹了一口气说道："唉……书院里的大成殿，那是供奉孔圣人的地方，为啥要装个暗器，这都扎死过好几个人了……这……不合情理吧！"福凤裹了裹被子说："还不是去偷那疙瘩金砖，扎死了活该！"

"唉……真要是一下扎死了也算，那一尺多长的铁刺上面有好多倒钩，扎到人身上后人一下死不了。铁刺的根部还有一个眼环，拴着一根牛筋细绳，这根绳子连着供桌下面的机关，铁刺一旦扎到了人的身上，里面的机关就会往回收绳子，直到把铁刺从人身上拔出来，绳子完全收回去了才会停止。人的身上必定会有一个被倒钩豁出来的血窟窿，在机关收绳子的时候，疼痛万分，直到死去。"古怀阖在黑暗中一边比画，一边说着。福凤问道："你见过？"古怀阖说："咋没有见过！那年咱大儿子古宫臣还在书院里念书，我给书院里做营生，王先生留我吃饭，我喝了些酒就睡到了书院的客房里，半夜里被一声尖叫惊醒了。我跑到大成殿里，借着供桌上的灯光一看，一个蒙面人被铁刺扎到了肚子上面，他用手中的刀砍了好几下牛筋绳都没有砍断，一直被机关拉到了供桌下面，疼得不停地惨叫着。"福凤打了个冷战问道："后来呢？"古怀阖说："后来？还没等我们几个人缓过神来，铁刺就从那个人的肚子里面拉了出来，那人疼得一下就昏死了过去，再也没有醒来。"

福凤又打了个冷战说道："太吓人了，快别说这些了，赶紧睡吧，等天亮后你去书院看看是谁被扎住了，会不会死？"这时，又传来了一声惨叫。这回古怀阖听清楚了，就是从书院的方向传来的。这声音在夜深人静的时候听得分外真切，很是瘆人。他的心有些颤抖了，他想起了以前见过的那个蒙面人的惨状。古怀阖一点睡意也没有了，起身穿好衣服，打着火镰点着了油灯，两只眼睛直直地看着窗户发呆。

　　福凤看到丈夫古怀阖的样子，感觉他肯定是上次被吓着了，她想转移一下话题引开丈夫的恐惧感："他爹，古宫臣是不是今天从太原起身回家？娃可是两个大年没有回来过了，这是第三个年头了吧？今年过大年可要回来了。"

　　古怀阖想了想说道："书信上说是腊八动身，明天……明天不就是腊八吗？"福凤说道："鸡都叫了三遍了还明天呢，我也起呀，生火做红粥。你用勺子盛点红豆汤，去把大门外粪堆上的那个腊八人'杀'了吧，免得天亮了让人们看见了笑话，说咱们懒。"

　　"我……再等等吧，天还没有放亮呢！"古怀阖说道。停了好一会儿，福凤看到古怀阖还是没有下去的意思，她坐起来麻利地穿好衣服，下地后取了一把铜勺子，舀了一勺子昨天晚上就已经浸好的红豆汤，开门走了出去。她出了大门，来到了茅房墙外的粪堆旁，看到了立在粪堆上的腊八人，正要往上面浇红豆汤，猛然间看到晶莹剔透的腊八人上面有一泡黄尿。福凤一下恼怒了起来，大声骂道："哪个挨刀货给尿的，这么欺负人！"骂完后，扬手把一勺子红豆汤浇到了黄尿上面。就这样，黄尿上面又加上了几道红色的痕迹。福凤转身四下看了看，街道里空无一人，一股粪臭味飘了过来，她还想骂几句，但是张不开口了，掩住鼻子走进了院子里，狠狠地关上了大门。

　　进了家门后，看到丈夫古怀阖坐在炕头上抽烟，她没好气地说道："让你早点去你不去，这回好了，咱们的腊八人让别人给拿尿浇了！"

　　"啥？会有这种事儿？这不是拿尿给'杀'了吗？这是在寒碜咱呢！按说……在这平鲁城里，咱也没有得罪过谁啊。这……古宫臣要回来，莫不是会有啥不好的兆头？"古怀阖放下烟锅讷讷地说道。

　　福凤一边生火一边嗔怪道："娃要回来了，你快别说这些丧气话了，我看啊，你是越老越糊涂了，赶紧下地出去打扫院子吧，顺便去书院里看看昨天晚上扎住谁了。"

天亮后，天气阴沉沉的。吃过红粥的人们三三两两地往固山书院的方向走去，边走边议论着什么。昨天晚上偷金砖的那个小偷已经死了，尸体直挺挺地放在书院大门外面靠院墙的地上，身下铺着一块折叠着的满是污垢的烂席子，也不知道是谁给他的头上盖了一件破旧的夹袄，他身上穿的棉袄被撕下了一大块，肚子上的伤口露在外面，让人看见后心悸不已。

这时，旁边的一个人说道："这哪里是小偷，分明是江洋大盗，要不然老祖宗咋就给设置了这么个歹毒的暗器？要不是这暗器保护着这疙瘩金砖，我们的文脉早就被这些人给断送了！好，好，好，死得好！看看今后谁还敢惦记这疙瘩金砖！"古怀阁摇了摇头，心想："看样子这个人的生活也不富裕，这么冷的天气，上身只穿了一件棉袄，连个贴身的衣服都没有。唉……也是个可怜人呐。也不知道他是谁，年龄多大，他父母亲还在不在世，有没有孩子，要是他的孩子看见他这样死去，会不会与我们书院结下仇恨？会不会与平鲁城结下仇恨？"想到这些，古怀阁的心里忐忑不安起来。

固山书院的大门外面来了不少人，都是来看死人的，且有越聚越多的趋势。天空还是阴沉沉的，一会儿飘下一些雪花。这时，张捕快迈着大步走了过来，鼻子里喷着白气喊道："散了散了，别看了，赶紧回家过腊八去！"人们看到张捕快来了，又听他这样一喊，好奇心也消除了大半，也就不再继续议论了。张捕快挥了挥手，过来两个腰间系着草绳的人。一个人夹着一卷新席子，另一个人肩头扛着一根木橼。那两个人走到那具尸体旁边把新席子铺在地上，然后把尸体合力抬到新席子上面，两三下就卷了起来，接着从腰间解下草绳把席子捆了起来。张捕快把一团麻绳扔到了他们跟前，那两个人拿着麻绳拴住席子卷的两头，中间绾个扣，把木橼往扣里一插，抬着席子卷向西面走去。后面跟着一群孩子，吵吵嚷嚷地不知道在说些什么。

人们都散去了，书院的大门外一下变得安静起来。天空中还在零零散散地落下一些雪花，落在地上后，连黄色的地皮也盖不住。可别小看了这样的天气，就是这些不经意的雪花，再加上不停地刮着的西北风，使天气变得异常寒冷，滴水成冰。也许，这就是人们说的寒流吧。

这股寒流前几天就从平鲁南下，笼罩了太原的整个天空，就连流动的空气也像是被冻成了一块，没有一丝缝隙让人们喘息。古宫臣居然不觉得冷，心里还感觉热乎乎的。令古宫臣更为兴奋的是，他已经完成了山西大学堂三年的学业，拿到了一张盖着山西大学堂鲜红大印的毕业证。

那天，学校宣布毕业离校的时间后，古宫臣掐着手指头一算，哦，正好是腊八节那天，他拿起笔来赶紧给家里写了一封信，当天就寄了出去。信寄出去后，他就天天盼着腊八节的到来。一过腊月初一，他就开始收拾东西了。

腊月初八这天早上，学校的早饭是腊八粥。同学们早早地就起了床，今天也不用出早操了，都来到了食堂里，等着开饭。他们都知道，这是在学校里吃的最后一顿饭了，从今往后就要各奔东西了，也不知道何时才能再见。一种同学之间的离别情绪充满了整个食堂，吃饭成了一种借口，告别才是目的。

早饭后，一辆人力车把古宫臣和他的行李一起从太原侯家巷的山西大学堂拉到了大北门里面的北乐门马车站。下车后，他打问了一下坐车的地方和费用，交了钱后就坐上了一辆去往崞县的马车。马车走出北乐门马车站的大门时，天还没有亮透，灰蒙蒙的，一股呛鼻子的煤烟味飘了过来，古宫臣也没有觉得有多么不可忍受，反而觉得还挺有意思的。

车上坐着十二个人，虽然感到有些拥挤，但大家挤在一起可以御寒，比起寒冷来，这种拥挤大家便能理所当然地接受了。马车就要出大北门了，忽然从前面传来"轰"的一声巨响，差点把拉车的三匹马惊了，要不是车倌及时拉住了缰绳，还不知道要发生啥事情呢。车上的一个人站起来向前面望了望，然后扭过头对大家说道："好像是炸弹爆炸了。"另一个人也站起来望了望说道："前几天火车站也有炸弹爆炸，听说是革命党干的。"

又停了一会儿，车倌说道："你们都坐好了，要走了。"马车又开始向北门口走去。在过北门的城门洞时，古宫臣看到有一辆被炸坏了的汽车停在路旁，也不知道车上坐的人有没有被炸死。一股浓烈的汽油味扑鼻而来，大家都闻到了，汽车也没有燃烧起来，看来是炸弹的威力不够大。"这次爆炸肯定也是革命党干的。"刚才说话的那个人又说道。

古宫臣也不去听他们说些什么，心里想："看来太原女子学堂的解散是对的，局势确实有些乱了，可能……清朝要完了。"一想起太原女子学堂，他就想起了与他很有缘分的两个女学生——孔瑾瑶和陆妙霞。

固|山|书|院

第二章

那是古宫臣到山西大学堂读书的第二年春天的一天，教务长找到他说："古宫臣，有个事儿和你说一下。"古宫臣一下紧张了起来，不知是自己犯了错误还是学习上出了问题，他的脸马上红了起来。教务长见他有些紧张，笑了笑说道："古宫臣，省巡抚衙门旁边成立了一个太原女子学堂，要我们派几位先生到那里教书，可我们的人手不够。我们经过慎重考虑，决定从学生当中挑选几个人过去任教。你是其中之一，过去教授地理课，每个星期去两次，任务不是很重，也耽误不了你的学业。"

教务长的话使古宫臣有些吃惊："教务长，我……能行吗？"教务长看古宫臣有些不自信，就又说道："这些女孩子全是咱们省里一些达官显贵家的小姐，我们在选择教书先生时是慎之又慎啊，不敢有任何纰漏，只有人品和学问都很优秀才符合到太原女子学堂当先生的标准！"

古宫臣想了想问道："您有什么具体的交代吗？"教务长看着古宫臣说："哦，特别重要的一点就是要和这些女子保持一定的距离。对于这个，我想你是明白的。还有，每节课会给你补助 3 块大洋，待遇不错啊！"

太原女子学堂的条件比山西大学堂强多了，不论是住宿、伙食还是教室环境都是一流的。女子学堂是由省巡抚衙门的后花园改建的，四面有高大的围墙，还有兵丁在巡逻，安全方面更是没得说。

在闲暇之余，古宫臣除了给家里写信就是吹笛子。这天傍晚，古宫臣下课后坐在学堂围墙边柳树下的石凳上，看了一会儿《山海经》，天光逐渐暗了下来，他拿起笛子吹起了《挂红灯》。一曲过后，他感觉身后有人走了过来。回头一看，见是两位亭亭玉立的女学生站在他的面前。古宫臣认识她俩，一个是孔瑾瑶，一个是陆妙霞。

孔瑾瑶说："古先生，你吹得真好听，是晋剧里面的曲子吗？"陆妙霞看了看石凳上的书问道："精卫填海是真的吗？"古宫臣一下慌了，来女子学堂教书一个多月了，还没有单独接触过女学生呢，这……他不知道先回答谁的问题才好。孔瑾瑶伸手从他的手中抽走了笛子，端详了半天说道："这是竹子做的吗？"她学着古宫臣的样子吹了起来，一不小心把笛膜按破了："咦……这是什么？"古宫臣说道："这回吹不响了！"想到这里，古宫臣笑了起来。紧挨着他坐着的一个胖子正在眯着眼睛打瞌睡，听到古宫臣的笑声后，以为古宫臣在笑他打瞌睡，就随口说道："怎么了，梦到入洞房了还是金榜题名了，这么高兴。"

马车继续走着，古宫臣也不去管胖子说什么，继续回忆着。

太原的春天总是和平鲁县的春天不一样，最明显的一点就是没有大风沙。古宫臣闻着风中柳树发芽的清香，上完课后拿着笛子又在树下吹了起来。他很喜欢这里的环境，总是在下课后来柳树下的石凳上坐一会儿。他觉得这里和家乡的固山书院差不多，这石板路，这柳树，还有这鸟叫声。唯一不同的是房子，固山书院全部是石头券的窑洞，这里是清一色的用砖和木头盖的房子。一想起固山书院，那块大门上挂着的"固山书院"四个鎏金大字的牌匾就赫然出现在他的眼前，古宫臣就是从那里考到了山西大学堂。

一曲还没有吹完，孔瑾瑶走了过来："古先生，你听说了吗，太原有革命党在搞破坏，昨天夜里在隔壁的省巡抚衙门引爆了炸弹，炸死了好几个人呢。声音大得很，我们都听到了，你听到了吗？"

古宫臣想了想说道："我晚上不在你们这里住，没有听到。"孔瑾瑶又说道："这些人去年就开始活动了，我过年回家时父亲对我讲过，要我在太原读书注意安全，千万不要受他们的蛊惑去参加革命活动。其实，他们是要推翻朝廷，建立新的国家。我倒是感觉革命党没有什么可怕的。"

古宫臣看着孔瑾瑶点了点头问道："你是哪里人？"孔瑾瑶说："太谷。嗯……我们的学堂恐怕要解散了。"古宫臣一惊："为什么？""为了我们这些女学生的安全。"孔瑾瑶说完后看着古宫臣，似乎在寻找什么答案。

令古宫臣没有想到的是，孔瑾瑶的话很快就应验了。这天，他刚刚上完一节地理课就接到了女子学堂教务长的通知，让他马上到食堂开会。古宫臣到达食堂时里面已经站满了人，他们几个教书先生站到了最前面。教务长说："先生们、同学们，大家安静了。今天我向大家宣布一件重要的事情，接省巡抚衙门的通知，太原女子学堂从现在起宣布解散。从现在开始，所有学生到教务处办理毕业证书……"还没等教务长说完，学生们便吵成了一片。"安静，安静。"教务长站在那里使劲喊着，学生们渐渐安静了下来。教务长接着说："我们太原女子学堂也有了革命党，他们已经被抓了起来，是他们这些少数不法分子给社会制造动乱，严重影响了社会稳定，所以省巡抚衙门痛下决心，决定解散女子学堂，大家于两日之内办好有关手续，赶紧离开……"

古宫臣的脑子里一片混乱，教务长在说什么他已经听不进去了。散会后，古宫臣回到宿舍整理东西，这时孔瑾瑶气喘吁吁地跑了进来："古先生你看，我已经领到毕业证了。"说着晃了晃手中拿着的一张硬纸片，纸片上鲜红的大印还散发着印油的香味。"哦，你真迅速！"古宫臣说着拿过孔瑾瑶的毕业证书看了看后又还给了她，嘱咐她要好好保存。

革命党的活动越来越频繁，动静也越来越大，据说还组织了军队。省巡抚衙门派出重兵抓捕，特别是对各类学堂、书院的先生和学生进行重点整治，太原的环境一下子变得混乱起来。

从此以后，古宫臣就不用去太原女子学堂教地理课了，一心一意在山西大学堂念书。离毕业就剩一个月了，也不知道是激动还是要与同学欧阳文菊分别了，他整夜整夜地睡不着觉，这可是以往从来没有过的事情。星期天，天空飘起了雪花，他正在看那本《山海经》，欧阳文菊走了进来："多好的天气呀，咱们出去走走吧。"

雪越下越大，两人来到了双塔寺，在漫天大雪中慢慢走着。谁也没有说话，他和她，都能听到对方的心跳声。还是欧阳文菊先开口了："毕业后准备干啥？"古宫臣想了想说道："先回家住上一段时间再看看能做啥。"

欧阳文菊说："你就那么恋家？"

古宫臣说："也许……小县城里的人都是这样吧，不管在哪里，过得有多好，总想回家。你……毕业后准备干啥？"

欧阳文菊微微一笑说："我……还是想去英国读书。"古宫臣点了点头，有些伤感地说道："这……今后见个面恐怕也是很难了。"欧阳文菊停住脚步不走了，看着古宫臣说道："你要是也去英国读书，咱俩不就能天天见面了吗，这有啥难的！"

古宫臣一怔，叹了口气说道："这个……不大可能，估计我爹不会同意的。不过，我可以争取一下，看看能不能说服他。"

欧阳文菊一听，高兴地说道："好啊，我等你的消息，最好明年开春的时候咱俩一起走。要不然啊，你的英语也白学了！"说完后伸开双臂就抱住了古宫臣，还在他的脸颊上亲了一口。古宫臣长这么大还没有被女孩子抱过，他也没有抱过女孩子，更没有让女孩子亲过脸。他的脸一下子红到了脖子根，羞涩地看着欧阳文菊。欧阳文菊却笑得前仰后合，古宫臣也笑了，他俩的笑声与漫天飞舞的雪花交织在一起，奏响了无比美妙的青春乐章。

想到这里，古宫臣伸手摸了一下欧阳文菊亲过的脸颊，又笑出声来。这回，身边的胖子啥也没说，他已经打起了呼噜。冬天白天短，太阳快要落山了，伴随着马脖子上的铃声，马车走进了豆罗镇。车倌大声吆喝道："都醒醒，别睡了，今天晚上我们住豆罗镇。"

古宫臣还清楚地记得，他考上山西大学堂后，离开平鲁县城时那送行的场面，15岁的他泪流满面。在固山书院一起读书的同学班明宗用极其羡慕的目光看着古宫臣，悔恨自己平时不用功，临了还是让古宫臣占了上风，自己名落孙山不说，还被父亲狠狠地揍了一顿。

班明宗比古宫臣大一岁，他爹班步轩说过："如果这次考不上，就娶上媳妇好好过日子吧。"令他万万没有想到的是，在第二年的秋天，他的弟弟班义宗和古宫臣的弟弟古宫廷从固山书院同时考上了保定讲武堂，坐着同一辆马车去保定念书了，这件事轰动了整个平鲁县城。随后，两家都给固山书院捐了金子，要给那块牌匾上的字贴金。知县秦朝仁亲自主持了"贴金"仪式。

在平鲁县城，固山书院是官办书院。书院的大门上挂着一块牌匾，上面刻着"固山书院"四个大字。当年做这块牌匾的时候，城里的文人雅士建议用金箔把这四个大字贴出来，以彰显书院的内涵和文脉的源远流长。知县一听，这绝对是个好主意，马上下令让全县的商贾富户捐献金子，拒不捐献者将会受到重罚。

捐献的金子还真是不少，除了贴字用了两成以外，还剩下八成。知县是个清官，看着这些金子居然发起愁来。有人建议知县把这些剩下的金子充公，但知县觉得这样做不行，会失去人心的。后来，他决定把这些剩下的金子铸成一块金砖，埋在固山书院后面的大成殿里，保佑平鲁文脉源远流长，多出人才。

埋金砖的事情传出去以后，引来不少盗贼，幸好金砖没有被偷走。为了保护金砖，知县又从大同请来几位能工巧匠设置了一件暗器，名叫"镔铁峨嵋倒钩刺"。凡是被扎者，非死即残。这一暗器的设置震慑住了大多数盗贼，可也有不怕死的冒死偷盗金砖。但无一例外，或被扎死，或被扎残。令无数人感叹不已。

固 | 山 | 书 | 院

第三章

多年来，平鲁县里形成了一个不成文的规定，凡是从固山书院考上高一级学校的学生，家长都要给书院捐一些钱，用于购买金箔，书院会请师傅把这些金箔贴到"固山书院"四个大字上面。自从雍正三年（1725）挂上这块牌匾后，也不知道贴过多少次金箔了，反正是一直往上面贴，估计贴得也有些厚度了。有人担心，那让贼偷走了怎么办？有人说："谁敢偷？没有看见偷金砖贼的下场吗？再说了，张捕快腰间挂着燕翎刀，时不时地在巡逻呢，要是被抓住了，那可是掉脑袋的事儿！"

后来，人们似乎觉得牌匾上的"金字"与大成殿里的"金砖"有某种关系。是金字护着金砖还是金砖护着金字？盗贼宁肯冒死去偷金砖也不去刮牌匾上的金字，这是为什么？它们之间有着怎样的神秘联系？一般人还真是说不清楚。或者是牌匾后面也有暗器？人们不得而知。

豆罗镇车马大店里的味儿很不好闻，浓烈的烟草味夹杂着酸臭味不停地往鼻子里钻。古宫臣早就醒来了，他想上厕所，但热乎乎的炕和身上盖着的棉被还是留住了他，一直憋到车倌喊他们起来吃饭，他才去上了厕所。早饭吃的是高粱面鱼鱼，他第一次吃这样的饭，觉得很好吃，连吃了两碗后还要吃第三碗，大师傅说话了："那后生，你的饭已经吃够了，没有你的了，你再吃别人就不够了。"他放下了碗筷，到大铺上把行李捆好了，坐在那里等着车倌喊他们上车。

太原没有直接到平鲁县的马车，太原到平鲁要分为两段路来走。第一段从太原到崞县，第二段从崞县到平鲁县。要是没有特殊的事情发生，一般走上四天的时间就可以到达。天刚蒙蒙亮的时候他们就出发了。从豆罗镇出发后，下一站就到了崞县。从崞县坐马车，经过宁武、阳方口、朔县、井坪后就到了平鲁县城了，第二段路需要走两天。

腊月十一这天傍晚，马车终于到达了平鲁县城南门外的车马大店。店里的人还不少，进进出出地在搬运着一些货物。马车一进大院，古宫臣还没有下车就瞅见了他爹带着他们家的小长工康二小牵着一匹骡子站在那里等着。古宫臣伸了伸僵硬的腿跳下车来，活动了一下大声喊道："爹，我回来了。"康二小跑过来说："大少爷，你终于回来了。"说着，帮古宫臣从马车上拿下了行李，准备让骡子驮着。

古宫臣站到他爹古怀阖面前嘿嘿地笑着。古怀阖高兴地看着眼前的儿子，几年没有见面长高了许多，完全没有了当初的幼嫩与青涩，在古怀阖眼里，古宫臣已经长成一个壮劳力了。这小子，一天锄一垧莜麦、割二亩胡麻完全没有问题。他拍了拍儿子的肩膀满意地点了点头说："回家。"

福凤和家里的丫鬟小翠正在张罗着做饭，妹妹古宫桃站在院子里向大门口翘望着，看见古宫臣走进了院子就大声喊道："哥，你回来了！"古宫臣一边进门一边说道："桃桃，你们书院放假了吧！"一听这话，桃桃有些不高兴了："放啥假呢，咱爹就没有让我去念书，他在信里骗你嘞，说是让我到固山书院去念书，这都两年多了也没有去成。"古宫臣一听这话连忙说："桃桃，你别急，我和咱爹说说，一定让你去念书。你今年有……12 岁了吧？"

古宫桃说："是啊，再不念书就晚了。反正是……我死也要去固山书院。""桃桃啊，你就不能少说两句，你哥才回来，让他歇歇吃饭吧，肯定饿了好几天了。"福凤说着话端着一碟子烂腌菜放到了堂屋的餐桌上。古宫桃对古宫臣说："哥，你先吃饭吧，我已经吃过了。"说完后走出了堂屋，一溜烟跑得没有了踪影。

饭菜端了上来，古怀阃对康二小说道："二小，你别回油坊吃饭了，就在这里一起吃吧。"康二小说："我回油坊去吃，老爷，您和大少爷吃吧。"古怀阃说："今天大少爷回来了，做了点变样的饭，让你在你就在吧！"康二小迟疑了一下，说道："那……那好吧。"

吃完饭后，康二小拉着骡子到油坊去了，古宫臣说道："爹，康二小来咱家几年了？怎不见长个子呢？"古怀阃说道："五年了吧，那年也是腊月里咱家收留了他。别看他瘦小，也有些劲气哩，一个人扛着一麻袋胡麻还能小跑哩。"那年腊月的一天早上，古怀阃从家里出来到他开的油坊去做事，走到油坊院的铺面前，看见十来个人围在那里正在议论着什么。古怀阃走过去一看，一个孩子趴在一个女人身上不停地哭喊着："娘……娘你醒一醒。"他蹲下身伸手试了试女人的鼻子，早已经断气了，看着眼前蓬头垢面的孩子问道："你几岁了？你们是哪里人？"孩子满眼泪水地看着古怀阁说："9 岁了，家是太谷……那边的。"古怀阁从油坊里叫出一个师傅和几个伙计，说道："你们给张罗一下，买口棺材把这女人埋了吧，怪可怜的。"旁边的人们说："古老爷把这孩子也收留了吧，要不然他会冻死的。"古怀阁又蹲了下去，看着孩子问道："你叫啥名字？"孩子说："康二小。""你愿意留下还是回去？"古怀阁问道。康二小擦了一把眼泪说："爹死了，大哥当兵去了，如今……娘也死了，我……不想回去了。您要是能给一口饭吃，我……我就留下吧。"古怀阁拉了拉孩子的手，站起来对油坊的师傅说道："就让他在油坊里帮工吧，能做点啥就做点啥。"从此，古家油坊就多了一位小长工。这小子聪明伶俐，手脚还勤快，颇得油坊师傅和伙计们喜欢。

平鲁县衙门有个规定，不管谁来平鲁任县令，每个月必须到固山书院去讲一堂课，以显示县里对教育事业的重视和关心。现任知县秦朝仁得知书院要放寒假了，得赶紧过去讲课。他本来是不想去的，一直拖到了现在。书院里的事儿太麻烦，一切事情都需要钱来解决。可去哪里弄钱呢？这多少年了都没有聘请过山长，不就是因为没钱吗？平鲁县在山西的西北部，这里土地贫瘠，十年九旱，税收少得可怜，哪有钱来办学？知县秦朝仁每次去固山书院讲课都觉得很没有颜面，回到县衙后长吁短叹，好半天情绪转换不过来。温师爷就给他出了个主意，让秦朝仁从本县的富户当中选一位读书人去固山书院当山长。秦朝仁也觉得这是个好主意，一直在物色这样一个人选。

腊月二十六这天晚饭后，温师爷背着双手走进了古怀阁的油坊，看见古怀阁正在和伙计们说着什么，温师爷说道："古掌柜，忙着呢？"古怀阁见是温师爷，连忙说道："温师爷，您来了，快请到上房里坐，这里乱。"温师爷随古怀阁出了榨油房，来到了后院的正房里。

坐下后，古怀阖给温师爷倒了一杯茶，见温师爷满脸堆着笑容，一时也摸不清楚他的来意，就问道："这天寒地冻、黑灯瞎火的，有啥事师爷派个人喊我一声我就行了，还劳驾您亲自跑一趟，实在是过意不去！"

温师爷喝了一口茶笑着说道："古掌柜，你有两个儿子一个女儿，可谓是儿女双全啊。两个儿子又是这么优秀，这偌大的家产将来可别落到别人手里。"古怀阖一听这话身子不由得哆嗦了一下，睁着惊恐的眼睛说道："温师爷这话的意思……我没有听明白！"

温师爷笑了笑又说道："看把你吓的，我说这话的意思嘛，就是让你把古宫臣留下，提前做好打算，也好继承你的家业。"古怀阖一听这才放下心来，停了一会儿说道："我也想留下他，可他不一定听我的。"温师爷说道："这就是你的不对了，作为他爹，你要想想办法，事情是死的，人是活的嘛。"

其实，古怀阖在古宫臣回来前就有了他自己的打算，他决定把古宫臣留在身边，只是还没有找到合适的时机和古宫臣说。今天温师爷的话确实说到他的心里去了，可古宫臣这几年一直在外面上学，这平鲁县怕是留不住他了，这该如何是好！想到这里，古怀阖看着温师爷说道："请温师爷给想个办法，把古宫臣留下。"

温师爷想了想说道："古掌柜，你去求求秦知县，让他出面留下古宫臣不就行了嘛，就这么简单。不过啊……这个……银子，你还是要花一些的，要不然……秦知县怎么会为了你的事情亲自出面呢，他可是平鲁县最大的官！"古怀阖一听似乎明白了什么，可似乎又啥也不明白。可要是能留下古宫臣，花一些钱也是值得的。他悄声问道："温师爷，这个我明白。不过这银子……需要多少，您给透个风，我好早做准备。"温师爷一听伸出五根手指，在古怀阖面前晃了晃。古怀阖说道："五百块大洋？"温师爷点了点头，然后又说道："我觉得这钱花得值。"古怀阖也说道："值，那我明天就给秦大人送过去。"温师爷说道："古掌柜，你真是聪明一世糊涂一时啊，你拿着钱公开到县衙去送，这不是给秦知县难堪吗？要是让人看见了，这不是给秦知县败坏名声吗？"

古怀阖一听，为难地问道："那该怎么送？"温师爷压低了声音说："你备好了，明晚这个时候我来你油坊取。"古怀阖马上说道："好，就这么办！"温师爷满意地点了点头说："一言为定！"

古怀阖送温师爷出来，路过榨油房时，温师爷看到一个伙计正在从油瓮里往外面舀油，他走过去看着油瓮里的胡麻油，用鼻子闻了闻，又伸出一根手指蘸了蘸，放到嘴里吮了吮，连声说道："好油！好油！好油啊！这个……多少钱……一斤？"

古怀阖笑着说道："给温师爷灌上二斤，回去尝尝。"温师爷一听说道："古掌柜，您真是个大度量的人，那我就不客气了，哈哈哈！"

固｜山｜书｜院

第四章

正月初八这天，刚刚吃过早饭，知县秦朝仁就走进了古怀阖的院子，还没有进屋就喊上了："古宫臣在家吗？"古怀阖听到有人在院子里喊儿子的名字，赶紧放下手中的水烟壶走了出来。看见是秦朝仁来了，连忙作揖："大人到此，有失远迎，罪过，罪过！"秦朝仁哈哈一笑说："不必多礼，贤侄在家吗？"

"在，在，请大人屋里坐。"古怀阖连忙把秦朝仁让进了屋里，接着喊道："小翠，敬茶！"

古宫臣在隔壁的屋子里看书，秦朝仁与他爹说的话一句也听不清楚，他也懒得去听，只听到他们嘀嘀咕咕地说着，偶尔还会传来一阵笑声。过了两盏茶的工夫，秦朝仁和温师爷走了，古怀阖一直送到了大门外，等到秦朝仁骑着马走得看不见了，他才转身走进了院子，随即便来到了古宫臣住着的屋子。

进门后，古怀阁坐到炕沿上像是在思考着什么，停了好一会儿才说道："宫臣啊，我看你还是到固山书院去当那个山长吧，县衙你就别去了，大概……世道要变了！"

古宫臣问道："爹，这是秦知县和您说的还是您的意思？"古怀阁迟疑了一下说道："秦知县说固山书院没钱聘请山长，一直群龙无首，那些教书的先生又不好对付，弄不好这固山书院怕是办不下去了。你是山西大学堂的毕业生，学问高，去了后可以压他们一头。在平鲁县，去固山书院当这个山长，再没有比你更合适的人选了。"

古宫臣想了想说道："书院里还有教过我的先生，我……怎能压住他们。我还是不去书院为好。"古怀阁问道："不去书院，那你想去哪里？"古宫臣答道："去英国留学！"古怀阁一惊，说道："啥？去英国留学？这……你能考上吗？"古宫臣说道："不用考，申请一下就行。"

古怀阁不知道儿子为什么会有留学的想法，于是就又问道："那你留学完了准备去哪里？现在有打算了没有？"古宫臣愣了一下说道："现在还没有，走一步说一步吧，哪能考虑那么多。"古怀阁说道："宫臣啊，我看你就别去留学了，你是家里的老大，应该给弟弟妹妹做个榜样，不能野跑了。再说了，咱家也没有那么多钱供你留学，我也不知道那个英国在哪里，你去太原念书我还担心着呢，别去外面瞎跑了，就去固山书院吧！"古怀阁说完后叹了一口气就转身走了。可以看出，他有些不高兴了，儿子不同意去书院，这不是不给知县老爷面子吗？

第二天晚上，古怀阁又来到了儿子古宫臣住的屋里，看见儿子点着一支白色的蜡烛躺在那里看书，便问道："宫臣，在看啥书？"古宫臣见是父亲就坐了起来，晃了晃手中的书说道："英语。"古怀阖一听，心里"咯噔"了一下，皱了皱眉头，干咳了几声，抬腿坐到了炕上。

白蜡烛的光线比油灯亮多了，古怀阖一下就看到了炕上的书桌上放着的一封信，他瞟了一眼，看清楚了是寄往太原的，收信人写着一个特殊的名字：欧阳文菊。他的心里接连"咯噔"了好几下，"看来我是留不住他了，就看秦朝仁的手段了"。古怀阖心里这样想着，嘴里说道："宫臣啊，过年你也没有添一件衣服，要过正月十五了，亲戚们要来拜年，你还是到冯裁缝那里做一件衣服吧。"古宫臣说道："爹，我有衣服穿，还有一身学堂里的校服没有穿呢。"古怀阖说道："你们那个校服不暖和，还是做一身吧。"

古宫臣看见他爹一副心事重重的样子，就答道："好吧，我明天就去。您……好像有啥事儿，您有事就直说吧，我……能接受！"古怀阖迟疑了好一阵子才说道："我就是不想让你走，就留在平鲁城里教书。你要是不想教书也可以，到衙门里谋个差事。"

古宫臣一听，说道："爹，我不是不想留在平鲁，我也想为县里多培养一些人才。可我还年轻，出去了是学习，不是瞎胡混，您还不了解自己的儿子？"古怀阖听到儿子这样说，知道再劝下去也没有啥用，就长叹了一口气说道："看来……你长大了，不听我的话了！"说完后，跳下地来走了。

古宫臣看着他爹的背影有些心酸了。古怀阖明显老了许多，古宫臣有些拿不定主意了，究竟该怎么办？他想起了欧阳文菊，想起了和她的约定。古宫臣也没有心思看书了，直到那支白蜡烛燃烧完了他才躺下睡了。

让古宫臣没有想到的是第三天上午秦朝仁和温师爷又来了。秦朝仁一进院子就高声喊道："古宫臣在家吗？"古宫臣正在看书，他来不及放下手中的英语书就走了出来。秦朝仁看见古宫臣走了出来，抢先说道："大侄子，我可是真心诚意地请你到书院，前天怪我没有说清楚给你的俸银，这个嘛……你说个数，我绝不还口！"

古宫臣笑着说道："我……还没有考虑好……您先进家里坐吧，我给您沏茶。"古宫臣边说边撩起了堂屋的门帘，让秦朝仁进屋。秦朝仁说道："好，好，咱们进屋说。"

进到堂屋里，秦朝仁一眼就看见了古宫臣手里拿着的书，便问道："大侄子，你在看啥书？"古宫臣说道："也没啥好书，随便翻一翻。"说完后就要给秦朝仁沏茶去。秦朝仁说："拿过来我看看。"古宫臣把手中的书递给了秦朝仁，说道："您先看着，我给您沏茶去。"

秦朝仁接过书来翻了翻，对站在身边的温师爷说道："全是洋文，一个字也不认得！温师爷，你看……"说着便把书递给了温师爷。温师爷接过书来连翻也没有翻一下，颤抖着手又把书递给了秦朝仁。

古宫臣端着一个茶盘走了进来，茶盘里面放着一只茶壶和两只茶杯。他把茶盘放到了桌子上，给两只茶杯倒上茶水，恭敬地说道："大人，您喝茶。师爷，您喝茶！"

秦朝仁哈哈一笑："大侄子知书达礼。温师爷，坐下喝口茶。"秦朝仁说着用手指了指旁边的座位。他喝了一口茶，说道："大侄子，这洋文书里写的是啥？"古宫臣说道："这是我们学堂里的英语课本，就是一些单词和语法，没有啥具体的内容。"秦朝仁点了点头说："你说这茶壶和茶杯用英语怎么说？这县令用英语怎么说？"古宫臣用英语对秦朝仁提出的问题都做了回答。秦朝仁听了后说道："县令用中国话说就两个字，用洋文说怎么会是这么长的一串？记也记不住！啊哟，还是大侄子有能耐，有能耐……温师爷，你说是不是？"温师爷连忙说道："就是嘛，在全平鲁县也是数一的，绝不数二！"

古宫臣昨天晚上把写给欧阳文菊的信重新改了一下，信上说："我爹基本上对我去英国留学不反对，估计再谈上一两次就会同意的。"正准备今天上午寄出去，可秦朝仁和温师爷坐了这么长时间也不走，古宫臣也不好意思撵他们走。今天的邮差早就走了，要寄信只能等到明天了。

古宫臣逐渐在秦朝仁的面前放下了拘谨，和他海阔天空地聊了很多，眼看就快到中午了，秦朝仁才起身告辞，临出门时伸出五根手指对古宫臣说道："每个月给你这个数，怎么样？"温师爷又说道："古宫臣，你的俸银比我都高了，应该能去上任了吧！"古宫臣迟疑了一下说道："大人，这……快晌午了，吃了饭再走吧。"秦朝仁说道："不吃了，你爹也挺忙的，这一上午也没有看到他的影子。"古宫臣说道："我也不知道他去哪里了，我早晨起得迟，吃饭时听我娘说好像是去砖瓦窑了，准备开春后烧砖的事情呢。"

秦朝仁走了后，古宫臣的心里翻腾开了："这该怎么办呢？秦知县都来过两次了，做人还能不识抬举？看样子秦朝仁也是真心的，真想把固山书院办好，为家乡多培养人才。这……"古宫臣的思想开始动摇了，他一扭头看到了炕桌上放着的写给欧阳文菊的信，心里翻腾得更厉害了。他拿起信来看了看又放下，放下后又拿了起来……

古宫臣一晚上没有睡好，第二天他还是拿定主意把信寄了出去。寄完信后便向南城门走去。出了南城门向东一拐，又向东南方向的魁星山走去。魁星山上有座魁星楼，古宫臣来过这里无数次，可每次的感觉都有些许不同，他也有些奇怪。

古宫臣点了三炷香，恭敬地插在了供桌上的香炉里，然后拜了三拜，抬起头来，看着黑脸红发的魁星塑像心里想："魁星是掌管人间科举文运的星宿，怎么是这种样子？"古宫臣一边想一边走了出来，回头看见楼门口抱柱上有一副对联："魁星点斗笔下有神相助，独占鳌头堂上鹤补加身。"看完对联后，古宫臣想起了当年在固山书院读书时，王甘承先生给他讲过魁星是个大才子，曾连中解元、会元、状元。在参加殿试时因相貌奇丑惊吓了皇帝被乱棍逐出皇宫。他悲愤交加，一时想不开跳入东海自杀。天上的玉皇大帝见状便命托塔天王将其救上来带回了天庭。玉皇大帝见他相貌如此丑陋，就问他为什么脸上长了这么多斑点。魁星答道："麻面满天星。"玉皇大帝又问他的脚为什么是跛的。魁星又答道："独脚跳龙门。"魁星对答如流，玉皇大帝十分高兴，便赐其朱笔一支，命其掌管人间的科举文运。于是，天下的读书人都供奉起"魁星爷"来，以便图个吉利，使自己也能高中状元。古宫臣想到这里，自言自语道："这就是魁星楼的来历吧！我去英国留学相当于什么呢？进士还是举人？我看最多也就是个举人吧，回来后朝廷还不一定承认呢！"

　　秦朝仁回到县衙后心情郁闷起来，他对温师爷说："我看这个古宫臣是个冥顽不化之人，也不知道天高地厚，我都两次上门请他了，他都无动于衷。你看看他那个样子，会放两个洋屁就认为自己了不起了，我还不想用他呢！"温师爷挠了挠头说道："大人，您不要着急，我还有一招，保管灵验。"

固|山|书|院

第五章

正月十五这天，有好几家秧歌班子在街上表演，聚集了很多人。有人看到秦朝仁和温师爷带着一支秧歌队伍从县衙里走了出来，一边走一边敲锣打鼓地踢着"过街场子"，向古怀阁的家里走去。走在队伍最前面的是张捕快，他手里端着一个红漆盘子，里面放着一张折叠着的红纸，红纸上面压着一个用黄布包着的东西，看样子是怕风把红纸吹跑了才压上去的。人们也不知道红纸上面写着什么，只是好奇地跟在后面，想看看这是要做啥。

古怀阁从早上开始已经接待了五个来给他拜年的秧歌班子，刚刚送走第五个，正在手忙脚乱地用大扫帚扫着院子里的麻炮屑，忽然瞥见大门口又聚来了一伙人，有人走进院里喊道："古老爷，秦知县给您拜年来了！"古怀阖头也没有抬，挥了挥手说道："去去去，可不敢瞎说，秦知县能来给我拜年？"说完后继续低头扫着院子。

院子还没有扫了一半，就听见咚咚的鼓声从大门口传了进来，紧接着一支秧歌队走了进来，古怀阖放下了手中的扫帚，转身迎了上去。这时，他才看清楚了，张捕快端着红漆木盘站在院子里笑眯眯地看着他，张捕快的身后站着秦知县和温师爷。古怀阖心里一慌，紧走几步来到了秦朝仁的面前，恭敬地作了一揖，大声说道："恭迎大人！"张捕快说道："古老爷，让大公子出来接聘书吧！"古怀阖心里又是一慌，虽然一时还搞不清楚这是什么聘书，但十有八九是让古宫臣去固山书院当山长的事儿。

古怀阖转身向后面看了看，喊道："古宫臣，赶紧过来。"站在堂屋门口的古宫臣听到喊声后走了过来，站在古怀阖的旁边，对着张捕快、秦朝仁和温师爷作了三揖，正要说话，秦朝仁开口了："我可是三请古宫臣，你看看这阵仗，要比刘备三请诸葛亮还隆重啊！哈哈哈！"张捕快高声喊道："古宫臣——接聘书——"随着张捕快的喊声，一阵高亢有力的锣鼓声响了起来，震得脚下的地都颤抖起来了。

古宫臣一下愣在那里，这……这是"逼人上梁山啊！"他的心里七上八下的，眼前的红漆木盘里出现了好几双眼睛，看得他一阵一阵地发慌，双腿摇晃了起来……那是孔瑾瑶……那是陆妙霞……那是欧阳文菊，对，就是欧阳文菊，绝对是她！

古怀阖听到秦朝仁的话以后马上就明白了盘子里是什么聘书，他心中一喜，用手拉了拉愣在那里的古宫臣说："接呀！"古宫臣迟疑了一下，缓缓伸出双手接过了盘子。他感觉手中的盘子变得万分沉重，像是搬着一座大山，双手不停地颤抖了起来，双脚也像是踩在了棉花上面，有些站不稳了。古怀阖又拉了一下古宫臣，说道："赶紧谢谢秦大人啊……"古怀阖的话还没有说完，古宫臣就一头栽倒在地，晕了过去……

古宫臣醒来后，看见城里百草堂药铺的李郎中坐在炕桌前在写着什么。过了一会儿，只听李郎中说道："燥热淤痰，急火攻心之症。只要疏肝健脾、化痰开窍后就没事儿了。"李郎中看到古宫臣醒了过来，又给他号了号脉，把扎在古宫臣头上和手上的针起了出来，收拾好后就走了。

古怀阖送走李郎中后返回来坐在炕沿上说道："没想到你的身体这么差，出去念书这几年一定是吃不好、睡不好，把身体闹坏了。幸亏回来了，从今往后哪里也不要去了，养好身体后就在固山书院教书，不要再去外面受罪了。"

古宫臣翻身坐了起来说："爹，我没事的，上体育课跑一百米，我全班第一。这回啊，我也想通了，就去固山书院教书。当着那么多人的面聘书都接了，也不能不去了！我……明天就去。"

古怀阖笑嘻嘻地说道："不着急嘛，等到正月二十三开学了再去，还有七八天的时间，在家里好好养一养身子。对了，秦知县说书院里又来了几个年轻先生，他们都是革命党，随时都有闹事的可能，已经派了张捕快在暗中严密监视着。"

古宫臣这么快答应下来去书院当山长，他心里自有打算，他知道其中的艰辛和困难，也知道要冒多大的风险……无论如何，"固山书院"那块贴金牌匾要保存下来，他从小就在那里念书，那里的一草一木在他心里都有很重的分量。他的心里盘算着，到书院干上两年，最多三年，积攒下一些钱后就到英国去留学。随后，他把这一想法写信告诉了欧阳文菊。

古怀阖见儿子答应了，一颗忐忑的心终于放了下来，毕竟在这兵荒马乱的年代，书院还是一个安静、安全的地方。过段时间给古宫臣娶上个媳妇、成上个家，也算尽到了父亲的责任。再过上几年，生上几个孙子，这偌大的家业也有了继承人，百年以后，也有脸去见列祖列宗了。一想到这些，古怀阖马上变得高兴起来，走到院子里喊了一声："小翠，你叫上几个人，正月二十二那天把大少爷的行李和用具送到书院去，千万别忘了！"

正月二十二这天，秦朝仁亲自把古宫臣送到了固山书院，在进大门时，他指着大门头上挂着的写着"固山书院"四个大字的牌匾说道："古宫臣，你看到了吗，这块牌匾是雍正三年挂上去的，能不能保住它就看你了。"

"大人，我尽力而为！"古宫臣看着大门头上的牌匾说道。秦朝仁看着古宫臣说道："听你的话是不是没有信心？"古宫臣说："大人，我有信心，您放心好了！"秦朝仁哈哈一笑："古宫臣，我就要你这句话。今后有什么事儿直接找我，我全力扶持你！"

以往在固山书院主事的先生叫王甘承，他除了当先生以外还管着固山书院的账。他看到知县秦朝仁任命了山长，如释重负地长长呼出一口气来："嘘……这回可轻松了，不用我操心了，这些年差点把我愁死！不过……这个古宫臣能干好吗？这孩子，聪明倒是聪明，也是块念书的好料子，就是心眼少，性格太直爽！"还有一位先生叫任武行，也是身兼数职，他也是教过古宫臣的先生。

王甘承和任武行带着另外三位先生和大师傅沙锁接待了秦朝仁和古宫臣。王甘承早已收拾好了一间教室，桌椅板凳擦得一尘不染，两杯清茶放在桌子上。秦朝仁坐在了左边，他指了指右边的座位说："来来来，古宫臣，你坐这儿。"古宫臣有些不好意思了，这王甘承和任武行都是给他上过课的先生，他怎么能坐在这里呢？古宫臣赶紧说道："在大人和先生面前晚生哪敢这样造次，我还是坐在这里吧。"说完后给大家作了一揖，然后走到一张学生的课桌后面坐了下来。任武行把那杯茶水端了过来，放到了古宫臣面前的桌子上："古宫臣，这是我第一次给你倒茶，也是最后一次，在固山书院这九亩三分地上，你还没有到这个份上！"秦朝仁一听，哈哈一笑："哎——圣人说三人行必有吾师嘛。"王甘承也笑着说："是啊，是故弟子不必不如师，师不必贤于弟子！"任武行呵呵一笑："闻道有先后，术业有专攻，如是而已！"说完后，众人一阵大笑。

秦朝仁喝了一口茶说道："书院有山长了，今天也上任了，我这心里也就放心了，从今往后大家拧成一股绳，一定要把书院办好。还有啊，后面那三个殿也要管理好，那财神殿和大成殿还可以，就是那间释迦殿需要整修一下了。"众人你看看我，我看看你，最后都把目光落在了古宫臣身上。古宫臣心里想："这么快就给我压担子，我先不表态，看看他们怎么说！"于是便低下头看着面前的茶杯。

温师爷看了看秦朝仁，说道："秦大人，不着急，古宫臣刚刚上任，慢慢来嘛，一切都会好起来的。"秦朝仁点了点头，又问道："古宫臣，你拜佛吗？"

古宫臣抬起头说："我不拜佛！"秦朝仁一怔："那……你拜什么？"古宫臣回答道："我拜您！"秦朝仁一惊，不解地问道："为啥？"

古宫臣说道："释迦牟尼是过去佛，您是现在佛。我拜现在佛，不拜过去佛。所以我拜您！"众人一听古宫臣能够说出这样的话来都赞叹不已。温师爷的心里更是"咯噔"了一下："看来啊，我那点小把戏这小子心里全明白！看破不说破，真乃高人也！这小子，有点脑筋呢！"

王甘承和任武行的心里也是"咯噔"了一下："看来啊，秦朝仁想要套住古宫臣也不是那么容易的。"在众人心里七上八下的时候，古宫臣借这个话题给他们讲起了故事。从前有个十分虔诚的信佛之人，他发誓这辈子一定要见到观音菩萨，于是就从平鲁出发，风餐露宿一路南行到了浙江舟山的普陀山，终于见到了观音菩萨。他问了很多问题，观音菩萨都做了回答。临别时观音菩萨问他："你还有什么问题吗？"他想了想问道："您拜佛吗？"观音菩萨说道："拜啊。"他好奇地问道："您拜的是什么佛？"观音菩萨答道："我拜的是自己。"这人恍然大悟，于是终于修成正果，成了佛。

秦朝仁听到这里满意地点着头，看着古宫臣说道："古宫臣，你果然是个悟道之人，我没有看错你。这拜佛拜自己，就是求人不如求己……这个道理看似浅显，其实深奥得很！这是观音菩萨在点化那个人呢！"古宫臣又说道："因此……释迦牟尼在菩提树下悟得正果后说，一切众生皆是如来智慧德相，只因妄想执着，不能证得，就是这个道理。"

王甘承和任武行面面相觑，也不知道该说啥才好，心里不停地翻腾着："这个古宫臣几年没有见，果然不同凡响，可不是当年那个哭着鼻子去太原念书的毛头小子了。"

秦朝仁喝了一口茶，说道："王先生，你们的大成殿里是不是真有一块金砖？"王甘承看了一眼任武行，任武行也在看着他。王甘承支支吾吾地说："这个……这个……不好说，有没有金砖……我不敢确定，但是暗器是有的，去年腊月里不就扎死一个盗贼吗？"任武行也说道："是啊，盗贼被扎死后是我们两个和张捕快一起把尸首抬到大门外的。哎呀……太惨了！"

秦朝仁微微撇了撇嘴，饶有兴趣地问道："王先生，你们能不能带我去看看，这个……挺有意思的！"王甘承和任武行对视了一下，说道："您是知县，我们能不听您的话？走吧，咱们现在就去。"他们一起走出了教室，向后面的大成殿走去。

来到大成殿门口，王甘承紧走几步上前推开了紧闭着的门，一步跨了进去。秦朝仁随后小心翼翼地跟了进去，看到正中央塑着一尊孔子像，有六七尺高，慈眉善目。古宫臣和几个老师也走了进去，站在秦朝仁的身后。秦朝仁站在孔子像前恭恭敬敬地拜了三拜，低头时看到地上有一些黑色的污迹，心里一惊，赶紧向后退了几步，指着地上的污迹问道："这个……是什么？"王甘承说道："是……是……那个盗贼留下的……"秦朝仁又往后退了一步，问道："那个暗器在哪里？"王甘承走上前去指着孔子像下面的供桌说道："就在这个供桌的后面，在这里，您看。"王甘承把供桌的桌布撩了起来，指着后面一个碗口大的洞口说道。秦朝仁俯下身看了看黑黢黢的洞口，一股寒风从洞口里吹了出来，直扑他的面颊。他不禁打了个冷战，直起身来又问道："那金砖藏在哪里？"王甘承迟疑了一下说道："具体的位置我也不太清楚，好像是在暗器的后面吧，要不然……金砖早就被偷走了。"

秦朝仁摸着下巴也不再问了，转身对古宫臣说道："你把这里好好打扫一下，要不然学生们怎么来拜孔圣人？"古宫臣说道："请大人放心，我一会儿就派人打扫，保证开学时很干净。"秦朝仁又指着王甘承、任武行和三个年轻先生说道："你们一定要帮古宫臣做好书院里的事情，啊……帮古宫臣就等于是在帮我，就等于是在帮平鲁县的读书人。"王甘承等人连连答应着，生怕得罪了秦朝仁。

秦朝仁走后，王甘承和任武行便议论开了："这个秦朝仁怎么对金砖这么感兴趣？这……恐怕不是什么好事吧！"这时，从北固山上传来了几声洪亮的钟声，王甘承听出来了，这是山上千佛寺里那口大冥钟发出来的，别的钟声没有这么洪亮。任武行说："也不知道是哪位有钱人又在布施了，平时这口钟是很少响的！"

固|山|书|院

第六章

古宫臣到固山书院任山长在平鲁县引发了不小的议论。有人说："一个18岁的后生居然当了山长，这不是胡闹吗？都是那个秦朝仁干的好事！秦朝仁是想钱想疯了才做出了这样的疯事。你们看着吧，固山书院很快就完了，交给一个18岁的娃娃执掌着，他懂个啥？"也有人说："人家是山西大学堂的毕业生，很有能耐的。常言说得好，自古英雄出少年，当固山书院的山长还需要三只眼睛、六只手？那也是平常人干的事情嘛，有啥神秘的。我看古宫臣就是个很好的人选！"

一上任，古宫臣就有一种如鱼得水的感觉，他住到了王甘承给他安排的窑里，门上还给钉了一块牌子，上面写着"山长室"三个字。王甘承说："这是让城里一道街的朱木匠亲自做的，用的是上好的桃木。"中午吃过饭以后，古宫臣回到了山长室，他铺开一张麻纸准备写一下将要做的事情和一些需要花钱的地方。他一边在砚台里磨墨，一边想着。这时，大师傅沙锁走了进来，他一边在围裙上擦着手一边说道："山长啊，你刚才吃饭的时候也看到了，我一个人做饭确实有些苦重，你看……能不能给我找个帮手，我也奔50岁的人了，怕有个啥闪失对不起你。你新官上任，接下来的要求肯定比王先生严格。我……看出来了，你中午吃饭时把带山药皮的山药都夹出来了……"

"好，沙师傅，我下午就给您找个帮手，这都是小事。您好好干，我还要给您加工钱。"古宫臣连想也没想就说道。沙锁一下愣住了，停了半天才说道："大少爷，人们都说你有魄力，度量大，是个干大事的人，果然不假。我……一定会好好干的。"说完后高兴地走了。

晚上，古宫臣睡在热乎乎的土炕上，脑子里面乱哄哄的。他想起了父亲的话，想起了秦朝仁的做法，似乎明白了好多事情。这里面肯定有问题，不过既然把这件事情应承下来了，也就不去管那么多了，接下来还有很多事情要做呢。

古宫臣忽然想起了他们家隔壁住着的"吴油子"，他常说："跌倒爬起，全靠自己！"是啊，书院目前的处境非常艰难，要想摆脱困境，只能靠自己了。想着想着，古宫城自言自语道："秦朝仁很明显是在套我，唉……为了固山书院，我也就认了。秦朝仁每月给我 50 块大洋，我爹答应每月给我 50 块大洋，这样的话，我每月有 100 块的零用钱，可以做一些事情了。我先这样……然后再这样……这样……"

正月二十三是固山书院开学的日子，安静了一个多月的书院又热闹了起来。学生们发现，今年的固山书院比往年打扫得干净多了，大门上还挂了两个红灯笼。微风一吹，轻轻地摇摆着，增加了喜庆的气氛。大门上的牌匾擦得一尘不染，"固山书院"四个金字分外耀眼。最特别的是每间窑门上都贴了一张红纸，上面写着一些鼓励学生的句子，使人心里畅快了许多。

当下的固山书院有70多个学生、5位先生、一位做饭的大师傅，还有从太原来搞社会调查的3个同盟会的学生，再加上古宫臣，可谓热闹非凡。

上课的钟声敲响了，古宫臣走了出来，他到四个学堂里都看了看，一切正常，于是便走出大门向家里走去。母亲见他回来了便问道："宫臣回来了，怎么……碰到难事儿了？"古宫臣说道："我想让康二小去书院帮沙锁做饭去，沙锁一个人忙不过来。"母亲一听赶紧说道："去吧，你这就到油坊里叫上他，你爹回来后我和他说。"

古宫臣到油坊里和康二小一说，康二小高兴得跳了起来："大少爷，我早就想去固山书院呢，做完饭后还能学认字，嘿嘿嘿……"古宫臣说："你收拾一下东西，这就跟我走。"古宫臣和康二小出了油坊的铺门，向北大街走去，走到晋裕泰钱庄的时候，古宫臣说："康二小，你在这里等一下，我进去取些钱。"不一会儿，古宫臣走了出来，看样子挎包里装了不少钱。康二小悄悄地问道："大少爷，你哪里来的钱？问老爷要的吗？"古宫臣说："不是问老爷要的，是我在太原念书时攒下的。"

当晚的饭菜就变了样，菜切得细致了，山药皮刮得干净了。王甘承和任武行对视了一下，心里琢磨着："这才刚上任就有变化了？果然是后生可畏啊！"

第二天，古宫臣把70块大洋交给了王甘承："王先生，您先把拖欠先生们两个月的工钱发了，剩下的再买些纸笔和墨给先生们发下去。"王甘承的眼睛一亮："古宫臣，你问县里要上钱了？还是……"古宫臣微微一笑说："别管那么多，您发就是了！"王甘承爽快地答应着，高兴得合不拢嘴。

古宫臣回到了山长室，正要喝口水，冯裁缝推门走了进来："古宫臣，你的衣服做好了，你穿一下，看看合不合身。"古宫臣说道："是冯师傅啊，您坐，我看……就不用试了吧，您做的衣服肯定没有问题。"冯裁缝说道："你的这种衣服我还是第一次做，完全照着你给我留下的那身衣服做的，你还是试试吧。"

古宫臣拿起了冯裁缝放在炕上的衣服，先穿起了裤子，蹬了蹬腿，系好了裤腰带，又把上衣穿了起来。系好扣子后，抬起胳膊做了几个扩胸的动作，对冯裁缝说道："冯师傅，您的手艺真好，虽然样子一模一样，但比我们学校发的那套衣服好穿多了，挺舒服的。"

"啊哟……啧啧啧，真好看！冯师傅，您能不能给我也做一身，我有钱。"康二小提着一只黄铜茶壶站在门口说道。古宫臣一看，是康二小给他送水来了，就说道："二小，你觉得好看？"康二小连声说道："好看，真好看，就是好看！这是山西大学堂的校服吧？"古宫臣说道："是的，我穿惯了这种衣服，现在穿长袍短褂已经不习惯了。"冯裁缝说道："我还怕做不好呢，琢磨了好几天才下的剪刀。这洋布还是托人从太原捎回来的，咱们的铺子里没有这种布料。"

古宫臣脱下身上的衣服整齐地叠在一起，又把原来那身旧校服穿了起来。他对冯裁缝说道："冯师傅，劳驾您给我们学校的先生每人做一身这样的衣服，包括康二小和沙锁大师傅。除了我以外一共是七身，干脆连那三个学生也算上，一共是十身。做衣服的钱我明天给您送过去，您今天先给他们把尺寸量了，要不还得专门跑一趟。"

冯裁缝："什么？"

康二小："什么？"

四只眼睛盯着古宫臣，像是从来没有见过他似的。古宫臣看冯裁缝没有说话，就说道："是布料不好买吗？"冯裁缝像是刚刚醒悟过来，赶紧说道："好买，好买。不过……你真的要做十身衣服？"古宫臣嘿嘿一笑：

"这还能有假？先生们上课都穿着长袍，很不方便的，早就应该改一改了。"康二小一听高兴得说："大少爷，您果然……果然……不一般……难怪温师爷说了，固山书院要是套上了您，就等于又添了一块能够变成现钱的'金砖'，看来……这话没错……没错！"古宫臣一愣，对康二小说道："他真是这么说的？"康二小说："我是听沙锁师傅说的，他最近常去县衙里。"

这时，城里皮货店的水掌柜气喘吁吁地推开门走了进来，他一进门就摘下了头上的狐皮帽子，一副心事重重又火急火燎的样子。古宫臣一看，问道："水叔，您……有事？"水掌柜抬头看了看冯裁缝和康二小，似乎有难言之隐："大侄子……我……这个……"

冯裁缝见状，起身说道："我先去给先生们量衣服尺寸去，你们先坐着。"说完后转身走了出去。康二小放下手中的铜壶说："少爷，我把水放在炉灶上了，一时半会儿凉不了。"说完后也走了出去。

水掌柜这才开口了："大侄子，他们都说你有办法，你是山西大学堂的毕业生，见多识广，一定会有办法的。"古宫臣笑了笑说道："您有什么事情需要我帮忙？"水掌柜说道："我找过吴油子，找过江道长，找过千佛方丈……全不顶用，人们说让我来找你！"古宫臣说："您究竟有什么事情，不说清楚了我怎么帮您？"

水掌柜听古宫臣这么一说，才道出了事情的原委。前年秋天，他从皮贩子手里收了一张羔羊皮。这种羔羊皮他从来没有见过，颜色金黄，轻柔无比。他亲自动手，把它做成了一件皮袄，配上了狐皮领子，还挂上了缎子面，坠上了银扣子。这件皮袄和同样大小的皮袄相比，重量只有其他皮袄的三分之一，但暖和程度要比其他的皮袄强上许多。皮袄做好后成了水掌柜皮货店的镇店之宝，开价300大洋，一般人根本买不起。

去年八月十五那天，一个崞县商人看上了这件皮袄，花了300大洋买走了。没有想到的是没过半年他又给退了回来，说什么也不要了，还说退他200大洋就行。他说在深更半夜的时候，能听到这件皮袄上发出"咩咩"的羊叫声。他不敢穿了，就卖给了另外一个人。这个人穿了一段时间后也不敢穿了，也是在夜深人静的时候能听见皮袄上有"咩咩"的羊叫声，就退了回来。崞县商人没有办法了，只好退给了水掌柜。皮袄退回后，水掌柜不相信会有这样的事情，就把皮袄挂在了店里。没有想到的是，在夜深人静的时候，水掌柜也听到了这种声音，特别是在天阴的时候，"咩咩"的羊叫声分外清楚。一连好几个月了，只要和这件皮袄睡在一个屋里，半夜时分总能听到这种声音，搞得水掌柜的精神快要崩溃了，想尽了一切办法也没用！

"会有这种事儿？"古宫臣满脸疑惑地问道。水掌柜伸手摸了摸脑门，咽了一口唾沫说道："大侄子，这是千真万确的事儿，要不然我也不会来书院找你的！"

古宫臣想了想说道："要是把这件皮袄埋了或者烧了倒是可以一了百了，但太可惜了。要不……您这样吧，回去把这件皮袄叠整齐了，用红布包裹起来，送到江道长的道观里，让他给念上三天经文，超度一下，估计就没啥问题了。"水掌柜说道："江道长已经给做过了，不顶事的。"

古宫臣想了想又说道："水叔，要不您找城里一道街的朱木匠给做上一个樟木箱子，把皮袄放进去，再去千佛方丈那里写上一道'符'，贴在箱子上面，应该不会再有什么响动了。"

水掌柜一听，赶紧起身道谢，戴着狐皮帽子急急忙忙地走了。古宫臣望着水掌柜的背影，好一会儿才回过神来。

固|山|书|院

第七章

"谁说我儿不适合当山长？我看是古怀阆使上钱了吧，我看那个秦朝仁就不是个好东西，我已经和他说好的事情这才过去几天他就变了卦！"班步轩气愤地说道。班明宗看见父亲发这么大的火，就说道："爹，人家古宫臣是山西大学堂毕业的，比我有学问……"

班步轩"咚"地一下把水烟壶放到了桌子上面，看着班明宗说道："啥学堂毕业的也只能是个文凭，他不代表有水平。论家底，他家有365亩地，咱家有395亩地，比他们多30亩。他家开着1座油坊，咱家开着3座油坊，比他家多两座。他家有3座砖瓦窑，咱家有4座，比他家多1座。你的年龄还比他大一岁，这哪里比不上他……"

"您快别说了，人家都上任了，说这些有啥用？我的学馆也不比固山书院差，我的学生也有将近 20 个了，说明这平鲁城里的人们还是信任我的！"班明宗说完后悻悻地走了出去。其实他很想当这个山长，心里快要把秦朝仁和古宫臣恨死了。

古宫臣还没有高兴了几天，就有三个学生来找他退学，说不想在固山书院念书了，先生要求太严格，受不了。他再三挽留，这三个学生还是坚持走了。过了几天，又有四个学生来找他退学，原因是固山书院的孔子像太破旧了，说明固山书院不尊重孔圣人，要退学。古宫臣问道："你们退学后是不念书了，还是要到别处去念？"四个学生支支吾吾地说了半天也没有说明白，古宫臣只好让他们走了。这七个学生都是跑校生，家都在城里。又过了几天，有两个住校生也要退学，说是晚上闹鬼，不敢在固山书院念书了。这一下古宫臣感觉有些不对劲了，他马上把王甘承和任武行叫了过来，对他们说了这些情况。他们还不知道学生退学的事情，不解地问道："会有这种事？"古宫臣说："我明天到城里暗访一下，看看究竟是什么原因。"任武行说："闹鬼？我今天晚上查夜，看看是不是闹鬼！咦……该不会是又来偷金砖的吧？"

晚饭后，任武行准备了半桶屎尿汤，他自言自语道："今晚我巡查一下，要是看见鬼了，就用这个屎尿汤泼。要是这个镇不住，明天再换狗血泼。我就不信这个邪！"

古宫臣窑里的灯亮到了后半夜才熄灭，他把这个学期需要做的事情规划了一下，觉得没有什么漏洞了才放心下来，可是需要这么多钱……去哪里弄呢？最后也不去想这些了，他觉得车到山前必有路，肯定会有办法的。就在睡意袭来时，他忽然想到了欧阳文菊，一下又不瞌睡了，于是拿起笔来给她写了一封信，告诉欧阳文菊他这边的情况，并说出国的事情是不可能了。写完信后，古宫臣觉得这就是一封与欧阳文菊的绝交信。不是吗？她要出国，他不能出国，这……他们还有走到一起的可能吗？长痛不如短痛，唉，绝交就绝交吧，免得耽误了人家！

　　吃早饭的时候，任武行说道："果然有鬼，后半夜的时候，有一个白色的影子在敲学生宿舍的窗子。我开始还有些害怕，等到看清楚是一个人戴着一顶白色的帽子、披着一个白布斗篷时，我就悄悄地走了过去，把半桶屎尿汤全泼到了那人身上。那人惊叫一声，飞快地爬上了东面的墙头，转眼就不见了。"

　　王甘承说："从东面跑了，肯定是城里的人，原来闹的是这种鬼啊，看来不是来偷金砖的，是有人和我们过不去！谁会这么干呢？"沙锁插嘴说道："谁？肯定是班明宗他们干的，还会有谁？"康二小站起来说："大少爷，我去会会他，看看他想干啥。"古宫臣说道："这事儿不用你管，我自有办法。你……今后不要叫我大少爷了，在书院里就叫我先生吧。"沙锁看了看康二小说道："遇到事情不能总想着用拳头解决，要用智慧！"古宫臣、王甘承和任武行听到沙锁竟然能说出这样的话来，都有些不太相信。可转念一想，沙锁毕竟在固山书院做了三十多年饭了，日子久了也受到了熏陶，思想境界也是很高的！

　　平鲁县的春天常被大黄风卷裹着，即使这样也挡不住百草发芽、树头发绿、柳叶舒展，等到大黄风消停的那一日，草木峥嵘的夏天就悄然而至了。

　　端午这天早上，沙锁做了红豆凉糕，还煮了一大锅粽子，足够固山书院的先生和学生们每人吃上两个了。古宫臣还没有等到开饭的钟声敲响就来到了食堂。他看了看灶台上冒着热气的那口大锅，对沙锁说道："现在吃饭的人越来越多，县里连一块钱的费用都不给，后半年还不知道该怎么办。"沙锁问道："昨天张捕快不是送银票来了吗，怎么会没有钱？"古宫臣说："他送来的是秦知县的信，信上说县里没有钱给书院了，让咱们自己想办法。"

沙锁说："那该怎么办？"古宫臣想了想说："住校的学生倒是好说，他们一直拿着米面，再让他们出点钱也行。跑校的学生再让他们交一点学费也行。可是，要向这5个教书的先生收伙食费就有些抹不开面子了。"沙锁说："那有啥抹不开的呢，我一看到他们吃饭的样子就心里厌恶，那几个年轻的还好一些，那个王甘承，吃完了他的那份饭还要从腌菜缸里夹一筷子菜放到碗里，再喝上三碗开水才肯罢休。还有那个任武行，喝完稀粥后都要用舌头把碗舔一遍，连一粒米都舍不得留下，闹得我都想吐，我只好不再给他们熬稀粥喝了。"

古宫臣听了后微微一笑说："这都是他们多年来养成的饮食习惯，也没有啥不对的吧。您该做什么就做什么，不要计较太多。钱的事情我来想办法。"说完后吃了半碗凉糕，放下碗走了出去。这时，沙锁敲响了开饭的钟，声音里满是不满与无奈。

六月初六上午，班明宗走进了固山书院，他左瞧瞧右看看，走到右边大菜园子里伸手拔了一个水萝卜，把叶子拧了下来，擦了擦萝卜上的泥就放到嘴里嘎嘣嘎嘣地吃了起来。这时，那三个从太原来的学生从大门外走了进来，一个叫郑富贵，一个叫萧乐道，另一个叫田斌。他们三个正好看见班明宗从菜园子里拔了萝卜在吃。他们三个是外地来的，不认识班明宗。郑富贵说道："你是谁，怎么偷我们的萝卜？"班明宗一听，感觉这句话很刺耳，就说道："什么？偷萝卜？吃你们一个萝卜是看得起你们，你算老几啊，敢来管老子？我想怎么拔就怎么拔！"说完就弯下腰连续拔了几个提在手中。这片萝卜是沙锁和几个年轻先生以及郑富贵他们三个一起种的，下了很大的辛苦。郑富贵一看平鲁城里还有这样不讲理的人，上去就一把抓住了班明宗的衣服。没想到班明宗抡起手中的萝卜照郑富贵的脑袋就是一下。萧乐道和田斌看见他们两个扭打起来，上去对着班明宗就是一顿拳脚，直打得班明宗倒在地上不停地号叫打滚。

沙锁和康二小听见叫声赶紧跑了出来，连声喊道："住手，住手，赶紧住手！"三个人这才停住了手，看着跑过来的沙锁和康二小说："这家伙偷我们的萝卜，还打了郑富贵。"沙锁看见地上躺着的人口鼻流血，衣服也被撕破了好几道口子，身上沾着不少泥，连忙和康二小把他扶了起来，这才看清楚了，是班明宗。沙锁说："原来是班大少爷，啊呀呀，你没事吧。"班明宗哼哼呀呀地站了起来，擦了擦嘴角上的血说："你们欺人太甚，我要到县衙里告你们去！哼！在平鲁县，还没有人敢这样对我！哼……"郑富贵三人一看，知道了这大概是班家的大少爷，哦，就是那个在南街牌楼那边开着一个叫"状元学馆"的班先生。

郑富贵连忙说道："啊呀呀，原来是班先生啊，失敬失敬，您也不早说呀，要是说了，我们也不能这样对您啊！您就是把我们整个菜园子里的萝卜全拔了，我们也不敢说半个不字啊。是不是？"萧乐道也说道："您也别见怪了，都怨我们年轻，不懂事。您……再吃一个萝卜吧，嫩嫩的，很好吃的。"说完又从地里拔了一个萝卜，递给了班明宗。

班明宗一看，脸都气得绿了，把头扭向一边对沙锁说道："我是来拜访同窗学友古宫臣的，你们固山书院果然是官办书院啊，腰杆子硬着呢，这一进门就给了我个下马威，你们三个……你们等着！"沙锁说道："大少爷，山长在后面窑里呢，您请！"班明宗拍了拍身上的土便向后面走去。

等到班明宗走远了，沙锁说道："郑富贵，你们干得好，就是他把我们的学生拉走的，到他的状元学馆里念书。他还让他家的长工满喜子装鬼吓唬咱们的学生。这小子坏着呢！"郑富贵说："好啊，我们正愁找不到革命对象呢，这回好了。"萧乐道问道："沙师傅，他们家属于平鲁城里的四大家族吗？人们说的班家就是他们家？"沙锁说："对对对，就是他们家。"

自从古宫臣给郑富贵他们每人做了一身衣服后，他们感觉心里很是温暖。因此，书院有什么难事了，他们都愿意帮忙。

古宫臣看到走进来的班明宗一副灰头土脸的样子，有些奇怪地问道："班兄……你这是？""哎呀呀，快别提啦，我来书院拜访你，遇见了那几个从太原来的学生，让他们给打了一顿，你看看，这脸、这衣服，还有这腰……哎呀呀，疼得我……"班明宗说着扶着椅子背坐了下来。古宫臣说道："会有这种事？我一定好好管管他们。班兄啊，你喝杯茶，压压火。"古宫臣说着给班明宗倒了一杯茶，放到了他侧面的桌子上。

郑富贵他们下手确实有些重了，直到现在班明宗还没有缓过来，就连端茶杯的手都还不停地颤抖着。班明宗喝了一口茶说："古宫臣，你们活，也得让我活。你们吃饭，也得让我吃口饭。是不是这个道理？你们是官办的，我是自己的，也用不着与我较劲儿，都是一个城里的，低头不见抬头见，你说是不是这个道理？你们书院的学生今天还把我打成这样，这……还有王法吗？"

"班兄啊，你先喝茶，先消消气，有什么话咱慢慢说，咱俩之间没有什么说不开的话。"古宫臣看着气呼呼的班明宗说道。班明宗又喝了一口茶说道："古宫臣，你得赔我的衣服。"

"行，我赔。"古宫臣说。

"我一会儿要到李郎中那儿看伤，你得给我出药费。"古宫臣笑着说："我出还不行吗？还有什么？"班明宗一愣："还有……还有……先就这些了，其他的以后再说！"

古宫臣又给班明宗添了一些茶水，笑嘻嘻地看着班明宗，班明宗有些不解地问道："你笑啥哩？看我的笑话？"古宫臣赶紧说道："哪能看班兄的笑话，你先拿上10块大洋，去找冯裁缝做件衣服，再抓几服药调养一下，改日我亲自到你的府上拜访，如何？"说完后，古宫臣起身拿了10块大洋放在了班明宗面前。班明宗看着眼前的大洋心里盘算起来："做一件绸缎衣服花3块，抓六服药花1块……嗯……还富余6块呢！"想到这里，班明宗笑着说："宫臣老弟啊，你……那……先就这样吧。"他本来想说一句"你真够意思"，但话到嘴边又咽了回去。

班明宗走了出来，路过他刚才拔萝卜的那块菜地时，看到那片被他糟害了的萝卜地已经整理好了。哦，今天虽然挨打了，但也算给他家的那个长工满喜子找回了一些颜面，要不然也对不起满喜子啊，毕竟他被人家泼了一身屎尿汤，唉……这个固山书院，这个古宫臣，还挺不好对付的！今后可得小心点。

班明宗走出固山书院大门的时候回头看了一下，感觉那块金字牌匾分外刺眼，他心里狠狠地发誓："有朝一日，我要把它砸个稀巴烂！"

固|山|书|院

第八章

固山书院有三十多垧地，租出去二十多垧，书院自己种着十来垧。打下的粮食卖了后，所得钱款用于办学。这是什么时候留下的做法王甘承也说不清楚，反正是年年都这样做。入秋以后，王甘承带着高年级的学生们开始了秋收。按照古宫臣的想法，今年的粮食不能全部卖掉，要留下一部分给教书的先生和住校的学生吃，以便减轻他们的家庭负担。

古宫臣上午与学生们一起在地里收山药，中午回来吃过午饭后正要歇歇，忽然听到康二小在院子里喊："桃桃吊在树上了，桃桃吊在树上了。"

古宫臣连忙跑到院子里问道："怎么回事儿？"康二小说："桃桃在……在前院的大榆树上吊着呢！"古宫臣一听撒腿就向前院跑去，这可是他唯一的妹妹啊。

古宫臣跑到前院一看，大榆树下已经围了很多人。父亲古怀阖脸色铁青，站在那里一动不动，母亲趴在妹妹身上哭着。妹妹古宫桃仰面躺在地上，脸上没有一点血色，鼻孔和嘴角有几道血迹，两只鞋子扔在地上，还有一个板凳倒在一旁。李郎中折腾了半天，摇摇头走了。

看着躺在地上的古宫桃，人们七嘴八舌地议论开了："这娃平时就气性大，遇事想不开，走了这条路了。县里选拔留洋童生，她也想参加考试，她爹不让她考。这不，一气之下跑到书院里上了吊了。这娃已经上过好几次吊了，没有死成，这回可没有救了。听说已经许配给人了，太可惜了，这么一个黄花闺女说没就没了。"

古宫臣不相信妹妹就这么死了，他看着妹妹灰白的脸庞心里一阵难受，这！这！这！……这该怎么办呢？李郎中都没有办法了，我……古宫臣忽然想起了在山西大学堂念书时，一位西医给他们上过几节战地救护课。人体在剧烈的打击下心跳会停止，在短时间内可用人工呼吸配合胸部按压进行抢救，大多数会恢复心跳，起死回生。

这时，一口棺材已经放到了老榆树的旁边，几个帮忙的人正准备把古宫桃入殓呢，古宫臣喊了一声："等等！"随后，他俯下身对着妹妹的嘴用劲吹了一口气，然后双手合在一起，不停地按压妹妹的胸部。经过五六次这样的动作后，妹妹嘴里"呼"地一下喷出一口气来。沙锁惊喜地说道："好了好了，这下还阳过来了！"古怀阖看了看古宫桃，又看了看古宫臣，脸上露出了些许喜色，对几个人帮忙的人说道："麻烦你们把她抬回家里吧。"几个人摘了一扇门板，把古宫桃放了上去，七手八脚地抬走了。

今年的留洋童生一个也没有考上，倒是在保定讲武堂念书的古宫廷和班义宗完成了学业，被推举为到日本的公费留学生。消息传来，固山书院一片欢呼声。古宫臣将书院的先生和学生喊来，向他们念了保定讲武堂发来的"贺信"，就连沙锁和康二小都站在后面听得很是仔细，生怕漏掉一个字。中午，书院的先生和学生聚在一起吃了一顿油炸糕，知县秦朝仁和县里有头有脸的人全都来了，一共有 200 多人，一时间固山书院热闹非凡，就连道路旁边的柳树下都坐满了人。

秦朝仁觉得这是一个机会，他大声说道："大家都看到了吧，固山书院是咱们平鲁县的唯一官办书院，也是能够培养出栋梁之材的嘛，希望大家伸出援助之手，凑点钱把书院修缮一下，也为我们平鲁县多出人才贡献点力量嘛。来来来，咱们就在书院认捐。"说着，他向傻站在那里的王甘承要过了纸笔，把纸展开说："来啊，谁带个头。"

大家一看这阵势，县太爷都说话了，非捐不可了。皮货店的水掌柜喊了一声："我捐 30 块大洋。"好啊，人群一阵欢呼。人们围着秦知县在那里捐款，墨吉顺在一旁琢磨着捐多少，多了不想捐，少了又怕人笑话。这时，只听秦知县在喊他："墨掌柜，你捐多少呢？"

"我，我，我捐 3 块大洋。"墨吉顺的话一出口，人群一阵骚动。墨吉顺的脸一下就红了。他看了看秦知县，秦知县没有说什么，只是在纸上写下了他捐款的数目。

捐款结束后，聚会就算散了，大家三三两两地出了书院各自回去了。秦知县走到墨吉顺身旁，悄悄对他说："墨掌柜啊，你怎么捐那么点呢，你看人家水掌柜，一出手就是 30 块大洋。"

"我，我，我不是手头紧吗。"墨吉顺说着四下瞧了瞧，发现人们都走远了，就剩下他和秦知县了，于是说话的声音就大了起来："我说秦大人啊，捐款是自愿的，那是想捐多少就捐多少啊，你们当官的可不能强求。"秦知县也大声说道："墨掌柜，听说你又要娶小老婆了，可有此事？"墨吉顺一听此话，慌忙说道："秦大人，你听谁说的，我也是有苦难言，我那第一个黄脸婆子就生了一个女娃，再也不生了。我又娶了第二个，五年也没有生下个一男半女，我把她给休了。娶了第三个后，就生了一个小子，叫墨仁。你说说，我这么大的家业就墨仁一个独苗，我怕他支撑不了，这不又张罗着娶第四个呢。"秦知县看了看墨吉顺，叹了一口气说道："我说墨掌柜啊，你知道为啥你的儿女不多吗？万事万物，执相所求，咫尺千里。你要是能在今天也捐上 30 块大洋，你也就明白了这个道理了，你也就会多子多孙了。别说娶这么多老婆了，就是娶上一个老婆也能给你生上十个八个的。你看南关的洪家，三个儿子三个闺女。你再看人家水掌柜，那也不是有三个儿子三个闺女吗。你看看人家今天不是带头捐了 30 块大洋吗，就连你家长工蓝四还有两个儿子两个闺女呢，人家今天还捐了 6 块大洋，这 6 块大洋呐，恐怕是他一个月的工钱吧。"墨吉顺疑惑地看了看秦知县说："是吗，我怎么就不明白呢，以后还得多多请教秦大人啊。"墨吉顺虽然嘴上这么说，可他想生儿子的想法胜过一切。前几天托媒人从平鲁县的西山上说了一门亲事，女方名叫蔓金雀，年方十八，愿意嫁给墨吉顺为妻，就等着明年秋后看上一个好日子过门呢。

秦知县在离开固山书院时对古宫臣说："今后有困难了就找这些有钱人捐款，特别是那个墨吉顺，很有钱。他在太原的二弟三弟每年都给他一万多块大洋，他都存了起来。你看看，今天他才捐了 3 块大洋，明年春天开学后你一定要去找他捐款。"古宫臣说："大人请放心，我会找他们捐款的。"

春天的大黄风刮得遮天蔽日，古宫臣眯着眼睛走进了西大街墨吉顺的裕盛源绸缎庄。一进门，冯裁缝就迎了上来："啊呀，是古先生，里边请，里边请。您要做衣服吗？"古宫臣说："不做衣服，我找墨老爷商量个事儿，墨老爷在吗？""在呢，在后院呢。您请！"冯裁缝说着便打起了通向后院的门帘。

走过后院长长的甬道来到了客厅门口，古宫臣咳嗽了一声："墨老爷在家吗？"按照辈分，墨吉顺与古宫臣应以叔侄相称，古宫臣对这里也是熟悉的。墨吉顺闲暇时常请他来家里喝酒，顺便教墨仁学点知识。古宫臣毕竟是山西大学堂的毕业生，在平鲁县城里还是很有威望的。只听屋里的人说道："在呢，谁啊？进来吧。"

古宫臣推门进了屋，墨吉顺见是古宫臣，哈哈一笑："啊呀，原来是山长贤侄，有失远迎，失敬失敬啊。金仙儿上茶！"墨吉顺的三老婆蔓金仙也就是墨仁的母亲从左边屋里的暖阁里走了出来，向古宫臣道了个"万福"后，走过客厅，推门走了出去。不一会儿，提着一壶茶又走了进来，给古宫臣倒了一杯茶水，又给墨吉顺倒了一杯，然后把茶壶放到了他们中间的桌子上转身出去了。

墨吉顺开口了："山长贤侄，你尝尝，上好的龙井，过年的时候托人从太原捎回来的。"古宫臣抿了一口说道："确实不错，很多年了，没有喝过这样的好茶了。墨老爷，您可真会享受啊。我有个棘手的事儿想与您商量一下，看您能不能帮帮我……"

墨吉顺喝了一口茶说道："山长贤侄，有啥事你尽管开口，只要我能帮上的，绝不含糊。"

"您看啊，这县里给书院的经费是少之又少，我现在是捉襟见肘，您看……"古宫臣说道。

墨吉顺用手捋了一下花白的胡子说："这个……贤侄啊，你容我思谋思谋……看看从哪里筹措一下。"

屋外的大风吹着黄土和沙粒不断地打在窗户纸上，发出了"唰啦唰啦"的声音。古宫臣感到墨吉顺是在推脱，这个事现在要是决定不下来肯定会黄了。想到这里他又说道："您看啊，光绪二十八年（1902）大东街的蓝老爷捐赠了 1000 大洋，光绪三十年（1904）皮货店的水掌柜捐赠了 800 大洋，光绪三十三年（1907）南关的洪拐子还捐了 500 大洋呢……您捐多少？"

"啊呀，我说山长贤侄啊，这都是宣统年间了，你还提光绪年间的事儿，你也得变一变啊。固山书院办不下去那是全平鲁县的事儿，就凭我一个人就能挽救了全县的教育？就是我把全部家当都捐了，怕是也不顶用啊！"墨吉顺说。

古宫臣嘴唇颤抖着，又喝了一口茶说道："您的儿子墨仁应该到了念书的年龄了吧？"墨吉顺一听这话，尴尬地笑了笑说道："啊呀，可不是嘛，今年 8 岁了，明年……最多后年就要念了。这个……这样吧，贤侄，你张一回口也不容易，我捐 100 大洋，这总能说得过去了吧。你看，这办书院也不是一个人的事情，你再让别的有钱人帮衬帮衬。这城里的有钱人可多着呢，你说是不是这个理啊？"

古宫臣心里想了想，100 块大洋也够先生们四五个月的伙食费了。想到这里便说："好，墨老爷，您真是固山书院的恩人，我代表书院的全体先生和学生谢谢您了。您看这钱啥时候……"

墨吉顺笑了笑，转身走进了左边屋里的暖阁里，过了一会儿就拿着一个钱袋子走了出来："山长贤侄，这是 80 块大洋，你先拿着，剩下的 20 块，我过几天亲自给你送到书院去！啊……哈哈哈！"

固|山|书|院

第九章

　　天空渐渐暗了下来，还没有到到掌灯的时候，墨吉顺和长工蓝四走进了固山书院，径直向山长室走去。沙锁和康二小刚刚洗完锅，正坐在伙房门口乘凉，看到墨吉顺和蓝四向后面走去，沙锁说："墨老爷来了，这家伙不知道又在算计啥，准没有好事。"康二小说："沙师傅，这也说不定吧，也许是给咱们捐钱来的。"沙锁的鼻子里哼了一声："你想得倒好！"

　　墨吉顺和蓝四走进了古宫臣的窑里："山长贤侄在吗？"古宫臣正在写着什么，听见有人说话，抬头一看是墨吉顺，赶紧说道："墨老爷，是您啊，您请坐。哦，还有四叔，您也坐。"蓝四说道："我……我坐炕沿上吧。"墨吉顺坐到了太师椅上，古宫臣正要去倒茶，墨吉顺说道："贤侄，不用倒茶了，刚才吃完饭已经喝过了。"古宫臣说："您大驾光临是有什么事吗？"墨吉顺咳嗽了一下说道："这个……大概你也听说了，我要再娶一房女人，可是算卦先生说不能娶到家里，更不能在家里入洞房，我想……借固山书院的两间窑办喜事，少则住上半个月，多则一个月，最多一个月，你看如何？"蓝四也说道："古先生，算卦时我也在，算卦先生说无论如何不能在家里成亲，最好是书院。书院里藏龙卧虎，能够镇得住邪气。"古宫臣听了后感觉很好笑，可墨吉顺既然开了口，不答应也说不过去。书院里还有好几间窑空着，借给他也无妨。

古宫臣说道："既然墨老爷张口了，我还能说不行？您看看哪几间窑合适，您就住吧。"墨吉顺一听，脸上一片欢喜，连声说道："好好好，多谢贤侄了！蓝四，走，咱们出去看看。"古宫臣也跟了出去。古宫臣边走边说："西面的这间我住着，我的隔壁空着一间，再往西是三个先生和那三个从太原来的学生住着，最西面的一间空着。东面的这间王甘承先生住着，再往东面的四间全空着。"墨吉顺走到了最东面，看了看说道："这两间好，一堂一屋，嗯，太好了，就这两间了！蓝四，你这就叫人过来布置一下，不要怕花钱！"

回到家里后，墨吉顺对他老婆说："金仙儿呀，咱们这家产全都留给墨仁，我怕他把持不住，我想让……让蔓金雀再生一个儿子，你看如何？再说了，她这名字……啊……你叫蔓金仙，她叫蔓金雀，和你是天生的姐妹，这是上天注定的，你明白吗？"

蔓金仙不高兴地说："你都生米做成熟饭了还和我商量？你自己看着办吧！我要念佛去了。"说完便走出了暖阁，穿过客厅出了门，向佛堂走去。墨吉顺心里一喜，从屋里走了出来，找到蓝四问了问新房布置的情况和各项事宜安排妥当了没有。蓝四说："一切都做好了，就等办喜事了。"墨吉顺原来是不准备大办的，可算卦先生说不大办不行。不大办就生不下儿子，这叫"冲喜"，必须大办，越大越好。

三天后，墨吉顺干脆把宴席也放到了固山书院里，请了平鲁县著名的大厨给做的宴席，一共摆了30桌，把平鲁县有头有脸的人物全请到了。固山书院的所有先生也在邀请之列，就连沙锁和康二小也被邀请坐席。沙锁和康二小一边吃一边悄声说着话。康二小说："沙师傅，这墨吉顺得寸进尺，占了洞房不说，还占了咱的厨房做宴席，明天该不会把咱们固山书院也占了吧。这个算卦先生也真够损的，咋就看上这里了，这是哪个算卦先生？"沙锁说："还不是那个'吴油子'，还能有谁，墨老爷最听他的话了。""就是我们古怀阃老爷的那个邻居？"康二小问道。沙锁说："是啊，就是他，别看人们一般不去找他算卦，可给墨吉顺算卦，一算一个准，你说奇怪不奇怪？"

晚上，前来贺喜的客人还没有散去，墨吉顺就摸进了洞房。他搓了搓手又小心地咳嗽了一声："金雀儿，我来了。"说话的声音极其柔和。他的脸涨得通红，额头上冒着汗珠，伸手就要去揭蔓金雀的盖头。这时，窗外猛地传来了一声响亮的咳嗽声，他赶忙停下手来，定神听了听，也没有听到窗外有啥响动。"嗨，管他是谁呢，我娶老婆还怕别人咳嗽？"想到这里，也不管谁在咳嗽，一伸手就把蔓金雀的盖头揪了下来，借着摇曳的烛光一看："呀——真喜人！"

墨吉顺的洞房里点着两支粗大的红蜡烛，把房间照得如同白天，据说这种红蜡烛能点一天一夜，很耐烧。蔓金雀一看，墨吉顺已经把自己的盖头揭了，这还有啥羞涩的，她顺势一把搂住墨吉顺，和他一起滚到了炕上……

蔓金雀笑着说："老爷忙了一天了肯定累了，早点休息吧。"墨吉顺伸手从枕头底下摸出了两颗用牛皮纸包着的药丸说："我有这个，已经吃了半个月了，没事"。

房事行到一半，墨吉顺两眼一黑，瘫软在蔓金雀身上没有了动静……

蔓金雀感觉墨吉顺嘴里流出了一些液体，她伸手摸了一下，拿到眼前一看："呀呀呀，一手鲜红的血迹！"

蔓金雀心里一慌，差点喊出声来。但她毕竟是见过世面的人，很快便冷静了下来，她把墨吉顺从身上推了下来，放到了旁边的褥子上，把他的腿和手臂摆弄好，盖上了缎面被子。她下了炕，拿上湿毛巾把墨吉顺嘴上和鼻子上的血迹擦干净了，然后把手巾扔到了烧得正旺的炉子里。她四下看了看，镇静地穿好衣服，坐在太师椅上拿起桌子上的茶壶倒了一杯茶，慢悠悠地喝了起来。

天亮后，蔓金雀不紧不慢地走出了固山书院，回到墨吉顺的大宅子里，来到蔓金仙的窗户外敲了敲窗户说道："姐姐，起来了吗？"屋里好半天没有动静。蔓金雀又说道："姐姐，老爷让你过去一下，说是有重要的事情和你说。"

蔓金仙本来就一肚子气，听说墨吉顺让她过去，她也不敢不去，一边穿衣服一边说道："我这就过去。"蔓金仙穿好衣服走出门来，随着蔓金雀来到了固山书院，走进了墨吉顺的洞房。从堂屋走进里间后，看到墨吉顺还睡在炕上，就问蔓金雀："他怎么还睡着？"蔓金雀说："姐姐啊，出大事了，这个药是在哪家药房里买的？老爷吃了这个药后……"

蔓金仙看着蔓金雀手里拿着的药，紧张地问道："他怎么了？"蔓金雀说："你自己看吧！"蔓金仙觉得有些不对劲了，上前看了一眼就吓得叫了起来："啊呀呀，是你这个狐狸精害了他……我的天啊……"随即便放声哭了起来。蔓金仙的哭声惊动了院子里住着的古宫臣和几位先生，大伙儿赶紧过来看看发生了什么事。得知墨吉顺已经归天后大家都感到很意外，怎么昨天晚上还好好的，今天就死了呢！很快消息就传到了知县秦朝仁那里，他给张捕快下了指令："去查查，看看墨吉顺怎么一下就死了？"

腰间挂着燕翎刀的张捕快没有了以往的威风，脸色有些黯淡，就连走路都变得迟缓起来。他来到墨吉顺的房里，撩起被子查看了一下墨吉顺的尸体，然后坐在堂屋里看着两个哭哭啼啼的女人问了几句话，正要离开，忽然又想起了什么，说道："蔓金雀，把你刚才说的那个药丸给我拿几个。"蔓金雀赶忙从桌子上拿了两颗递给了张捕快，张捕快接过药丸，头也不回地走了。

墨吉顺的儿子墨仁还小，本族的亲戚用一口薄皮杨木棺材装殓了墨吉顺，张罗着办了丧事。在办丧事的那天，人们看到墨家的族谱上写着墨吉顺的曾祖父墨田祷居然是乾隆三年（1738）的举人，在固山书院教过22年书。这令古宫臣感叹不已。很多人感到非常惋惜，大家纷纷议论说："墨老爷才51岁，那么大的家业，8岁的墨仁怎么继承呀。难怪墨老爷还想生一个儿子，唉……天不遂人愿啊！

墨吉顺死在蔓金雀身上的事情被传得有鼻子有眼，一时间，蔓金雀被人们认为是一个很不吉祥的女人，谁见了她都要绕道走。这件事情成了人们茶余饭后谈论最多的话题。

县城里出现了不少生面孔的年轻后生，有的住在中陵客栈，有的在北固山上游荡，还有的到固山书院和那几个太原来的学生会面。秦朝仁一下紧张了起来，他让张捕快多派人手，严密监视这些人的活动，千万不能出现任何纰漏。

第十章

古宫臣居然养成了午休的习惯，这是书院里有规律的生活给他最大的馈赠。他拿起了那本《山海经》，还没有看完三行字，就见康二小气喘吁吁地走了进来，身后还跟着一个女子。

还没等康二小说话，那个女子看到古宫臣后双眼一亮，"扑通"一声跪在了古宫臣面前说："古先生，救救我，救救我！"古宫臣心里一惊，看着眼前的女子说："你……你是……谁啊？"

那个女子撩了一下脸上垂下来的头发说道："古先生，我是孔瑾瑶，你不认识我了？""孔瑾瑶？你……怎么成了这个样子？起来，起来，别跪着了。"古宫臣一边看着眼前的女子，一边问道。

康二小伸手扶着孔瑾瑶的手臂，想把她搀扶起来。孔瑾瑶推开了康二小的手，给古宫臣磕了一个头说："你不答应救我，我就不起来！"说着两行眼泪流了下来，她用手背擦了一下，脸上的污垢和手背上的污垢与眼泪混在了一起，脸颊顿时变了样，像在白色的墙壁上泼上了污水。头发也是乱蓬蓬的，上面还沾着很多草根。身上的衣服像揉在一起后又展开了，上面有很多污渍。这……哪里是那个光鲜靓丽、一尘不染的富家小姐孔瑾瑶？她究竟遭了什么难，惹了什么人，会变成这个样子？

古宫臣心里一酸，眼圈有些发热，他迟疑了一下后伸出双手挽着孔瑾瑶的双臂把她扶了起来："孔瑾瑶，你先站起来，有什么话慢慢说，只要我能办到的，我一定帮你。"古宫臣把孔瑾瑶扶到了自己刚才坐着的椅子上，让她坐了下来，又对康二小说："去厨房里端一盆温水来。"康二小答应一声跑了出去。

古宫臣从铜壶里倒了一杯水放到孔瑾瑶的面前说："先喝口水吧，一会儿再吃点饭。你别着急，到了固山书院就跟到家了一样，啊，别着急。"

孔瑾瑶喝了一口水，定了定神说道："父亲给我定了亲事，男的原来是一个土匪，现在当了兵，是一个军官，我看他不是一个好人，不想嫁给他，可是父亲非要我嫁给他，已经收了那人一千块大洋的彩礼钱了，我这才逃了出来。"

古宫臣的心里"咯噔"了一下，问道："从家里逃出来的？"孔瑾瑶说："是啊，走了一个多月呢。"古宫臣的心里又"咯噔"了一下，感觉有点不可思议，一个女孩子从太谷来到平鲁县，至少也有七八百里路程，也不知道她这一路上经历了什么。

康二小端着一个黄铜洗脸盆走了进来，盆里盛着多半盆热水："古先生，水来了，赶紧让她洗洗脸吧。"说着，把肩上搭着的一条洁白的新毛巾放到了脸盆里，又从上衣宽大的衣兜里掏出一块还未开封的香皂放在了脸盆旁边的炕沿上，然后站在那里一动不动地看着孔瑾瑶。

古宫臣对康二小说："你去告诉沙师傅，让他做点饭，一会儿你把饭端到我这里来。"孔瑾瑶抬起头来看着康二小，眼里满是感激。康二小说："古先生，我亲自去做，我已经学会做饭了。"说完后转身走了出去。出门的时候，不小心被门槛绊了一下，"扑通"一声摔到了地上。古宫臣听到了声音，大声说道："康二小，你小心点，别把饭碗也摔了！"康二小爬起来说道："没事儿！"说完后撒腿就向厨房跑去。

古宫臣看着正在洗脸的孔瑾瑶说道："要是这样的话你先留下来住一段时间，等你解除了与他的婚约再回去。""不！我绝不回去！解除了婚约我也不回去！"孔瑾瑶抬起头来看着古宫臣说道。古宫臣赶紧说："好好好，不回去，不回去。不过你既然是逃婚，今后就不能叫这个名字了。""那应该叫什么？要不……你给我改一个名字吧。"孔瑾瑶一边洗脸一边说道。古宫臣想了想说："你在太原念书时很喜欢校园里的柳树，加之你又秀外慧中，就叫……柳秀慧吧。""嗯，柳秀慧，这个名字好听。"孔瑾瑶笑着说道。

下课的钟声响了，院子里热闹了起来。这时，一个人走了进来，边走边说："宫臣啊，听说有一个要饭的找你？你……怎么……让她在你屋里洗脸？"进来的人是王甘承，他看到了正在洗脸的孔瑾瑶。古宫臣笑了笑说："啥要饭的，她是我在太原女子学堂教书时的学生，她叫孔……""我叫柳秀慧。"正在洗脸的孔瑾瑶抬起头来说道。

"是叫柳秀慧，看我这记性，几年没有见她居然忘记了她的名字。"古宫臣说道。王甘承似乎看出了什么，他感觉他俩绝不是一般的师生关系，于是便说："宫臣啊，你这么年轻就当上了固山书院的山长，凡事都要拿捏得稳妥一些，可不敢乱了规矩！你可别怪我说你，我也是为了你好。"

古宫臣听了后恭敬地说道："王先生，您与我父亲是同辈，您的话就是我父亲的话，我感谢您还来不及呢，哪能怪您。您该说什么就说。"

"唉……你一个山西大学堂的学生，回到咱们平鲁县教书，也是委屈你了，唉……不说了，不说了。可是有一件最要紧的事还得与你说。"王甘承说着从长衫的衣兜里掏出一张纸递给了古宫臣。古宫臣接过来看了看，放到了面前的桌子上，对王甘承说道："您先坐，我给您沏杯茶。"

"不喝了，宫臣啊，你还是想想办法，先把这件事情处理一下。"王甘承说完话看了一眼已经洗完脸的柳秀慧。"啊，这……这……确实不是一个要饭的，白里透红的脸上洋溢着一种莫名的自信与骄傲，黑色的眉毛像弯弯的细长的柳叶，眉毛下面是一双会说话的眼睛，隆起的鼻子虽然有些发红，但丝毫没有影响下面泛着红晕的嘴唇，还有这身条……"猛然间，王甘承觉得自己有些失态了，连忙说道："告辞……告辞。"

康二小端着一个红漆木盘走了进来，盘子里面放着一碗炒鸡蛋、一碗抿豆面，还有一碟子烂腌菜。他把盘子放到炕上说道："古先生，饭做好了，让她趁热吃吧。"说完后站到门口搓着双手，眼睛盯着柳秀慧的脸一直看着。

柳秀慧感激地看了看康二小说道："麻烦你了小师傅。"说完后拿起筷子夹了一块炒鸡蛋放到嘴里嚼了几下，又从嘴里吐了出来，随后便皱起了眉头。这一举动把康二小和古宫臣都惊了一下。康二小还在那里搓手，古宫臣问道："怎么了？"

柳秀慧笑了笑说道："没事的，可能是我吃得太快了，呛着了。"古宫臣疑惑地走了过去，看了看碗中的炒鸡蛋，伸出两根手指拿了一块放到嘴里吃了起来，还没有嚼上几下，一种剧烈的苦涩味儿差点让他呕了出来。古宫臣急忙把口中的炒鸡蛋吐到自己手里，抬头问道："康二小，这鸡蛋是你炒的还是沙师傅炒的？"康二小的脸一下红到了脖子根，低头说道："是……是我炒的……是不是没有炒香？"

"啊呀，康二小啊，何止是没有炒香，简直是不能吃啊！"古宫臣说着用手指了指碗里的炒鸡蛋。康二小走过来用手拿了一块放到嘴里嚼了起来，古宫臣和柳秀慧全都看着他。康二小的脸色一阵红一阵白，最后眼睛、鼻子和嘴几乎都缩到了一起，他两眼一闭，把嘴里的炒鸡蛋全部咽进了肚子里，然后张开嘴哈了一口气，两颗泪珠从眼眶里流了出来。他看了看碗里的炒鸡蛋，又看了看柳秀慧，最后看着古宫臣说道："我……可能是把明矾当成盐放到了鸡蛋里……唉……把鸡蛋也糟蹋了！我……我赔，我赔，从我的工钱里扣吧。"

古宫臣看着尴尬不已的康二小缓缓问道："康二小啊，你今年有 15 岁了吧？"康二小连忙说道："古先生，我今年都 16 岁了……嘿嘿。"古宫臣看见康二小的脸色有些转变过来了，就又问道："抿豆面里放的是咸盐还是明矾？"康二小听到后先是一惊，挠了挠头说道："抿豆面里放的是黄酱和葱花，别的啥也没放。"古宫臣看着柳秀慧笑了笑说道："你就吃抿豆面吧，炒鸡蛋就别吃了。"

柳秀慧端起碗来很快就把一碗抿豆面吃光了，用手背抹了一下嘴说道："嗯，这个好吃。小师傅，还有吗？再来一碗。"康二小一听，高兴地说道："多着呢，我给你端去。"古宫臣摆了摆手说道："别端了，这里离厨房有段路呢，你带她到厨房里吃吧。哦，晚上睡觉前你给烧上一桶热水，送到我隔壁的房间里，让她洗个澡。还有，你把咱家里小翠用的那个大木盆也借给她用一下。"

康二小更高兴了，看着柳秀慧说道："走吧，厨房里不光有抿豆面，还有好吃的呢！"说完后就转身走了出去。柳秀慧看着古宫臣，似乎有些犹豫。古宫臣说："去吧，没事的，好歹先把肚子填饱了，明天我回家向小翠给你借上几件衣服，你把衣服换洗一下。唉……真是受了大罪了！"

"不用借，我有衣服。"柳秀慧说着随手打开了放在炕上的一个包袱，这是她从家里逃出来时带的几件衣服，她拿出了一件天蓝色的夹袄让古宫臣看。"唰啦"一声，一个笔记本掉到了地上，古宫臣和柳秀慧同时弯腰去捡，两人的额头碰在了一起，谁也没有捡到，又站了起来。这时，康二小又跑了进来，弯腰捡起了地上的笔记本，用袖子擦了擦上面的灰尘说道："这本本真好看。"随后递给了古宫臣。古宫臣接过来后又递给了柳秀慧。柳秀慧脸一红，把笔记本和衣服叠在一起又放到了包袱里，转身跟着康二小出去了。

笔记本，她居然还带着这个笔记本！古宫臣的心里七上八下的。这个笔记本是在女子学堂解散时古宫臣送给她的礼物。古宫臣以为这辈子再也见不到她了，没想到她竟然来平鲁县找到了他，不知道这是不是命运的安排。

不管这些了，先把柳秀慧安排好了再说。古宫臣回到家里对母亲说："我以前在太原女子学堂教过的一个学生来了，您给准备一套铺盖和一些日用的东西，让小翠送到书院来。"福凤一听心里暗暗高兴起来，就问道："有多大年纪？"古宫臣说："十八九岁吧。"福凤一听，心里更高兴了，连忙说："妈这就给你准备！"古宫臣一看母亲的样子，心里也笑了，就说道："妈，家里有钱吗？"福凤说："有，有，你要多少？"古宫臣想了想说："给我拿上200块大洋。"福凤愣了一下后说道："好，我这就给你拿。"

古宫臣接过母亲递给他的钱装在了身上的挎包里，掂了掂后走到了院子里，他望着白云和蓝天，一股暖流从心底升起，迅速传遍全身，似乎这萧瑟清冷的秋天也变得春意盎然起来。

固|山|书|院

第十一章

三天后就要过八月十五了，古宫臣拿起王甘承放在桌子上的那张纸看了半天，书院里要给教书的先生和其他人发放过八月十五的礼品，他实在不知道该去哪里筹钱。

每年的八月十五和春节，书院里都要发放礼品，这是多年来的惯例，古宫臣上任后也是每年两次，如期发放，今年也不能破了这个例呀！

古宫臣有散步想计策的习惯，不管遇到多么大的事情，只要散几回步，总能想出解决问题的办法来。晚饭后，古宫臣又出来散步了。他走出了书院的大门，沿着中陵河向东走去。本该是满月当空，可月亮还没有升起来，天空中黑黢黢的一片，他心里知道，用不了多长时间，一轮明月就会升起来的。

过了石桥就是一条宽敞的街道，前面亮着灯的房子里传出来"嘎吱嘎吱"的声音。古宫臣辨认了一下，这不是自家的油坊吗，他们还在榨油。古宫臣听出来了，这是那条丈八油梁在榨油时发出来的声音，他推门走了进去。几个雇工看到是古宫臣就与他打起了招呼："大少爷，你来监工啊？"古宫臣看了看旁边放着的油篓子说道："马上送两篓子油到书院里去，我明天要用！"

一个师傅模样的人问道："要两篓子？两篓子油有120斤呢，过十五也用不了啊。"古宫臣说："那你就别管了，赶紧送过去，交给王甘承先生。"那人答应了一声，转身到后院拉骡子去了。

古宫臣转身走出了油坊，心里呵呵一笑，这下好了，八月十五的礼品不就解决了吗？还愁个啥呀！他觉得心里一阵清爽，就像这秋天的空气一样，沁人心脾。他又沿着来时的路往回走，在进书院的大门时对看门的任武行说："先别关大门，一会有人送油过来。"任武行点了点头。

清冷的月光从天空中泻了下来，古宫臣穿过影影绰绰的树丛，向自己住着的窑洞走去，在抬头的瞬间，猛然发现一间窑洞的门口站着一个人，月光把那人瘦小的身影投到了窑洞的门上。影子晃来晃去的，像是在透过门上的缝隙向里面窥探着什么。

古宫臣停下脚步看了半天，这不是康二小吗，这小子不睡觉在干啥呢？古宫臣看到窑洞的窗户纸上映出一片蜡烛的黄光来，显然，窑洞里住着的人还没有睡觉。他又仔细辨认了一下，这才想起来窑洞里住着的是柳秀慧。她还没有睡？古宫臣不由得心里紧张了起来。看到康二小还在那里偷看，古宫臣便向那间窑洞走了过去。康二小听见有脚步声，撒腿就跑，转眼便消失了。

古宫臣悄悄地走到窑洞的门口，听声音柳秀慧应该正在洗澡，他便大声咳嗽了一下说道："柳秀慧，早点睡吧，把门插好。"柳秀慧说道："哦，知道了古先生，马上就好。"过了一会儿，柳秀慧窑洞里的蜡烛熄灭了，古宫臣四下看了看，没有发现什么异样，就回到了隔壁自己住着的那间窑洞。

月亮照在窗户上，古宫臣躺在炕上，眼睛看着窗户，一点睡意也没有。记忆中，那也是一个秋日，古宫臣刚刚上完一堂课，正准备回山西大学堂去，身后传来了一个银铃般的声音："先生，您的《山海经》能借给我看看吗？"古宫臣转身一看，眼前站着一位女学生，浑身散发着青春的气息，两只秋水般荡漾的眼睛看着他。她的脸庞白里透红，像成熟后的水蜜桃，仿佛一掐就能掐出水来。古宫臣心里一惊："学堂里还有这样漂亮的学生，我上课的时候怎么没有注意到？""先生……"女学生又要说话，古宫臣连忙把手中拿着的《山海经》递给了她，女学生拿住后，莞尔一笑说："谢谢！"把书往胸前一靠，转身走了。哦，她叫什么名字？古宫臣居然忘了问她的名字。不过，她的脸他记住了，她的身形他记住了。也许这辈子也不会忘记了。后来上课时，古宫臣知道了她的名字——孔瑾瑶！

天快亮的时候，古宫臣才迷迷糊糊地睡着了，他还没有睡踏实，一阵嘈杂的声音就把他吵醒了。"武昌起义了，武昌起义成功了！推翻清政府，打倒清政府！"郑富贵在领着学生喊口号，沙锁举着一把菜刀，站在台阶上大声喊道："我们固山书院也要起义，大家回去拿上武器，到县衙去夺权。"一个10岁的学生问道："啥叫武器，我们家没有啊！"沙锁一听，对萧乐道说道："你给安排一下，小孩子们就不要去了，13岁以上的都去。"

没过多久，回家拿武器的学生就聚集起了30多人，有些人手里拿着菜刀，有些人拿着长矛和棍棒，还有拿着大刀的，最显眼的是有两个学生拿来了家里打猎的猎枪，沙锁一看，胆子也壮了起来，排好队伍以后，沙锁还大声讲了几句鼓励的话，随后手臂一挥，大喊一声："出发！"

沙锁穿着古宫臣给他做的那身衣服显得十分干练，全没有了当大师傅时的诚实与谦逊。他走在最前面，一左一右是拿着猎枪的学生。第二排是郑富贵、萧乐道和田斌，他们的后面是一群学生。沙锁一边走还一边不停地吆喝着，带着这支队伍出了固山书院的大门，向县衙走去。这支队伍吸引了不少人，人们都跟在后面看热闹。

县衙里的秦朝仁在三天前就已经得到了武昌起义的消息，他还没有想好对策，刚才又得到了消息，知道郑富贵这些革命党鼓动着沙锁要来县衙闹事。他嘱咐张捕快："速去通知千总大人，不要出动军队弹压，更不能抓人。一切以和为贵。快去！"张捕快正要走，秦朝仁又说道："你也带着你的人，去千总大人的军营里躲一躲。"

沙锁的队伍来到了县衙里，衙门里空无一人，他们挨个推开屋子的门进行查看，还是没有找到一个人。沙锁挠了挠头，看着郑富贵。郑富贵说："我们没动一刀一枪就占领了县衙，这革命也太容易了吧！不行，我们得做一些事情。"郑富贵又到各个屋里看了看，出来后向学生们说道："去屋里把所有的案卷都搬出来，我们要革命，要烧毁这些封建的东西。"

案卷被搬出来堆在了院子里。郑富贵下令点火。不一会儿，院子里就燃起了熊熊大火，他们围着火堆喊起了口号。人们在大门外面看着，有一老者说道："可惜了，可惜了，连好多古书也烧了！这衙门里还有县志呐，也给烧了！唉……"

果然，没过几天报纸上就刊登了武昌起义的消息，随后许多城市也发生了革命党起义的事情，宣布脱离清政府。沙锁夺权以后也贴出了告示，宣布平鲁县脱离清政府，成立革命政府。他还组织了革命卫队，自己任队长。他起义的时候也没有和古宫臣打个招呼。那些学生回家后大多数被家长臭骂了一顿，或者是狠揍了一顿，第二天就不参加革命队伍了，沙锁又从城里召集了 8 个人参加了他们的队伍，一共是 12 个人。沙锁是队长，副队长是郑富贵。第一小队 5 个人，小队长是萧乐道。第二小队 5 个人，小队长是田斌。队伍就住在书院的几间客房里。

沙锁当上队长的第一件事就是剪辫子，每天的任务是剪 100 个人的辫子，不论大人小孩都算数。他们把这些剪下来的辫子卖给大南街收废品的铺子，晚上到三名元饭铺喝上一顿酒，这一天就算是过去了。他们还抓一些不听话的人，将其关到了书院里。书院乱成了一锅粥，实在是无法正常教学了。古宫臣和几位先生商量后贴出了告示："固山书院暂时休学，何时开学待定。"

一个月后，人们看到沙锁背着一支快抢与两个革命党人一起在街上巡视，人们看见后就远远地躲开了。这天，人们看到，沙锁带着人押着张捕快，穿过北大街，直奔固山书院去了。眼尖的人说道："张捕快腰间的燕翎刀不见了，可能是被沙锁没收了！"可对于这些事情，谁又能说得清楚！

住在古宫臣他们家隔壁院子里的吴德全，祖上是驻守边墙的千总，到他这一代只剩他一个人了，也不知道是什么原因，他就是不娶媳妇不成家，全靠出租土地和房屋以及算卦过日子。吴德全能说会道，又会算卦，上知天文下知地理，似乎没有他不知道的事儿，加之他又喜欢喝酒，人们都叫他"吴油子"。这天，他在十字街的肉铺里割了二两熟肉，打了二两烧酒，坐在肉铺门口的台阶上有滋有味地喝了起来。

有几个人看见吴油子在这里喝酒，就围过来问道："这世道能变成什么样子，你能算得出来吗？"吴油子喝了一口酒，又吃了一口肉，两只眼睛平视着前方，一副深不可测的样子："怎么就算不出来？"一个后生说道："啊呀，吴爷，您就别卖关子了，究竟会变成什么样子，您老给我们说道说道。"

吴油子用手比画了一下说："这还用算吗，凡是在固山书院念过书的人都会那个……叱咤风云……主宰世道的。不是吗？你们看看，这固山书院做饭的大师傅都能当上县太爷，那别人还用说吗？这就是不断变化着的世道。《诗经》上是怎么说的来着……兴百姓苦，亡百姓苦，反正啊，这世道怎么变化与你们没有关系！你们活在啥世道都是个受罪受苦的人。"

又有人问道："那与谁有关系？"吴油子喝了一口酒说道："固山书院里的念书人嘛！你们看见那个年轻后生了吗，就是那个古宫臣，腰里别着这个呢。一回来就与他爹干上了。是这个，你们明白吗？这个，是小雷子，干死个人就是眨一下眼的工夫，比衙门里张捕快的燕翎刀还要快上许多呐！"众人听了后一阵惊呼。吴油子抿了一口酒，拿起一块肥肉放到嘴里嚼了起来。又有人问道："后来呢？"吴油子抿了一下嘴说道："后来啥呢，把他爹干倒了，还有啥后来呢。其实啊，凡是在外面念书的学生，没有一个好东西，他们全是要革命的！"

年轻的后生又问道："吴爷，啥是革命？"

"革命？你连革命都不知道？革命就是要剪掉你头上的辫子，你要是不剪，就剪掉你的项上人头！"吴油子说道。年轻后生一听，伸了一下舌头，抬手摸了摸脖子。人们越聚越多，都竖着耳朵在听着吴油子的高谈阔论。

吴油子见状，来了兴致，大声说道："咱们平鲁城，最数古家和班家有眼光了，把二儿子送到了东洋留学，把大儿子留在家里继承家业，一里一外占据了全世界，你们说厉害不厉害？"一个老者反驳道："人家城外五家沟的王梦玲不也是在英国留学吗？"

吴油子听见居然有人反驳他，就又说道："那也是从咱固山书院出来的学生，要不是他念了固山书院，能去英国留学？你们知道吗，英国可是一个好地方，从固山书院明伦堂墙上贴的地图上看，就一个手指头肚那么大。别看地方小，可那里的男人们'洋烟'随便抽，女人们用牛奶洗澡，洗得皮肤又白又嫩。"人们瞪大了眼睛，不知是吃惊还是在怀疑吴油子说的话。

吴油子还想往下说，也不知道是谁喊了一声"沙锁来了！"人们"轰"的一下便散开了。吴油子的酒碗也被踢翻了，一只野狗趁机叼走了地上的熟肉。吴油子呆站在那里，他四下看了看，哪有什么沙锁？可沙锁这几天到处抓人，人们都害怕他呢。

固|山|书|院

第十二章

　　沙锁既当知县又当队长，自然就不会给固山书院做饭了，这也不符合他的身份了，可康二小又无法承担起做饭的任务，他就是个帮忙的，热个剩菜剩饭还行，让他当主厨还是差了一大截。没有办法，王甘承又雇了一个叫钱二婶的50多岁的女人来固山书院做饭，康二小还做帮手。钱二婶的家离书院不远，加上她又是个勤快的人，做的饭菜比沙锁还好，就是有个小毛病，爱往家里拿一些书院的剩饭剩菜。康二小很是看不惯她的这种做法，对古宫臣说了好几次。古宫臣说："康二小，这些小事情你就装作不知道就行了，不要放在心上。"

　　这天，古宫臣找到了沙锁，对他说："沙师傅，我想让学生们回来念书，您看是不是把您的卫队搬到别处去住。您不心疼固山书院也心疼心疼我，是不是？您要是不心疼我，也该心疼心疼咱们固山书院念书的那些孩子，他们可是咱平鲁县的希望！"沙锁一听，琢磨了好半天，最后说道："好，就依你，我搬到别处去住。"第二天，固山书院贴出了复学的通知，可回来的学生还不到以前的一半，但总算是又可以正常上课了。

秋收已经结束，整个田野笼罩在一片秋末冬初的萧瑟中。晨雾渐渐散去，太阳升起来了。古宫臣像往常一样，起床后就开始打扫卫生，先把自己住的屋子打扫干净，把家具擦得一尘不染，然后是扫院子，把整个院子扫一遍，一直扫到书院的大门外面。他抬头望着大门上面挂着的牌匾，牌匾上的"固山书院"四个鎏金大字在阳光下熠熠生辉。"唉……"古宫臣长叹一声，拿着扫帚进门去了。他的背影显得有些孤单。

上午，从明伦堂那边传来了学生们的读书声，古宫臣听着这声音心里踏实了许多，现在的学生有不到 40 个，可毕竟固山书院又有了读书声，要是沙锁不搬走，固山书院还真是复不了学。

西北风越刮越大，吹得落光了树叶的树枝哗哗作响。腊月二十四这天上午，县城里忽然乱了起来，有好几群人从不同的地方向县衙走去。不一会儿，县衙门口聚集了黑压压的一群人。王甘承、任武行和康二小都站在墙头上向县衙那边张望着，他们也不知道发生了什么事儿。

只见几个人从县衙里走了出来，把一张白纸贴在了墙上，一个人大声说道："父老乡亲们，宣统皇帝发布了退位诏书，大清改民国了……"人群中发出了惊呼声。这时，人们这才辨认出来，穿着一身中山装大声说话的人是沙锁。沙锁继续说道："辛亥革命宣告成功，我们要废清制立新法，县衙改为公署，知县改为知事，男人们继续剪发辫，女人们放小脚。有违令者——斩！"人群中又发出了一阵惊呼。

王甘承说："康二小，你给跑一趟，看看那边的人们在做啥呢。"康二小跳下墙头向县衙那边跑去。不一会儿就跑回来了，站在墙外仰着头向站在墙上的几个人说道："宣统帝正式宣布退位了，现在叫民国朝，我师父……沙锁……当上县太爷了，嗯……不叫县太爷，叫……叫知事太爷。"

啥……沙锁？站在墙上的人们差点惊得从墙上掉了下来。王甘承说道："啥？知事太爷？走走走，咱们过去看看，这大白天的，难道闹鬼了不成！"他们几个人说着话，满腹狐疑地从墙上跳了下来，急急忙忙地向县衙那边走了过去。围在白纸前的人们议论纷纷，不知道沙锁说的是真的还是假的。

有人看见王甘承他们走过来了，就说道："王先生来了，来来来，让一下，让王先生看看，这是真的还是假的。"王甘承站在白纸前一看，是平鲁县衙门写的公告，全文摘抄了宣统皇帝的退位诏书，下面还有县衙门的大印。刚刚看完，只见沙锁领着十几个人从县衙里走了出来，看见王甘承他们后说道："王先生，您给大伙说说，如今改朝换代了，县衙改公署，知县改知事，本人就任平鲁县知事公署知事，也就是……就是平鲁县最大的官。"王甘承不解地问道："那……秦知县呢？"

"哪有什么秦知县，他现在已经是阶下囚了！"沙锁说道。王甘承又问道："那你这是干啥去？"沙锁挥了挥手说道："到兵营里去找王千总，要他出兵维持治安，防止社会动乱。"沙锁他们碰到了南关的洪拐子，洪拐子对沙锁说："沙锁……沙师傅……沙太爷……这……应该叫沙知事，恭贺您高就啦！"沙锁哈哈一笑说道："明天我就颁布法令，大赦天下。你的表弟……沙二阎王可以出狱了，你赶紧告诉你姑姑去，让她老人家也高兴高兴。"洪拐子一听，赶紧给沙锁作揖，沙锁挥了挥手就走了。

沙锁把秦朝仁抓了起来，下到了大狱里，派人严加看管，不允许任何人接近。有传言说要不是秦朝仁临走时去偷固山书院大成殿里的金砖也不会被沙锁抓住。沙锁本来是要放走秦朝仁的，可他太贪心了，临走时居然想偷走金砖，被沙锁逮了个正着。沙锁一怒之下把秦朝仁关了起来，准备好好地整治一下他。

沙锁当上县知事后立马组建了新的公署办事机构，设有内务课、税务课、邢典课、教育课、民事课和警察署。警察署的署长由郑富贵担任。省里撤走了驻军，调走了王千总。外地的兵全走了，本地的兵留了下来，沙锁就把他们整编为县警察署的警察，让郑富贵管理着。他们穿着黑色的制服，绑着白色的绑腿。吴油子给起了个绰号，叫"乌鸦腿"。为此，他还被郑富贵抓进监狱关了7天。由此，他与郑富贵结下了仇。

年后，固山书院的又一个开学季到了，学生们开始报到了，到了正式开课的时候，古宫臣有些不解了："怎么才来了26个学生？腊月里放假的时候还有38个呢，就是没有新生上学，也应该保证原来的学生都回来，怎么少了这么多？"王甘承说："城里除了班明宗的学馆还办起了3处私塾，每处有八九个孩子。大一些的村子也有私塾，就连小村子里停办了的私塾也恢复了不少，他们全不来固山书院念书了。"

"这是怎么回事？是我们书院哪里做得不好吗？"古宫臣问道。王甘承说："这个……我也不清楚。"古宫臣感觉这里面一定有问题，要不然固山书院的学生不会这么少。他想了想，出了书院大门，向城里的一处私塾走去。远远地就听到了孩子们的读书声，他寻着声音来到了一处宅院的大门前，看到大门上挂着一块"紫气东来"的牌匾，气势倒还是可以，就是感觉这处院子许久没有人打扫过了，到处都是尘土，一副灰厅冷灶的样子。他推门走了进去，一进大门，东厢房里传出了读书声，西厢房里静悄悄的。古宫臣推开了东厢房的门走了进去，孩子们的读书声马上停止了。他环顾了一下，没有看到先生，就挥了挥手说道："你们继续念，继续念！"

古宫臣上了台阶，走过甬道来到了后院。嗯，想起来了，这不是墨吉顺的院子吗？怪不得总感觉这么眼熟。他看到东面的墙上又开了一个小门，直接通到了前面的裕盛源绸缎庄。古宫臣正在想着该向哪边走，只听有人问道："你找谁呀？"随着说话声，从正房最中间的房间里走出来一个女人。古宫臣一看，面生得很，没有见过。女人又问道："你找谁？"古宫臣正要说话，身后传来一个孩子的声音："四妈，这是固山书院的古先生，我认得他。"女人又说道："墨仁，你认得他？那……那就进屋说话吧。"这个女人原来是蔓金雀。

自从墨吉顺死了后，蔓金雀靠着殷实的家业过得无忧无虑，这几年大门不出二门不迈，哪儿也不去，就连西山上的娘家也不回去。原想蔓金仙肯定会跟她没完。她想了好几个对付蔓金仙的办法，可一个也没有用上，就这样把墨吉顺给埋葬了，墨家的族人也没有为难她。蔓金雀心里十分感激蔓金仙，真的就像对待亲姐姐一样对待她。绸缎庄有蔓金仙和冯裁缝打理着，她从不去过问，只把每月的份子钱一拿了事。她也觉察出了蔓金仙与冯裁缝的关系不一般，也是睁一只眼闭一只眼，只要能按时拿到份子钱，这些闲事一概不去管。

这时，墨仁又说道："四妈，让古先生进家喝茶。"蔓金雀心里一慌："那……嗯……古先生，请进。"蔓金雀说着话，紧走几步打起了门帘。

古宫臣与墨仁一前一后走了进去，墨仁说："古先生，您坐这里。"说着指了指客厅正面放着的太师椅。蔓金雀进来后站在当地，两只眼睛直勾勾地看着古宫臣。墨仁说："四妈，你也坐，我给倒茶去。"说完后便转身出去了。蔓金雀愣了一下，走过去坐到了古宫臣右边的太师椅上，中间隔着一张茶桌。

古宫臣说："我本来是要找私塾先生了解一些事情的，可没有见到他。"

蔓金雀问道："啥事情？"古宫臣想了想说道："这城里的孩子们为啥不去固山书院念书，反而都跑到了私塾？"蔓金雀听了后，呵呵一笑，开口说道："你们固山书院已经变成了一个'斗闹场'了，什么杀人犯、卫队、革命党，都在你们那儿，谁家的孩子敢去念书啊。"古宫臣听了后吃了一惊，心里想："怎么会这样？"蔓金雀又说道："你也是念过大学堂的人，这弟子规里说得明明白白，'斗闹场、绝勿进'，你难道……难道不知道？"古宫臣听到蔓金雀的话后脸红了起来。

"那个状元学馆的班明宗说，你也是那个什么同盟会的成员，秦知县是你们的大师傅给杀的，县衙是你们的人砸毁的，这清朝也让你们给推翻了，成立了民国。谁还敢去你们那里念书？"蔓金雀说着站起身来，似乎在寻找着什么。古宫臣听到这里脸又白了，脑子里一片混乱，不知道该说什么才好。想了想又问道："谁说秦知县被杀了，不是关在监狱里吗？这个班明宗就是能胡说！沙锁也不是杀人犯！"

蔓金雀一听，马上说道："班明宗几乎天天来我们的私塾房串门，他的消息灵通着呢。说秦知县是在大狱里被打死的，用的是快枪。全县只有沙锁拿着一支快枪，就连兵营里的兵使的都是火枪……不过，兵营里的头头王千总好像也有一支快枪……"

墨仁提着一壶茶水走了进来，他把茶壶放到茶桌上，伸手从茶桌上的茶盘里拿起一只茶杯就要给古宫臣倒茶。这时，蔓金雀拿着一个满是灰尘的黄铜水烟壶走过来放到茶桌上说："古先生，你抽一口水烟吧。"古宫臣若有所思地说道："我不抽烟。"蔓金雀说："仁儿，你去前面的铺子里向冯裁缝要支卷烟去，那个好抽。"墨仁答应一声转身跑了出去。蔓金雀拿起桌上的茶壶倒了一杯茶，双手递给古宫臣说："古先生……请喝茶……"

古宫臣看着门缝里被风不断吹起又不断落下来的门帘角，伸手接住了蔓金雀递过来的茶杯。哦，好半天才感觉到他的手居然抓着蔓金雀的手，茶杯还在蔓金雀的手中。蔓金雀两腮绯红，水汪汪的眼睛正在含情脉脉地看着他。古宫臣像是被马蜂扎了一下，猛地松开了双手，茶杯从蔓金雀的手中掉了下来，掉到桌子上滚了一下，又掉到了地上，"啪"地一下摔碎了。古宫臣红着脸说道："呀……这个……实在是……"他有些语无伦次了，这可是他从来没有过的。

蔓金雀倒是很镇静，呵呵一笑说道："古先生，我给你再拿一个杯子。"古宫臣连忙站起身来说："不用了，不用了，我走了，谢谢你！"边说边向门外走去，迎面碰上了拿着两支卷烟的墨仁，墨仁说道："古先生给你卷烟。"古宫臣笑了笑说道："我不抽烟，墨仁，欢迎你到固山书院读书！"墨仁高兴地答应了一声。蔓金雀看着古宫臣远去的背影，猛然想到今天是自己 22 岁的生日。

固|山|书|院

第十三章

　　柳秀慧在固山书院住了下来，她感到了一种前所未有的、别样的温馨与快乐。她也说不清楚这是一种什么样的感觉，反正和古宫臣在一起她就很高兴。她觉得固山书院哪里都好，这里的天也蓝，风也清，云也白。那大门上的鎏金匾额，那石头券成的窑洞，那院子里的柳树，还有那门前欢快地流淌着的中陵河，一切的一切都那么美好……

　　黎明，晨雾笼罩着中陵河。河水从西城墙的水口流入城内，转了一个弧形的弯儿后又向南流去，穿过南城墙的水口流到了城外。河水穿城而过，多少年了一直都是这样，不紧不慢，日夜不停，川流不息。在城里中陵河的北岸地势渐渐高了起来，再往后就是北固山了。固山书院就坐落在中陵河北岸与北固山之间。

柳秀慧有早起的习惯。起来后先是散步，然后看书，看完书后再吃早饭。天边渐渐映出了红彤彤的霞光，阵阵微风吹来，给这初夏的早晨增添了不少暖意。柳秀慧走出了固山书院的大门，踩着河中间的石头过了中陵河，向南面走去，穿过几条街后，爬上了南城墙。站在城墙上，她感到非常舒坦，身心的疲惫一扫而光。哦，总算有了个能够栖身的地方，而且这个地方好像自己在梦中见过……还有……她爱的人在这里。想到这里，柳秀慧双手合十对着北面的北固山拜了拜。

此时，晨雾已经散去，霞光变成了蓝天，柳秀慧远远地看见了固山书院。固山书院修建在北高南低的一个山坡上，大门是由三间石头券的石窑组成。中间一间是大门，还装有榆木做成的两扇木门。大门上面就挂着那块写着"固山书院"的鎏金牌匾。东边的一间是门房，西边的一间是放杂物的。一进大门，两边是菜地。中间是一条石板铺成的五尺多宽的石路，路的左右两边各栽着一排柳树。往后走是一个由十八级台阶组成的阶梯，阶梯两旁各有五间石窑。一面是食堂、伙房和库房，一面是学生宿舍。上了阶梯，又是一段石板铺成的五尺多宽的石路，两边种着柳树。石板路的右边有一个很精致的花园，左边是一个操场。石板路的尽头是一排石窑，一共有十三间。中间三间比两边的高四五尺，还有木结构的檐廊，气势宏伟。这三间里，中间的一间供着孔子，叫大成殿。左边那间供着财神关公老爷，叫财神殿。右边那间供着佛祖释迦牟尼，叫释迦殿。西面的五间石窑是山长和教书先生们的宿舍兼办公室，柳秀慧就住在西面紧挨山长室旁边的那间石窑里。东面的五间石窑除了紧挨释迦殿的那间住着王甘承外，其余的都是客房，供来书院的客人和来看望学生的家长们住宿用。自从沙锁他们搬走以后，这里一直空着。站在南城墙上向北望去，固山书院在太阳光的照射下静谧而温馨。柳秀慧心里感慨万千，要是一辈子生活在这里，能与古先生……古宫臣……走在一起，那……该是我最幸福的人生了。一阵凉风吹了过来，她打了个冷战。哦，该回书院吃早饭去了，要不然康二小又要满世界地找了。

古怀阖早上起来赶着骡子车去南城门外面的地里割草，就在柳秀慧下了南城墙的时候，有一个人爬到了南城门的城头上，站在那里，看着南面广阔的天地在想着什么。古怀阖赶着车远远地看见城头上站着一个人，等到他走近了才看清楚是古宫桃。

古怀阖的心里一惊，大声喊道："桃桃，你在上面干啥呢，赶紧下来，和爹回家去。"古怀阖赶着车往前面快步走去。快到城门跟前了，只见桃桃从城门洞里走了出来，走到古怀阖面前说："爹，啥时候送我去太原念书？"古怀阖连忙说："桃桃，明年就送你去念书，明年！""爹，您都说了好几次明年了，究竟是哪个明年？"古宫桃说道。古怀阖有些不高兴了："明年就是明年嘛！"说完后一手拉着古宫桃，一手拉着骡子的缰绳进了南城门向家里走去。

夏末秋初的一天晚上，古宫臣正要上炕睡觉，古怀阖来了，一进门就问道："宫臣，桃桃来过你这里吗？"古宫臣说："没有啊，哦……半个月前来过一次。"古怀阖又问道："她和你说过啥没有？"古宫臣看着唉声叹气的父亲问道："爹，究竟出啥事了？"

原来，桃桃已经五天不见了，一个女孩子能够跑到哪里呢，该找的地方都已经找过了，这……活不见人死不见尸……真是急死人了。古宫臣想了想说道："那天她来书院看样子是和我拉家常，原来是想出去念书。唉，这孩子，您也别找了，肯定是去了太原。"古怀阖听后吃了一惊："啥？去了太原？这……不是等于去寻死吗？"古宫臣又说道："那天她说你说过的话就是不算数……"古怀阖听了后说道："是呀，一个女孩子念啥书，我是说来哄她的，没想到她当真了！该不会又去寻死了吧，我……我是让她惊吓苦了，唉……"

古怀阖说完后转身走了出来，古宫臣随后也跟了出来，他边走边说道："爹，您也不要太操心了，桃桃肯定没事，她一定是去了太原。明天我就给太原的朋友写封信，让他们打听一下桃桃的消息，您放心好了！"

走出固山书院的大门后，古怀阖说道："宫臣，你回去吧，我也要回去了，有桃桃的消息了告诉我一声。"古宫臣点了点头，目送着父亲向东面的街巷走去。古怀阖边走边念叨："古宫桃啊古宫桃，你还是我的女儿吗？你的心就那么硬吗？怎能冒死去念书呢！念书对你来说就是银子？就是金子？就是命？唉……"

秋收以后，固山书院又收了16个学生，这16个学生中有9个是季节生，也就是农忙时帮家里干农活，农闲时才来书院读书。对于这样的学生王甘承和任武行是不看好他们的。可古宫臣却不这样看，他认为固山书院能够收上这些学生，说明人们对书院的看法开始转变了。

沙锁和郑富贵走进了固山书院，古宫臣请他们进屋后给他们倒上了茶水。沙锁喝了一口茶说道："你看看这个。"接着把一个牛皮纸袋子交给了古宫臣。古宫臣接过来一看，是省里寄来的公文，他从里面抽出两张文书，大概意思是要废除清政府的"癸卯学制"，实行"壬子学制"，教学内容废除"四书五经"，一律使用新式课本。全省书院和学堂统一开设国文、算数、音乐、体育、美术课。高年级加授理科、历史、地理、军事四科。古宫臣看完后，又把两张文书叠好装进了牛皮纸袋里，放到了炕上。

沙锁说道："弄明白了吗？这回固山书院先改，然后全县的教育要以固山书院为标准进行全面改革。从今天开始，你被县公署聘请为'教育督导员'，不仅要办好固山书院，还要把全县的教育搞好。"

古宫臣看着沙锁，感觉一股劲儿从身体里涌了出来，固山书院又有希望了。沙锁指着炕上的牛皮纸袋子说道："这个你收着，你有什么困难尽管找我，我一定全力支持你。"古宫臣说道："开新课程的主要问题是我们没有先生，等到放了寒假后，我去太原招聘几个老师，您看如何？顺便找我的同学们筹些款，把书院修缮一下。"沙锁喝了一口茶说道："招聘先生可以，筹款嘛就不用了。那个秦朝仁真是个大滑头，县里有钱也不给你，却让你当叫花子，到处讨吃要饭，真是难为你了。这是县里拨给你的3000大洋，够你修葺书院和聘请先生、发放工钱了吧？"说着就掏出一张银票来，放到了旁边的茶桌上。古宫臣先是一惊，万万没想到沙锁会有这样的举动，连声说道："谢谢沙知事，谢谢沙知事！"

沙锁出门时又说道："上课使用的课本我已经从朔县给你拉回来了，你派人去县公署拿回来就行，现在能开哪些课就开哪些课，过年后要按照规定，全部课程都开齐了。"古宫臣连连答应着。

这天，班明宗的长工满喜子给书院送来一驴车硬柴，顺便向王甘承和任武行打听到了教育要改革的事儿，回去后就说道："大少爷，你的学馆怕是办不成了，县里的教育要改革呢！"原来，班明宗让满喜子去送硬柴就是为了打听一些情况，教育要改革的事儿他也听说了，就是不确定。这回好了，消息确切了，需要想想下一步的出路了。

腊月十八早上，固山书院的学生全部放假回家了，书院里没有学生也就没有了生气，这种气氛古宫臣还有点不适应。吃过早饭后，他对王甘承说："王先生，您把这一年的账结一结，看看明年的支出需要多少，假期里我也好筹备一下。"说完后又对正在吃饭的柳秀慧说："我要去一趟太原，去招聘几个能上新课程的老师。"

柳秀慧的心里一紧，脸上露出了一些不舍的意思来，古宫臣当然看到了，他看着柳秀慧说道："这里有这么多人，你也全都熟悉了，有啥事向钱二婶开口，她不会拒绝的。我在年后开学前保准回来。"柳秀慧一直把古宫臣送出了固山书院的大门。古宫臣走得很远了，她还孤零零地站在那里。直到康二小出来喊她，她才随着康二小磨磨蹭蹭地走了回去。

固|山|书|院

第十四章

天灰蒙蒙的，好像又要下雪。远处偶尔传来一两声麻炮的声音，快要过年了。王甘承和先生们一起把院子认真打扫了一遍，这是他们多年来养成的习惯，打扫完院子后就各自回家，准备过年去了。

王甘承沏了一壶热茶，然后坐在炕桌旁拿出一年的账本细细地翻看了起来。

"王先生，王先生"，一个老板摸样的人两手抄在袖筒里高声吆喝着走了进来。"呀，是水掌柜的啊，赶紧进来啊。"王甘承答应着撩起厚厚的门帘把皮货店的水掌柜让进了屋里。水掌柜坐在炕沿上脱了棉鞋，盘腿坐到了热乎乎的炕上。王甘承把水烟袋递了过去，随即说道："水掌柜啊，我让人捎话找你来是想和你说句心里话，盘算一下明年的办学经费。你看，这都腊月十八了，你也该把账结一下了。"水掌柜一听，笑着说："你着啥急呢？"王甘承把脸一沉："怎么不急，我们还差别人的呢。我这书院里就这点钱，是我私自借给你的，经不起折腾啊。要是让古宫臣知道了，我是吃不了兜着走哇！"

"非要年前结？"水掌柜眨了眨眼看着王甘承说。王甘承倒了一杯茶放在炕桌上说："是啊，能结就结了吧。要是你真的没有，我还能要了你的命？"水掌柜慢悠悠地吸了一口水烟，又拿起桌子上的茶杯喝了一口说："好茶，好茶啊。怕是要一块大洋一斤吧。"接着解开了羊皮袄，从胸前掏出一个钱袋子撂在了桌子上。"王先生啊，你数数，看够不够。"说完后，又拿起水烟袋，装上烟丝，"吧嗒、吧嗒"地吸了起来。王甘承也不客气，拿起钱袋子把里面的钱倒出来，一五一十地数了起来。"咦，怎么多了十块？"王甘承抬头疑惑地看着水掌柜。水掌柜说："是啊，那是给你的利钱。"王甘承说："什么利不利的，多心了不是，赶紧拿回去，你也不富裕，给孩子老婆置点年货。"说着便把多出来的钱放在了水掌柜面前。两人推让了一阵，最后水掌柜只好拿起来揣到了怀里。

水掌柜出了固山书院的大门，看了看门头上的牌匾，转身向县城最繁华的十字街走去。边走边想："看看人家王甘承，到底是固山书院的人。去年借了人家三百大洋去贩卖羊皮，说好利息是两块大洋，我厚着脸给了人家十块，人家还没有要。明年再赊上三百大洋的羊皮贩到东北，又能大赚一笔。在城里再盖处瓦房院子，将来给儿子娶媳妇。"想到这里，心里乐开了花。

"呀——这不是水掌柜吗？"水掌柜只顾想好事，猛然听到一个女人在喊他，仔细一看，是洪拐子的老婆，连忙说道："嘿，是洪嫂啊。洪哥好吗？"水掌柜说着抱拳给洪嫂作了一揖。洪嫂说："好，好着呢。你洪哥啊，一个种地的有什么不好，吃不肥饿不瘦的。"寒暄一阵后，洪嫂买了些香烛纸扎向家中走去。傍晚，洪拐子割了二斤羊肉、二斤猪肉，灌了一斤烧酒，买了三个大麻炮、一板小鞭炮、十斤白面和一些猪油回了家。一进家门，一股玉茭面窝窝头夹杂着烩片子的香味扑鼻而来，他把东西交给了洪嫂说："过年用的东西都在这里了，你放好，别让猫儿给吃了。"洪嫂见洪拐子买了这么多东西，高兴地说："今年收成不赖，你也不能这样大手大脚地花钱啊。年后儿子上学还要用钱呢，总不能念了一半停下来吧。"洪拐子嘿嘿一笑，也不说话，拿出旱烟袋装了一锅烟丝，用大拇指按了按，从通红的炕灶里抽出一根正在燃烧着的树棍子点燃烟锅里的烟丝抽了起来。

洪拐子盘腿坐在炕上，吸足了烟后问道："儿子呢？"洪嫂说："正要告诉你呢，私塾放假了，到黑疙瘩瓦村他大舅那里去了。固山书院的古宫臣来过了，说是过年后让儿子到他那里念书呢。"洪拐子听了，不满地说："这个古宫臣想让洪殊去书院念书，也不是不能去，干啥还要沙知事出面说话，还想压我一头，我看啊我们就不去他那里，看他能把我怎么样！"洪嫂盛了一碗片子放在洪拐子面前说："我还没告诉你呢，固山书院出了大事情了。""怎么回事？"洪拐子急忙问。洪嫂说道："古宫臣已经跑了，他爹古怀阆给他说好了城里八道街一户人家的女儿，说是腊月二十三小年就要成亲。"洪拐子说："今儿个是腊月十八，还有好几天，这就跑了？"洪嫂边吃饭边说："我就和你说这事儿呢，古宫臣早就和那个柳秀慧在一起了，不跑怎么办呀？"

洪拐子吃惊地问："真的跑了？"洪嫂说："那还有假，有人亲眼看见了，要不然怎么会传得有鼻子有眼。"洪拐子又问道："没听说是谁看见的？"。洪嫂说："还有哪个，还不是你那个表弟沙二阎王啊。"洪拐子大吃一惊,过了半天才说道:"二阎王不是叫下了大狱要斩首吗,怎么又放出来了?""这不是沙锁上任大赦天下,给放出来了。听说沙二阎王一放出来就到了口外,回来时还带回了好多快枪呢。"红嫂说着夹了一个窝窝头放在了洪拐子的碗里。洪拐子陷入了沉思:"看来沙锁上次和我说的大赦天下是真话,这个大师傅说话还真算数。不过……他把那些犯人放了出来,这……平鲁县怕是要遭殃哩。"洪拐子不由得担心起来。

夜深了,天空中乌云密布,雪越下越大。地上的一切都被盖了个严严实实,就连往日寻食的野狗也不知藏到了哪里,听不到一声叫唤。整个县城静悄悄的,没有一丝响动。城隍庙院里高大的榆树也没有了往日的威风,掉光了叶子的树枝上落满了雪。一只猫头鹰站在一根树枝上一动不动,睁着两只圆眼睛盯着远处的一个地方,像是发现了什么。

柳秀慧失眠了,翻来覆去怎么也睡不着,到后半夜了还是没有一点睡意,她猛地听到了几声清脆的枪声,紧接着又听到了有人奔跑的声音,还有叫喊声。她起身竖着耳朵听了一会儿,声音越来越大,赶紧穿上衣服正要下地出去打听一下,忽然听到了敲门声。柳秀慧警觉地问道:"谁啊?"只听门外的人说道:"慧姐,赶紧起哇,匪兵要进城了。"柳秀慧听出来了,这是康二小的声音。她打开门看见康二小站在门外紧张得瑟瑟发抖。柳秀慧说:"等一下,我拿点东西。"她回身麻利地收拾了一些东西包在一起,背在背上就要出门。康二小站在那里一动不动,不知道在想着什么。柳秀慧说道:"走啊!"康二小这才赶紧转身向大门口走去。

王甘承和任武行已经在大门口等着了,看见康二小和柳秀慧走了过来,王甘承说:"从西城门出去到我们村吧,那里山高沟深,我老婆在家里,你们躲上个十天半月没有啥事。"任武行说:"好,赶紧走吧。"四个人一起向西门走去。正在这时,黑暗中有人骑着一匹马跑了过来,四人一愣,站在那里不动了。等骑马的人跑到近前了，他们才看清楚是警察署的郑署长。郑署长大声说道："你们走东门吧，西门、南门和北固山上都被围住了，赶紧啊！"说完后就调转马头消失在了黑暗中。

这时，从北固山上传来了像炒豆子一样的枪声，他们赶紧朝东门跑去。到了东门口，人们拥挤在一起，争先恐后地往外面挤。孩子的哭声、大人的叫喊声混杂在一起，一派混乱的场景。

四个人好不容易挤到了城门外，王甘承喘着气辨别了一下方向说道："城西我们村是去不成了，我们往东走吧，走到哪里算哪里。"他说完后挥了挥手，四个人转身向城东的大路上走去。任武行说："去你们村不行，去我们村吧，我家里也可以住啊。"王甘承说："那就赶紧走吧。"大伙刚走了没几步，柳秀慧大喊一声："你们等一下，我回去把大门上的匾额藏起来再回来找你们。"王甘承一听，大声说道："赶紧逃命吧，还顾那个牌匾干啥！"柳秀慧说："那个牌匾上的字是金子镶嵌的，匪兵来了还不抢了去？我回去一下，一会儿就来。"康二小一把拉住柳秀慧着急地说："不能回去！"柳秀慧一把甩开康二小的手，大声说道："古先生最爱惜那块匾了，那是他的心爱之物，不能丢了。"柳秀慧说完后转身撒腿就往回跑，康二小还想说什么，张了张嘴没有说出来，看着柳秀慧消失在了人群中。

固|山|书|院

第十五章

　　柳秀慧本来是不想逃婚的，管他是谁呢，嫁了就算了，了却父母的一桩心愿。谁知道就在成婚的前几天，柳秀慧在兵营里见到了她的未婚夫李汉卿。李汉卿喝醉了酒，要强行和她上床。她强烈反对，拉扯了好一阵子，她挣脱了李汉卿的手向门外跑去。李汉卿一把把她拉了回来，顺手把她摔倒在地上，恼羞成怒地拔出手枪"啪"地一声放在了桌子上，吼道："老子花了一千块大洋，你已经是老子的人了，看你往哪里跑。就是跑到天边，老子也能把你找回来。再跑，看老子一枪崩了你。"说完后，气喘吁吁地摔门而去。柳秀慧觉得自己无论如何不能嫁给这样的人，这和古先生，对，就是那个古宫臣，真是天壤之别。于是，柳秀慧下定决心要逃婚。当天晚上收拾了一下就逃了出来，走了好几天才到了太原的山西大学堂。一打听，才知道古宫臣已经毕业，回了家乡。她猛然想起古宫臣在与她分手时说过，他的家在平鲁县。柳秀慧一咬牙就向北走去，一直走到了平鲁县。

这时，南门口也传来了枪声。王甘承有些沉不住气了，任武行也是不停地往城门口看。城门口已经没有一个人了。康二小说："要不你们先走吧，我回去看看。"说完后就朝着空荡荡的城门口跑去。王甘承摇了摇头说："都是些不要命的主儿，咱俩赶紧走吧，别把老命丢在这儿。"说完后便加快脚步向东走去。

刚才，柳秀慧用劲往城门里面挤，费了好大的劲终于挤进去了，她向来时的路快步走去，迎面碰上了钱二婶。钱二婶看到了柳秀慧，大声说道："柳姑娘，你这是去哪里，怎么还往回走？赶紧出城吧，匪兵都快要进城了。"柳秀慧说："二婶，您赶紧走吧，我回书院把那块牌匾藏起来就出城。"说完后，就向固山书院的方向跑去，一口气跑到了固山书院的大门前，推开大门，从任武行住着的门房里搬出了一个凳子，站在上面，拿了一个斧头，费了半天劲才把那块匾额摘了下来，足有20斤重的牌匾差点把她压翻在地。她用尽全身力气抱着牌匾向后面的食堂走去。她在摘牌匾的时候就已经想好了把它藏在哪里。放在别的窑里很容易被发现，放在地窖里也不安全，匪兵一下地窖就会看见的。只有放在厨房的案板下面才是最安全的。柳秀慧搬着牌匾进到了食堂里面，走过食堂进到了厨房。她用劲扶起了做饭用的案板，把牌匾放了上去，又把案板盖在了上面。

这时，天已经蒙蒙亮了，柳秀慧看了看，严丝合缝，完全看不出来下面还有一块牌匾，只能看到是在案板下面横了一块没有用处的木头板子。她又用手摸了摸，感觉没有任何问题了才往外面走。

柳秀慧出了厨房走过食堂，正要出门，忽然看见十几个穿着灰色军装的兵拥着一个满脸络腮胡子的人从大门口走了进来。柳秀慧赶紧退回了食堂，在门口向外面看着。东面的石头墙上站着一些兵，他们站在墙头上向四处张望着。只听那个满脸络腮胡子的人说道："这地方比县公署好，团部就安在这里，其他三个营自己找地方，一会儿向我报告。"

柳秀慧的心跳得厉害，快要从嗓子眼里蹦出来了。那个满脸络腮胡子的人带着那伙人向后面走去了，柳秀慧观察了好一阵子，墙头上的兵没有了踪影，太阳升起老高了，她一咬牙，向着大门口跑了过去。正要跑出大门的时候，忽然从大门口又走进来一伙人，迎面与她相遇。她一愣，站在了那里。这伙人押着四个妇女，她一个也不认识。

"咦——平鲁县还有这样细皮嫩肉的妹子？"一个当兵的说道。另一个说："真是深山出俊鸟，看来这话没错。走走走，给团长送去。"这人说着话上去就拉着柳秀慧向后面走去。柳秀慧的心一沉："这回完了，落到了这伙人手里还有个好？"那四个妇女被押到了厨房里给这伙匪兵做饭。城里年轻力壮的跑了一多半，没有来得及跑的和不愿意跑的都留在了城里。

吴油子喝醉了，迷迷糊糊地睡了大半天才醒来。中午时分他到街上打酒，发现街上到处都是穿着灰色军装的兵，三五成群地在街上的铺子里抢东西。他有些纳闷了，伸手摸了摸头，心里想："莫不是在做梦？这过了一夜哪里来的这么些个兵！天降神兵？"吴油子又咬了咬中指，呀，挺疼的。这不是在做梦！他摇摇晃晃地向十字街的肉铺走去。一个兵走过来说："老家伙，站住。"随着喊话的声音，那个兵一把夺走了他手中的酒葫芦，拿起来摇了摇，生气地说道："他妈的，一滴酒也没有。"手一扬，把酒葫芦扔到了地上。吴油子活到现在，见过的事情多了。在他的记忆中，平鲁县就是个过兵的地方，没有一年是平平安安度过的。一年一小灾，三年一大灾。这兵灾更可怕，好的时候被抢一些财物，不好的时候被烧、被杀，那是家常便饭，被奸淫的妇女更是不计其数。年轻的时候他爹教过他防身的拳脚，靠着这个和他的机敏躲过了无数次灾难。如今人老了，啥也不怕了，这样活着担惊受怕不说，还要受到欺凌，也没啥意思。

吴油子捡起地上的酒葫芦拿在手里端详了半天，用衣服擦了擦上面的土，看着走远了的匪兵恶狠狠地骂了一句，随后嘿嘿一笑，继续向肉铺走去。

那个满脸络腮胡子的人看见逮进来一个女子，先是皱了一下眉头，当他看清楚眼前的女子时又露出了笑容。站起来绕着女子走了一圈，摸了摸胡子说道："好，给我看好了。晚上送过来！"那个匪兵答应一声，把柳秀慧押到了另一间窑里，门外站着两个匪兵看管着。此时的柳秀慧想到了死，可怎么个死法呢？柳秀慧一时没有了主意。她环顾了一下四周，空荡荡的屋子里连条绳子也找不到。她看了看炕上，除了席子以外啥也没有。她又撩起席子看了一下，一张折叠着的宣纸引起了她的注意，柳秀慧伸手拿了出来，展开一看，宣纸上写着"玉汝于成"，落款是古宫臣。一想起古宫臣，她就放弃了死的念头。是啊，我千里迢迢地来平鲁县，不就是为了古宫臣吗？不！不能死，要活下去！

吴油子走到了肉铺门口，看见有两伙匪兵正坐在他以往坐过的台阶上喝酒吃肉。吴油子走进肉铺喊道："掌柜的，打酒买肉！"喊了好一阵子也没有人回应。吴油子看到窗子掉了下来，放肉的柜台歪斜着倒在一边，地上全是碎碗和碎缸片子。老掌柜不见了，小掌柜也不见了。这……吴油子皱起了眉头，他知道，这是门外那帮匪兵干的。这时，只听歪倒的柜台后面传来微弱的声音："吴油子……吴油子……你过来。"吴油子心里一惊，走到了柜台后面，看见老掌柜蹲着被捆在那里，麻绳勒进了他的棉衣里，像一堆被捆着的棉絮，没有个人样。吴油子蹲了下去，看到老掌柜的嘴里和鼻子里全是血，他赶忙说道："老掌柜，这……"老掌柜摇了摇头，示意他小声点，然后用微弱的声音说道："后院的磨盘下有些钱，等他们走了后你取上交给我儿子黄存财，让他今后千万别再卖肉了，让他到固山书院去……去念书……念书……"说完后，老掌柜张了张嘴，低下了头，咽了气。

吴油子咬紧嘴唇，腮帮子上的肌肉绷了起来。起身走到门口，正要出去，一个匪兵站起来拦住他说道："怎么，杀了人就要走？没这么便宜吧！"坐在台阶上喝酒的一个匪兵说道："捆起来，捆起来，让他家里人拿钱来赎。"那个拦着吴油子的匪兵从腰间往出掏绳子，要捆吴油子。吴油子心里想："这要是让他们捆住了还有个好？这条老命算是完了。"想到这里，吴油子飞起一脚，用尽全身力气狠狠地踢到了匪兵的裆部，匪兵"哼"了一声倒在了地上。他转身迅速向柜台后面跑去，穿过后门跑到了后院里，又跑进了旁边的煮肉房里，爬上了灶台，推开上面的窗户，纵身一跃跳出了窗户，撒腿就跑。只听后面"噼噼啪啪"响起了一阵枪声。他转过几条街巷，一会儿工夫就没了踪影。

匪兵吃了亏，又没有抓到吴油子，他们以为老掌柜没有死，回身对着老掌柜的尸体又是一阵乱枪，直打得老掌柜的棉衣里的棉花都飞出了许多才停止了射击。他们还不觉得解恨，临走时把肉铺子给点着了。匪兵们看到大火把旁边的铺子都引着了才悻悻地离去，到北固山上的庙宇里去住了。住在各个庙里的匪兵为了取暖，把能烧的东西都烧了。烟雾在山顶上越聚越多，黑压压的一大片，笼罩了北面的大半个平鲁县城。

都后半夜了，柳秀慧被冻得瑟瑟发抖，她走到门口从门缝里向外看了看，没有一点动静，她轻轻拉了一下门，拉不开，又用劲拉了好几下，还是拉不开。直到太阳照到了窗户上也没有人过来开门。只听到外面的兵不断地走动着，说着话，柳秀慧一句也听不懂。她也不想听懂他们的话，她只想着怎么可以逃出去。

　　又过了整整两天，柳秀慧想尽一切办法也出不去，她又不敢闹得动静太大了，也不敢要饭吃、要水喝。她甚至庆幸起来，希望匪兵把她忘了。两天来，她天天听到外面不时传来凄惨的号叫声和噼噼啪啪的枪声，还有阵阵飘进窑里的烟熏味和焦糊味。她坚持着，坚持着，用劲坚持着。晚上，她蜷缩在炕沿下的墙角里抵御着寒冷，想着平时温暖的热炕和古宫臣……黎明时分，她居然打了一个盹，还梦到与古宫臣成亲了，高兴得不知如何是好……

固|山|书|院

第十六章

太阳又一次升了起来，柳秀慧饿得几乎站不起来了。这时，只听门响了一声，一个匪兵进来后一把揪住她的上衣就把她推到了炕上，接着就拉她的裤带。柳秀慧一惊，拼尽全身力气反抗着。这个匪兵冲着门外喊道："这妞有劲呢，哥们进来帮个忙。哗啦一声，又进来好几个匪兵，他们按住柳秀慧，直到把她的衣服剥了个精光，那个匪兵压在了她的身上，她只看了一眼就闭上了眼睛……

康二小进城后还没有走多远就看见许多匪兵在城里抢东西，他躲闪着向固山书院走去。快到固山书院了，康二小上了一户人家的窑头向书院的大门望去，牌匾不见了，估计是让柳秀慧给藏了起来。他忽然又看见几个匪兵押着四五个妇女走进了固山书院。康二小心里一沉："没有看见柳秀慧,她藏在哪里了?是不是有危险?"

康二小四下看了看,近处没有看到匪兵,他从窑头上溜了下来,绕到西面的石头墙边爬上了石头墙,又跳到了厨房和食堂的窑头上,藏到了窑头上的荒草丛中,观察着周围的动静。忽然听到厨房里的女人们在说话:"柳秀慧那女子怕是要遭殃了。""可不是吗,落到了匪兵手里还能有个好?唉……那么好的一个大姑娘……"康二小竖起耳朵听着,心一阵翻腾,这可该怎么办呀?他伏在荒草丛中,只能等到天黑了再说。

吴油子跑了好几条街,回头看了一阵子,确定匪兵没有追上来,便喘着气靠在一堵矮墙下想歇一会儿。还没有坐稳,就听见旁边的房子里传出了女人的呼喊声:"救命呀——救命呀——"吴油子知道,这是匪兵在奸污妇女。一股怒火直冲脑门,他起身就要冲进去。这时,几个匪兵嘻嘻哈哈地从屋里走了出来,吴油子赶紧又蹲了下去,他悄悄看了看,又听了听,确定屋子里不是一个匪兵,自己进去肯定对付不了,还得把老命搭上。他只好捂着耳朵,猫着身子从矮墙下面溜走了。

天黑了下来,匪兵们不断地来食堂吃饭,有的还把饭端走了。趴在窑头上的康二小大气也不敢出,生怕匪兵发现了他。康二小觉得这里很不安全,他赶紧下了窑头翻到了墙外,又绕到书院最后一排石窑下,扒着后墙的垛子上了窑头,向前面看了起来。这一看,把他吓了一跳。书院里几乎住满了匪兵,进进出出的少说也有300人。古宫臣的窑里住着那个满脸络腮胡子的人,像是匪兵的头头,不时有匪兵来找他,像是在报告着什么。整个固山书院变成了一座兵营,时不时还有打人的皮鞭声、喊叫声或者是号叫声从一些窑洞里传出来,这哪里是兵营,简直是一座人间地狱。康二小打了个冷战,赶紧伏下了身子。这时,几个匪兵吵嚷着要上窑头查看,他赶紧趁着夜色下了窑头向城里摸去。他要去找柳秀慧，看看她究竟被抓到了哪里，活要见人，死要见尸。

也不知道是怎么搞的，这帮匪兵居然抓住了沙锁，把他关起来后进行了严刑逼供，也不知道敲诈了多少钱，反正是在第二天后晌把沙锁给放了出来。沙锁拖着两条几乎不能走路的腿，拄着双拐从固山书院的大门里走了出来，回头正要骂一句脏话，忽然看到了光秃秃的门头，那块牌匾不见了。这一定是让匪兵给撬走了上面的金箔，把匾也给毁了。唉……这可是祖辈传下来的命根子呀！这是平鲁县的文脉呀！这些匪兵，这个卢占魁！沙锁憋了许久，终于骂出了口。骂完后，拄着拐杖向西面走去。知事公署是不能回去了，那里也住满了匪兵。人们也不知道他去了哪里，但肯定是找地方养伤去了。

就在沙锁走后一会儿，匪兵把冯裁缝、洪拐子和水掌柜三个人抓来在一间窑里拷打了一个晚上，第二天把洪拐子放走了，把冯裁缝和水掌柜五花大绑，押在固山书院大门前中陵河的冰面上，两人低着头跪在冰面上不断地喘着粗气。过一会儿就有一个匪兵往他俩头上浇一盆冷水，一直到了半夜，他们也没有求饶。水掌柜用微弱的声音说道："冯裁缝啊，我看这回是活不出去了。"冯裁缝也说道："是啊，我该说的全说了，所有的钱……唉，他们还不相信……死就死吧，落到这些恶鬼手中……"一盆冷水当头浇了下来，他俩连颤抖的力气都没有了。

第二天早上，太阳还没有升起来，两个匪兵从固山书院的大门里走了出来，一个说道："咱俩请了三位财神，他妈的这两个财神屙得太少了，看看今天能不能再屙一些。"匪兵们把绑架人讹诈钱财叫请财神。两个匪兵走到冯裁缝和水掌柜身边一看，他俩已经和冰面冻在了一起，早已经没有了气息。一个匪兵说道："他妈的，真晦气，开个天灵盖接接好运吧！"

说完后，抽出腰间的一把长刀对准冯裁缝的后脑勺砍了下去，然后又对着水掌柜的后脑勺砍了一刀。另一个匪兵说道："回哥，你的刀法真好，这是啥时候练成的？"

匪兵是在第五天的早上退走的。康二小一直找了四天也没有看见柳秀慧。只有固山书院没有找了，这里的匪兵太多，康二小一直逮不着机会。他一直在远处瞭着，匪兵稀稀拉拉地走了好一会儿才走完。康二小一进大门就开始在固山书院的窑里寻找柳秀慧。他从左右门房开始找，一直找到最后一排也没有找到。康二小还是不死心，又从头找了起来。这次，他每间窑里都要开门进去一下，不像上一次从门口瞭一下就赶紧看下一间去了。

康二小还是很有耐心的，一间一间仔细找着，他走进了学生宿舍的最后一间窑里，炕上什么也没有，地上靠窗台的一边有一缕长头发从一张破旧的棉被边沿露了出来。康二小心里一紧，走过去掀开被子一看："呀呀呀，这不是柳秀慧吗！"康二小看到柳秀慧的脸白得吓人，头发拖在一边，胸脯上青一块紫一块的，还有一些血迹在上面。看样子，匪兵以为她已经死了，拖到这里后用破棉被遮盖了起来。康二小两眼一黑，什么也看不见了。

康二小站起身来摸索着走了出去，他大声喊道："救命啊——救命啊——"他喊破了嗓子也没有一个人过来。柳秀慧死了吗？她真的死了吗？康二小抬头望了望天空，看到几朵白云在天上飘着："哦，我的眼睛没事，看见了，看见了！"他转身又要进去，看看柳秀慧究竟怎么样了。可他没有进去，揉了揉眼睛，跑出了固山书院，向不远处的钱二婶家里跑去。钱二婶正在家里忙着，收拾着被匪兵砸坏了的柜子和散乱一地的旧衣服。康二小一看见钱二婶就哀求道："二婶呀，您先别忙活这些了，救命要紧。"钱二婶看到康二小着急的样子，问道："救命？救谁的命？"康二小说："柳秀慧，是柳秀慧，赶紧啊，迟了怕是活不成了！"其实，康二小也不知道柳秀慧是活着还是已经死了。钱二婶一听，心里也慌了起来，转身就走，出门时喊上了隔壁打扫院子的几个女人，随着康二小向固山书院跑去。

康二小在前面引路，众人很快找到了柳秀慧。钱二婶用手试了试柳秀慧的鼻子说："还有些气息。"康二小也不知道从哪里来的一股劲气，弯腰就把柳秀慧背起来向她原来住着的窑里走去。众人把柳秀慧放到了炕上，钱二婶说："先给柳姑娘洗洗身子吧。"一个女人转身出去烧水去了。康二小呆呆地看着炕上的柳秀慧，连眼睛也不眨一下。钱二婶说道："康二小，你先出去哇，给她留一点最后的尊严吧！"

柳秀慧从昏迷中醒了过来，她感到小肚子疼得厉害，窑里的阳光有些刺眼，便又合上了眼睛。钱二婶拿着擀面杖一边在她的小肚子上擀着，一边唉声叹气地说道："柳姑娘，你忍着点，唉，遭了罪了。唉……造孽啊，造孽。唉……"

康二小在门外不停地来回走着，手里拿着一根杨树棍子不停地敲打着地面。一会儿听见窑里的钱二婶喊道："康二小，赶紧去请李郎中，让他过来看看柳姑娘。"康二小答应一声，扔了手中的杨树棍子，转身去请李郎中了。

街上到处都是被烧毁的房子，黑乎乎的残垣断壁就像一头头怪兽，有的瓦砾下木椽和檩条还没有燃烧完，冒着缕缕白烟。白烟升起来后被风吹散，和着各种各样的焦糊味到处飘荡，钻进人们的鼻孔，刺激着人们的心。

这哪里还有李郎中的药铺？三间气派的大瓦房不见了，只有四堵墙立在那里，康二小闻到了一股草药被燃烧后的味道，他揉了揉鼻子，看了看旁边有人踩过的痕迹，就沿着这些痕迹走进了后院。还好，看样子后院里的五间石窑没有被焚烧过，最起码门窗还完好着，也没有被砸烂。康二小接连喊了几声都没有人应声。他推门走了进去，看见李郎中坐在炕沿上，两只眼睛失神地看着炕上躺着的老婆。

康二小说道："李郎中，赶紧到固山书院去看看柳秀慧吧，她被匪兵糟蹋了……"李郎中指了指炕上直挺挺躺着的老婆说道："康二小啊，你看这……我能顾上吗，我得先打发她！"康二小"扑通"一下跪倒在李郎中面前说："李郎中，救命啊！"说着就给李郎中磕起头来。李郎中叹了一口气："唉……还是先顾活人吧。"说完便背起药箱跟着康二小向固山书院走去。

李郎中给柳秀慧号了号脉，灰白的山羊胡不停地颤抖着，就连往日稳稳地拿笔开药方的手都不听使唤了，写了半天也没有写完整。他对康二小说："人老了，经不起折腾了，唉……你随我到家里拿一些药吧。"

李郎中的药铺让匪兵给烧了，为了保住老婆的命，家里的钱全部被抢走了，最后，老婆的命还是没有保住，让匪兵给打死了。要不是匪兵们想让他给治病，恐怕他的命也保不住。幸好后院的石窑没有被烧了，还存着一些药，虽然不全了，也还能凑合一些。

康二小随着李郎中回到家中配齐了12服药，又在后院里翻找出一个药壶，拿着就回到了固山书院，在厨房里煎了起来。李郎中的家里聚集了许多人，有帮助他老婆入殓的，有帮助他整理院子的，更多的是让他给抓药的。还有的在前面烧毁的药铺里往外面搬运杂物。一时间，李郎中的这个院子成了匪兵退走后最热闹的地方，似乎人们在这里能够找到治疗创伤的良药。

固│山│书│院

第十七章

　　除夕晚上，平鲁县城里听不到一声麻炮声，也看不到一座旺火，人们还没有从匪祸中缓过劲来，没有一点过年的气息，到处死气沉沉的，就连空气也像是凝固了一样，一种令人窒息的感觉笼罩着全城。康二小也没有顾上回古怀阖的家里看上一眼，他在一心一意地照顾着柳秀慧。

　　固山书院的大门只剩下一扇了，另一扇不知道哪里去了，可能是让匪兵给烧了。每间窑的窗户几乎都被砸烂了，看样子是匪兵退走时砸的。所有窑里的家具没有一件是完好的，庆幸的是固山书院没有被匪兵放火烧了。书院里唯一没有被破坏的是厨房，康二小在寻找柳秀慧时就看到了，这也让他心里好受一些。

偌大的书院里就住着两个人，一个是柳秀慧，一个是康二小。柳秀慧和康二小都住在原来住的窑里，一前一后相隔有十来丈远。前后两排窑中间有一个小花园，花园里的一个小亭子也被匪兵给推倒了，木橼和瓦片散落在一边。天阴沉沉的，没有一丝风，怕是要下雪了。

钱二婶回家过年去了，照顾柳秀慧的事情全落到了康二小的身上。康二小看着灶膛里燃烧着的火苗，听着药壶里咕嘟咕嘟的煎药声，心里盘算着明天该给柳秀慧做点什么饭，毕竟是大年初一嘛。可是，白面和肉到哪里才能买上呢？这是柳秀慧的最后一服药了，吃完后就要靠食物调养了。

在匪兵抢劫焚烧县城的这几天，张捕快也没有闲着。在沙锁组建的县政府里，他也算是个不大不小的官，在郑富贵手下当着警察署第三小队的小队长，领着高二等十几个本地的警察，时刻听从着郑富贵的调遣。他虽然有些憋屈，但改朝换代了，他也没有更好的办法，只能委曲求全地继续干着。在匪兵进城的第一天他就被赶出了县公署，他也没有出城回到他的黑疙瘩瓦村去躲一躲。其实，他想出城也出不去，看守城门的匪兵不允许任何人出城。他到中陵客栈看了一下，本来是想在那里找一间房子住下来，可是一进客栈的院子就让匪兵给骂了出来。客栈老板见是张捕快，悄悄对他说："这里住满了兵，就连我也被撵到了院子里，睡在柴房里。"张捕快转身向吴油子家走去。他知道，吴油子光棍一条，和他搭个伴总比冻死在街上强。

张捕快到了吴油子家一看，屋里空无一人，他伸手摸了摸堆在炕上的被窝，还是热乎的，肯定是刚刚出去。张捕快坐在炕上思谋着怎么才能给省里报个信，让省里派兵驱逐匪兵，要不然这样下去百姓怎么生活啊！以往他派人送过无数次公函，只要送到朔县就能送到省里了。他看到平时吴油子给人算卦用的纸笔和砚台还放在后炕的桌子上，便拿起笔来写了一张公函，把平鲁县城发生的事情一五一十地写了下来，也不去管合不合规范，现在是非常时期，只要能把事情说清楚就行。写好后，公函袋也没有，县公署又不能回去，他就用桌子上放着的黄表纸包住，在黄表纸上写了四个字："十万火急。"

张捕快把写好的公函小心地装到怀里，又掀起吴油子的蒸笼看了看，见里面还有吃剩的莜面饸饹，就用笼布包了起来提在手里，向南城门走去。还没有走到城门口，远远地就看见城门紧闭，门口站着十多个匪兵。从南城门出城是没有可能了，他想了想，走到了最近一户人家的大门口向里面看了看，确定没有匪兵在里面，便快步走了进去。一个在院子里上茅房的老汉看见了张捕快，就说道："张捕快，您怎么没有走……这？"张捕快说道："老人家，有麻绳没有，借我用一下。"老汉拿了一条麻绳递给了张捕快。张捕快拿上麻绳扭头就跑出了院子。老汉有些吃惊："这……匪兵强占了县城，张捕快还要拿人？对对对，一定是拿匪兵去了。"

张捕快当天晚上从城墙上爬了出去，第二天中午时分便赶到了朔县。他把公函交了上去。县公署的警察署长亲自装上了牛皮纸公文袋，用火胶封住后，写上了"山西省警察公署收"，又在皮子上写了"十万火急"四个字，写好后交给了专门送公文的邮差，然后对张捕快说："三天后就能收到。"晚上，张捕快住到了朔县警察署的客房里。第二天中午时分，一个警察慌慌张张地跑进来大声说道："匪兵从北城门攻城呢，你赶紧从南门跑吧，要不然就来不及了。"张捕快一惊，赶紧收拾了一下行李，来到大街上一看，人们乱七八糟地跑着，有的从东往西跑，有的从北往南跑。他辨别了一下方向就朝南城门跑去，城门口有几个警察在驱赶着出城的人，他迅速迅速跑了过去，在城门即将关闭的瞬间挤了出去。一口气跑到了寇庄村，在好友寇繁家里住了下来。

也是难为康二小了，在五更天的时候他就走出了固山书院的大门向东面的五家沟村走去。他知道，在五家沟村有他们古老爷家里的三十多垧地，由两个佃户耕种着。一个姓王，一个姓赵，两户人家敦厚老实，人缘很好。天亮的时候，康二小走进了五家沟村，问清楚了王佃户家住的地方，就走了过去。远远地看见有一个人在大门口扫地，走近了一看，是王佃户。还没有等康二小说话，王佃户就说话了，他到城里交租子的时候经常康二小。

王佃户说："是康二小呀，进家哇。"康二小进家后问道："大伯，村子里来过匪兵没有？"王佃户说："没有，听说城里遭了大难了，东家出事没有？"康二小说："我在固山书院当了大师傅，照顾着大少爷的女学生，还没有顾上回家看看呢，究竟是个啥样，我也不知道。大伯……您有……白面和肉吗，给我拿上一些。"王佃户说："有，我给你拿一些。"说完后走了出去。过了一会儿，王佃户提着半口袋东西走了进来，说道："我知道城里遭了祸害，吃食短缺，你先拿上这些，再多了你也背不动，等过了'破五'我到城里去看看东家。"康二小给王佃户作了一揖，背起口袋就走。出村时，身后有一只狗撵着咬他，他都不去回头赶一下，只顾低头走路。上午，康二小回到了固山书院，一进厨房的门，他把口袋里的东西倒了出来。有两块猪肉，大概有三斤，一小袋白面，有六七斤，还有用笼布包着的一些白面馍馍、麻叶和油炸大豆。康二小的脸上露出了多少天以来少有的笑容，他和好了面，又把昨晚剩下的山药擦成了细丝，把肉剁碎了拌着山药丝做成了饺子馅。中午还没有到，康二小就煮好了饺子，捞出了一大一小两碗。他把小碗留下，端着大碗向柳秀慧的窑里走去。

那天，古宫臣到太原后找了一家小旅店住下，第二天就开始忙招聘先生的事情。他先去了山西大学堂，见了几位教过他的先生，详细说了他要办的事情。几位先生说："现在不叫先生了，叫老师或者是教师。我们大学堂称为教授。"他了解到招聘山西大学堂的毕业生去平鲁县教书是不可能的事情，所以只能去国民师范看看。

当天傍晚，古宫臣就走进了国民师范的大门。一个看门人拦住了他："你找谁？都放假了。"古宫臣说明了来意，看门人说："你小子运气好，还有十几个学生没有回去，你进去看看吧，看他们愿意不愿意去你的书院教书。"古宫臣笑了笑，谢过了看门人向里面的宿舍走去。有的学生在看书，有的在打麻将，还有的在睡觉。古宫臣见到他们后说明了来意，谈了半天，没有一个愿意去固山书院教书。

他又倒了一家离国民师范近的旅店住了下来，准备再去找国民师范的学生聊一聊，争取能有两个学生去固山书院教书，然后让他们培养一些本地的老师。目前看来，只能这样了。连续五六天，他每天去找这些学生聊天，时不时做做动员。看门人被他的这种行为感动了，在第六天上午进校门的时候对他说："在这里念书的学生还没有毕业，他们都想去大城市，不可能去你那里。我给你指条路吧，在东太堡住着一些穷学生，他们保准愿意去。"古宫臣一听喜出望外。他当天下午就去了东太堡。这里住着一些落魄的艺术家和文人，生活潦倒。很快就谈好了5个人，三个20多岁的，两个40多岁的。古宫臣马上与他们签订了聘用书，给他们每人留下20块大洋，用于当下的生活和年后到固山书院的路费。他们见古宫臣出手这样大方，就说道："古先生，你放心，我们年后过了初五就动身，保准在开学前赶到固山书院。"

古宫臣回到旅店后感觉一身轻松，他把写在了一张纸上的算数、音乐、体育、美术、历史教师划去，还有地理和军事课的老师没有招聘到。他想了想，地理课自己可以教，这军事课怎么办？要不明天再去问问那个看门人？

第二天一大早，古宫臣拿着两盒香烟找到了看门人。看门人一看古宫臣的脸就知道事情办成了。当他递上两盒香烟时，看门人笑着说："还有什么事，说吧！"古宫臣给看门人讲了他聘用教师的情况。看门人说："这好办，我的侄子就在省军政府当兵，我给你写个帖子，你明天就去找他，让他给你推荐一个军事教官，保准让你满意。"看门人写好帖子交给了古宫臣。古宫臣拿着帖子拜谢了看门人，高兴地走了。

除夕这天下午，古宫臣退掉了小旅店的房子，住到了离省军政府最近的一家旅店，这样找起人来方便一些。正月初一这天早上，他正要出门去吃点东西，迎面走来一男一女，看样子两个人的关系像是情侣。古宫臣正要走过去，忽然听到那个女子叫道："古先生，你怎么在这里？"古宫臣定睛一看，是陆妙霞。他笑了笑说道："我来太原办一些事情，住在这里。"

陆妙霞比念书时更成熟、更漂亮了。她扭头对身边的男子说道："这是我在太原女子学堂念书时的先生，他叫古宫臣。"那男子说道："古先生，幸会！"陆妙霞又说道："古先生，中午我请你到晋阳酒楼吃饭，你一定要过来！"古宫臣迟疑了一下后又点了点头说道："好，我一定去。"陆妙霞挥了挥手，和那个男子走进了旅店。

固|山|书|院

第十八章

　　康二小端着一大碗饺子来到柳秀慧住着的窑门前敲了敲门，见没有动静，他便喊了一声："慧姐，吃饭了！"里面还是没有动静，康二小感觉不对劲，他把碗放到了外面的窗台上就去推门，门从里面插得死死的，怎么也推不开。康二小有些着急了，跳上窗台只一脚就踹开了窗子，跳进去一看："呀呀呀！我的妈呀！"只见柳秀慧穿戴整齐，用一根红裤带把自己吊到了门头上，脚下一只板凳倒在地上。康二小也来不及多想，赶紧扶起板凳垫在了柳秀慧的脚下，红裤带松了下来，柳秀慧软绵绵地靠在了门上。康二小四下看了看，看见有一把剪刀放在炕沿上，他赶紧跑过去拿起剪刀剪断了红裤带，柳秀慧顺着门板一下溜到了地上，坐在那里一动不动。

康二小抓着柳秀慧的肩膀一边摇着一边大声呼喊着："慧姐，慧姐，你醒醒，你可不能这样啊！"

柳秀慧睁开眼睛一看，是康二小，一把将他搂在怀里大哭起来："康二小啊，姐是不想活了！"康二小抽泣着说："慧姐呀，你怎这么糊涂呢，人活着总比死了好，有啥可怕的，有我在呢！天塌下来我顶着！"康二小劝了好半天还是劝不住，柳秀慧哭得更厉害了。康二小心里一琢磨，便说："慧姐，不是我说你，你想死也等见上古先生一面再死也不迟啊！"一听这话，柳秀慧慢慢放开了康二小，用袖子擦起了眼泪。康二小的心里一下酸楚了起来。他扶着柳秀慧坐到了炕上，回身把窗户关上，用手摸了摸插关，苦笑了一下说道："看看，让我给踢坏了，我一会儿给修修。"接着又转身把门上的插关拉开，开了一下门又关上了。康二小看着柳秀慧哭肿了的眼睛说道："慧姐，你一定要想开点，千万别再做傻事了。"

柳秀慧擦了擦眼角，说道："康二小，谢谢你这些时日的照顾，要不是你我也活不到今天。你已经照顾我很多了，这辈子我怕是还不清了。"康二小听了后心里七上八下的，但还是有一种暖暖的感觉，他又说道："慧姐，饺子都凉了，我给你热热去。今天是大年初一，是要吃饺子的。"

"吃，吃饺子呀，今天是大年初一。"陆妙霞一边说一边给古宫臣夹了一个饺子，又夹了一个放到了身边坐着的男子碗里，然后说道："古先生，他是我的男朋友，叫孙谦，在省军政府工作。"

古宫臣笑了笑说道："年轻有为！陆妙霞，你的眼光不错。"陆妙霞也笑了笑，拿起酒杯说："古先生，这么多年没有见你，敬你一杯，感谢当年的栽培！"说完后一饮而尽。陆妙霞喝完后放下了酒杯，饶有兴趣地问道："古先生，这几年你在哪里就职？过得还好吗？"陆妙霞大概是看到古宫臣的穿着有些寒酸，这与他当年在太原女子学堂教书时的样子真是判若两人。古宫臣见陆妙霞用一种惋惜的眼光看着他，赶紧说道："这几年我在家乡教书，过得还算可以。"

"哦，想起来了，先生的家乡……好像是平鲁县吧。"陆妙霞说道。古宫臣看着神采飞扬的陆妙霞说："你的记性真好，是平鲁县。"陆妙霞又有些疑惑地问道："听说口外的卢占魁血洗了平鲁县城，先生……你这是逃了出来？"

"什么？什么？陆妙霞，你听谁说的？"古宫臣坐不住了，一下站了起来。陆妙霞更疑惑了："古先生，你不知道？"古宫臣说："我在年前的腊月十九就离开了平鲁县，几天后来到了太原，县里发生了什么我真的不知道！"

陆妙霞继续说道："听说卢占魁杀了不少人，抢走了许多财物，还放火烧了县城里的很多商铺，还有北固山上的寺庙，整个县城已经变成了一片废墟。过了正月十五以后，省军政府要派一个团的兵力去平鲁县维护治安，帮助重建县城。"古宫臣的脸色变得凝重起来，他连一口饭也吃不下去了，对陆妙霞说："陆妙霞，谢谢你的宴请，更谢谢你及时告诉了我这个消息。这……不是误传吧？"古宫臣心里还存在着一丝侥幸，他宁愿相信这是误传。坐在一边的孙谦说道："是真的，不是误传，是我从军政府得到的消息。"古宫臣这回相信了事情是真的发生了。

眼看古宫臣要走，陆妙霞问道："先生，你们县城里有日昇昌的票号吗？"古宫臣想了想说道："我们县城里没有，在我们南面的朔县县城里有。"陆妙霞从身边的包里拿出一张银票递给了古宫臣："古先生，这是一千大洋的银票，你带回去一定用得着。这是我和孙谦的一点心意，你无论如何要收下。"古宫臣看着陆妙霞真诚的目光，又看了看旁边的孙谦，双手接过银票说："谢谢你们！我这就告辞了。"说完后快步走向楼梯，出门后直奔旅馆，收拾了一下行李，准备连夜赶回平鲁县城。。

古宫臣急匆匆地走出了旅店，他的肩上斜挎着一个黄色的帆布包，这还是欧阳文菊给他买的，里面装着一些洗漱用品和一本《山海经》，手里提着一只皮箱，里面装着一些换洗的衣服和信件。他感到手中的皮箱有些沉，便把皮箱放到路边打开，把信件拿出来装到了帆布包里，把里面的《山海经》放到了皮箱里，扣好了锁扣，转身走进旅店交给了大堂经理，嘱咐了几句话后，只背着那个帆布包快步向车站走去。

大年初一的下午，哪里有车可以坐？要是在平时，上午和下午各有一辆马车去忻州，然后从忻州坐马车到崞县，再从崞县到朔县，从朔县到平鲁县，最多四天时间就可以赶回平鲁县。可人们都在过年，正月初八以后才会有马车。古宫臣走出了车站，一咬牙，迈开双腿向北走去，他要步行回平鲁县。

出了太原的北城门，刚刚走到阳曲镇天就黑了下来，古宫臣感觉自己还有劲儿，到镇上的馍馍铺买了十个馍馍装到了挎包里，走出镇子后从路旁的杨树上折了一根树枝，拿在手中继续向前走。饿了就吃一口馍馍，渴了就抓几把路边干净的积雪解渴。黎明时分走到了豆罗镇，镇子里的人们还没有起床，打更的两个老头从古宫臣的身边走过，疑惑地看着他，其中拿锣的那个问道："你是干啥的？"古宫臣说："老伯，我是行路的，路过这里。"说完后紧走几步拐进了一条小巷，他想抄近路走出镇子的北门。身后传来拿梆子的老头的说话声："大过年的行夜路，怕是有当紧的事儿要办，看样子也不像是一个坏人！"

第二天傍晚，古宫臣走到了秦城村，他实在是走不动了，想找一家客栈歇歇。几个姑娘有说有笑地从他身边走过，他一下想起了柳秀慧。是啊，柳秀慧不会有危险吧，她不会发生什么事儿吧？肯定在匪兵进城前就躲了出去。再说了，还有康二小帮忙，不会有啥事的。康二小又那么机灵，不会不管柳秀慧的。想到这里，他有些放心了。可……万一……柳秀慧没有躲出去呢？啊呀，后果……

　　想到这里，古宫臣打消了要住店的念头，又迈开双腿向北走去。其实，他回去了又有什么用呢？该发生的事情已经发生了，他回去后就能挽回后果？但他还是想早点知道结果，平鲁县被匪兵洗劫后究竟变成了什么样子，真像陆妙霞说的，变成一片废墟了么？还有，固山书院怎么样了？家里怎么样了？父母亲没有什么事儿吧？这一切的一切促使着古宫臣不停地往回走。他甚至有些后悔了，后悔来太原了。

　　古宫臣感到双腿不听使唤了，双眼也变得模糊起来，眼皮也打起架来。他到路边抓了一把雪擦到脸上，开始凉凉的，过了一会儿又热乎乎的。他又抓了几把雪不停地往脸上擦着。哦，清醒了许多。走！绝不住店。走！继续往前走！前面就是崞县了，黎明时的天气分外寒冷，古宫臣居然感觉不到，他走得满头大汗。崞县是个大地方，已经有人起来做营生了。有扫大街的，有担水的，前面一家卖馄饨的店铺已经开了门，门头上挂着的两只红灯笼分外耀眼，一看就是过年刚刚换上的。古宫臣走了进去。

　　刚刚坐下，一位老伯就走了过来："啊呀，刚开张就有财神爷上门了，您要什么馅的？要烧饼吗？"古宫臣说："啥馅的都行，随便来一碗，另外要五个烧饼。"伙计答应一声去煮馄饨了。古宫臣趴在桌子上睡着了。

固|山|书|院

第十九章

王甘承和任武行的家都在城外的村子里，一个叫六百户，离城20里，一个叫付家卯，离城30里，都没有遭到匪兵的祸害。城里的事情他们也听说了，暗自庆幸自己躲了出来。那天要不是跑得及时，还不知道会发生啥事呢。不管怎么说，过了正月十五后无论如何要进城去看看，到固山书院去看看。也不知道古宫臣啥时候回来，固山书院还能不能办下去了。要是办不下去了，自己该干些啥呢？怎么养家糊口？那个柳秀慧跑回去后也不知道怎么样了。对了，那块牌匾也不知道保存下来没有。王甘承和任武行虽然在村子里平安地过了年，但也不时地想着固山书院。

"小伙子，醒一醒，馄饨煮好了，还有烧饼。"

老伯一边拍着古宫臣的肩膀一边说道。古宫臣醒了过来，看到面前热气腾腾的馄饨和烧饼就大口吃了起来。老伯坐在一边看着他，有点好奇地问道："年轻人，这大过年的要到哪里去呀，看你的样子很劳累。"古宫臣喝了一口汤说道："回平鲁县。"老伯一听平鲁县马上站了起来："平鲁县？哎呀呀，那可是让卢占魁抢劫了的地方啊。你是那里的人？"古宫臣一听，看来平鲁县遭抢劫是真的了。他又对老伯说道："您也知道这事？"老伯说："那家伙还派兵过来抢劫崞县，被县里的队伍给打退了，要不然啊也会被焚城的。"古宫臣一听，啥也不说了，低头赶紧吃起了饭，他想早点赶回去。吃完后古宫臣问："老伯，多少钱？"老伯哈哈一笑说："今天刚刚开张，你是第一个来吃饭的，按照老规矩，不要钱。"古宫臣与老伯推让了半天，老伯坚持不肯收钱，古宫臣只好作罢，弯腰作了一揖，转身出门向北走去。

走到雁门关下的一个村子里，古宫臣坐在一根枯树杆上歇息，远远地看到一个熟悉的身影向这边走了过来。等走到近前了，那个人说道："古宫臣，你……怎么在这里？"古宫臣定睛一看："温师爷，是您啊，您这是？"温师爷哈哈一笑说道："自从秦朝仁被害以后，我就不敢在平鲁了，悄悄地跑回村子里隐居了起来，今天出去打点柴去。"温师爷说着放下了扛在肩上的一条扁担和一团绳子。古宫臣点了点头说道："我从太原回平鲁去，路过这里。"温师爷一听，连忙说道："回家里歇息歇息，吃点饭再走。"古宫臣摇了摇头说道："我赶着回去，不去了。"温师爷听了后说道："你穿着这衣服要过雁门关？你就不怕被冻死啊？"古宫臣笑了笑说："谢谢温师爷，我没事的。"温师爷又说："你的那根棍子不结实，拿上我这个吧。"说着把手中的扁担和拴在扁担上的绳子都给了古宫臣。古宫臣毫不犹豫地接了过来，向温师爷作了一揖，扔了手中的杨树棍子，把绳子往腰间一缠，拄着扁担往西北方向的雁门关走去。缠在腰间的绳子还真管用，热乎不说，还给腰部增加了不少力量，爬山更有劲了。他不由地感叹道："世上还是好人多啊！"

翻过雁门关，在下山的时候，古宫臣掉进了雪窟窿，要不是这条扁担给架住了，那真的是会送掉性命的。从雪窟窿爬出来后，他不敢走小路了，开始走大路了。下山后很快就到了阳方口，路好走多了。过了居腰铺、黄水河、西辛庄就到了朔县。到了朔县他实在是走不动了，就睡了一觉，三更的时候就起来穿好衣服继续赶路，过了铺上村就到井坪了。古宫臣没有在井坪休息，在第五天的早上走进了平鲁县城的南门，他终于回到了平鲁县城。

古宫臣进了南城门靠在城门洞的城墙上一步也迈不动了，挂着手里的扁担顺着街道向前望了望，烧毁的房子一下就映入了眼帘。街道上石头、砖块、瓦片到处都是，时不时地还有一种怪味钻进鼻子，古宫臣有些头晕，眼睛也有些模糊了。这时，他看到有个人走了过来，走到他身边的时候停了下来。

"古先生，是你呀，你怎么变成了这个样子？"古宫臣听见有人与他说话，定睛一看："钱二婶，您这是……干啥去？"钱二婶说："我出城去砍点柴，家里的柴都让匪兵给烧光了！"古宫臣又急忙问道："柳秀慧……没事吧？我家里没事吧？固山书院……"钱二婶一听古宫臣的问话，心里琢磨开了，是该说呢还是不该说？嗨，反正迟早也要知道的，我还是说了吧！钱二婶就把柳秀慧被匪兵轮奸、他爹被匪兵活埋等事情全都告诉了古宫臣。古宫臣听完钱二婶说的话，感觉到一阵天旋地转，坚持着往前走了几步便晕倒在了地上。钱二婶一看，赶紧喊了几个人抬着古宫臣回家。走到半路上，钱二婶说："还是抬到固山书院吧，他们家啥也没有了，不能住人了。"人们就把古宫臣抬到了固山书院。

古宫臣醒来时已经快中午了，他睁开眼睛，第一眼就看到了坐在身边的柳秀慧。柳秀慧看到古宫臣睁开了眼睛，眼里满是同情和悔恨。古宫臣看着柳秀慧，泪水从眼眶里流了出来，滑过脸颊，滴到了枕头上。古宫臣慢慢伸出手紧紧地抓住了柳秀慧的手。柳秀慧再也控制不住自己了，扑在古宫臣身上大哭起来。

钱二婶劝道："柳姑娘，别哭了，古先生回来是好事呀，你哭啥呢！"刚刚给古宫臣号完脉的李郎中也说道："是啊，柳姑娘，别哭了，古宫臣需要好好休息静养。"康二小在地上站着，一会儿看看古宫臣，一会儿看看柳秀慧，一副心神不宁的样子。

此后，固山书院从两个人变成了三个人，除了睡觉以外，他们三个常在一起聊天，康二小更是变着花样给柳秀慧和古宫臣做饭，虽然不甚可口，但也是他的一片心意。不过，康二小的厨艺在逐渐长进，柳秀慧说康二小一定会成为平鲁县的名厨，前途不可限量，古宫臣听了后也不否认。

这天，古宫臣对柳秀慧说："康二小这孩子也怪可怜的，早早就没有了妈，吃了不少苦。咱俩的身体也好得差不多了，不能再让他这样伺候了。你和他谈谈，让他也要注意身体，不能这么劳累了。"柳秀慧明白了古宫臣的意思，与康二小谈了好几次，不谈还好，谈了后康二小更加努力了，还跑到城里的三名元饭庄去学习厨艺。这可是古宫臣和柳秀慧没有想到的。

古宫臣身体有所好转后便和柳秀慧在固山书院转悠了起来。他看到大门上的鎏金牌匾丢失后便不停地叹着气。柳秀慧笑了笑说："你跟我来。"说完拉了一下古宫臣的胳膊，领着古宫臣向厨房走去。古宫臣疑惑地跟在后面，一直走进了厨房。柳秀慧走到厨房的案板前面，两手一用劲把案板掀了起来："古先生，你看看这是什么。"古宫臣赶紧走了过去，伸手抽出了下面的一块板子，翻过来放在地上一看，不由得叫了一声："牌匾！"

康二小不知什么时候来到了厨房里，正站在他俩身后，看到牌匾后也是惊呼一声："牌匾原来在这里，这么长时间了，我都没发现。慧姐，你可真会藏啊！"

古宫臣不由得心头一热，嗔怒道："秀慧，你真是个傻姑娘。"柳秀慧的脸一红，低下了头。古宫臣蹲在地上抚摸着牌匾感叹不已，过了好一会儿才站起身来对康二小说道："康二小，去找几个人来，把牌匾挂上去吧。"

牌匾挂上去后，古宫臣端详了好半天，看着只剩下一扇大门的门洞，产生了整修固山书院的想法，要不然这也没法开学授课。柳秀慧看出了他的心事："把书院好好整修一下吧，回头你算算，看看需要多少钱。"古宫臣说："好吧，过几天我让王甘承先生给算算，他精通这个。"

正月十三这天傍晚，从固山书院的大门外走进来 5 个人，他们一进来就走进了食堂，其中的一个说道："谁是大师傅，快点给我们做些饭吃，快要饿死了。"康二小皱起了眉头："我们这里是书院，不是寺院，不施舍饭食！"那个人又说道："我们来的就是固山书院，大门头上还挂着牌子，不会错了的！"康二小更迷糊了："你们是干啥的？"

"教书的。"那个人又说道。康二小看了看那个人说："想起来了，你们就是古先生从太原聘请回来的先生吧？"那个人说："现在叫老师，不叫先生了。"另一个说道："看来这里就是落后，看样子像是刚刚发生过一场战争，县城都被烧成了废墟。"

康二小也不去管他们议论啥了，看着刚才的那个人说道："你们先喝口水，我去告诉一下古先生。"说完后走出了食堂，向山长室走去。古宫臣听康二小说从太原聘请的 5 位老师到了，快步来到了食堂，进门就和他们热情地握手，然后嘱咐道："康二小，你上街割点肉，买上 2 斤酒，为老师们接风洗尘。"说完后，古宫臣把他们领到了他的窑里休息喝茶，又简单地介绍了一下县城被抢劫的情况。至于平鲁县的历史和固山书院的情况，他在太原时就给他们讲过了。这时，王甘承和任武行走了进来，古宫臣指着三位年轻老师说："这位是齐富，这位是师玭，这位是田家农。"又指着两位中年老师说："这位是鳌风高，这位是匡禄。"王甘承、任武行对着他们一一作揖，王甘承说："我这就给你们安排宿舍，这里环境艰苦，你们担待一些，咱们慢慢会好起来的。"

晚饭后，老师们都累了，就去休息了。第二天，古宫臣让他们继续休息一天，两个中年老师在宿舍里休息，三个年轻老师去外面玩去了，中午吃饭也没有回来，直到晚上开饭时他们才兴致勃勃地回来了。古宫臣利用这一天时间到城里找了 10 个愿意当老师的年轻后生，让他们跟着从太原来的老师学习。

沙锁失踪了，县公署没有了头头，也不见有新的知事前来上任，只有郑署长领着三十几个警察在维持着县里的秩序，有案办案，无案巡逻。张捕快不见了，过去经常和他在一起的那些本地警察活跃了起来，那个高二当上了第三小队的队长，他们也在维护着全县的秩序。但是，人们从来没有看到高二带领的警察和郑富贵带领的警察在一起维护过秩序。有人说他们是水火不容的两伙人，尿不到一个壶里。还有人说，在井坪的翟家饭铺看见过郑富贵在请高二喝酒吃饭，也不知道是真是假。也有人说在朔县的车马大店里见过沙锁和张捕快，也不知道是真是假。

固|山|书|院

第二十章

第三天，固山书院的教师培训就开始了。除了那 10 个人以外，又来了五六个也要参加培训，古宫臣答应了，让他们参加。吴油子说："这是一件天大的好事，固山书院是平鲁的文脉，多会儿也是顶杠杠的。"班明宗有些坐不住了，虽然他的学馆在匪兵撤走的第三天就开了学，可他还是有点担心固山书院迟早会吃掉自己的学馆。

平鲁县春季的大黄风一如既往地刮了起来，大风使劲吹着黄土从没有门和窗户的门洞和窗洞户里刮进屋里，不断地聚集在炕上、地上、窗台上和一切能够让黄土停留的地方，就连天空都是黄黄的一片。

王甘承拿着一个账本走进了古宫臣的窑里，连鞋也没有脱就坐到了炕上，抹了一下嘴巴说道："整修固山书院至少需要500块大洋，少了恐怕不行。"说完把账本放到了古宫臣面前。

古宫臣拿起账本看了看，见上面密密麻麻记着许多数字，做一扇门两块大洋，做一扇窗子1块大洋，就连铺一块砖多少钱都写得清清楚楚，最后合计是498块大洋。古宫臣看了后说道："辛苦您了王先生，工期需要多少天？"王甘承说："一个月到四十天吧，全部能做好，四月初八一过就能开学了。"

这时，柳秀慧走进来说："古先生，我这里有些钱，你拿着吧，动工需要很多钱的。"说着把一张银票放到了古宫臣面前。古宫臣连忙问道："你哪来的钱？"柳秀慧微微一笑说："我在离家的时候拿了我爹的银票，是日昇昌的，朔县城里就能兑出钱来。"王甘承疑惑地拿起银票看了一下，只扫了一眼，心里就暗暗惊呼道："我的妈呀，一万元！"他的脸色马上变得凝重起来。

古宫臣说道："秀慧，我有钱，先不用花你的钱。"柳秀慧说："你家里的钱全被抢了，老伯也殁了，店铺也被烧了，你哪里来的钱？你拿着吧，赶紧到朔县城里兑了吧！""秀慧，我真的有钱，不骗你，不信你看。"古宫臣说着，从兜里掏出两张银票放到了柳秀慧面前。一张是陆妙霞给的银票1000块大洋，一张是沙锁给的银票3000块大洋。还没有等柳秀慧看上一眼，王甘承就拿起来看了一下："妈呀，两张银票加起来是4000块大洋，这三张加起来是14000块大洋！别说维修固山书院了，就是重新修建一座新的书院也绰绰有余。"王甘承的心里不平静了，他看了看柳秀慧，又看了看古宫臣，摸了摸后脑勺说道："依我看咱们还是赶紧把这些钱兑了吧，这兵荒马乱的，要是朔县也碰上个卢占魁，那票号还能存在？我看不管花了花不了，拿在咱手里就是天王老子也抢不走。想多会儿花就多会儿花，想怎么花就怎么花。"

古宫臣一想，也对，以后用钱的地方多着呢，可是……花柳秀慧的钱他于心不忍，想到这里便说道："先把我这两张银票的钱取上，柳秀慧的钱我们不能花。"柳秀慧一听，马上变了脸色："古先生，看来……你还是把我当外人，就当我的话没有说，放了一个屁！"说着拿起银票来就要撕了。还是王甘承眼疾手快，顺势一把抢过银票说："啊呀，柳姑娘，你这是做啥哩，这是一万块大洋呢！"古宫臣的脸一阵发热，看着柳秀慧连忙说："秀慧，是我不对，明天就让王先生到朔县去兑了，这还不行吗！"柳秀慧摇了摇头，长长地叹了一口气转身走了出去。

王甘承看着柳秀慧的背影说："她受的伤害太深了，现在凡事都敏感着呢，你今后要小心点，对她……对她好一点！"说完后又看着古宫臣。古宫臣点了点头，心里实在不是滋味，想了想对王甘承说道："王先生，您明天带上康二小，雇上一辆车，去朔县把这些钱取回来。"说着就把三张银票交给了王甘承。

钱取回来后，古宫臣说："王先生，您给保管起来吧。"王甘承连忙摇头："不不不，我人老了，丢三落四的哪能保管了这么多钱，我这里留上 1000 块，剩下的还是你来保管吧。在你窑里的地上挖一个坑，埋上一只缸，把钱放在里面，花的时候取上一些，这样最稳妥。"古宫臣看着王甘承的脸，知道他说的是真心话，就说道："好吧，叫上几个人来挖坑吧。"王甘承又连忙说道："不不不，可不敢让别人知道了，财不可外露，会招来灾祸的。就咱俩挖吧，这样最保险！"

为了赶工期，王甘承让朱木匠雇了 8 个木匠，做门的做门，做窗子的做窗子，该修的修，该补的补，该换的换。古宫臣决定给每个教师宿舍配备一张茶桌，两张太师椅、一个卷柜、一张写字桌、两只四脚凳。还要购买一些常用的乐器，做一些木头长矛，上军事训练课时用。

午饭后，趁着人们休息的时候，吴油子和四个老汉走了进来，他对古宫臣说："大侄子，有一件重要的事情要感谢你们固山书院哩。"古宫臣丈二和尚摸不着头脑，疑惑地看着吴油子。吴油子从一位老者手中拿过一块蒙着红布的木匾。这块木匾有三尺多长、一尺多宽，上面蒙着红布，看不见写着什么。吴油子又说道："隔了这么长时间，也不知道应该怎样表达一下人们的意思，前几天郑署长给出了个主意，我们才做了这块牌匾，给你们送来。唉……柳姑娘遭了那么大的难，还要出钱办这些功德无量的事，她就是个'活菩萨'……"

那天，柳秀慧一边吃药一边听康二小讲："城里有好几个被匪兵杀害的人没有亲戚和朋友给收尸，都好几天了放在那里没有人管……唉……太悲惨了！"柳秀慧一听，强撑着身体说道："康二小，你叫上书院里年纪大些的学生，咱们给他们收尸！"康二小吃了一惊："慧姐，你能行？"柳秀慧咬了咬牙说："能行，走吧！"康二小动员了八九个年龄大一些的学生在城里搜寻没人管的尸体。半天时间一共找到了9具尸体，由柳秀慧出面，到棺材铺里赊了九具棺材，装殓以后准备埋葬。可这些死人的族人说他们都是屈死鬼，不能埋进祖坟，否则对族人的后代不利。这该怎么办呢？柳秀慧一时没了主意。康二小说："这好办，当年古怀阖老爷就把我娘葬在了北固山东面的山坡上，那里可以埋他们呀。"柳秀慧让康二小出面，又花钱雇了八九个挖墓抬棺的，把他们全部埋在了那里。埋完后，康二小顺便还给他母亲烧了几张纸钱，眼泪止不住地流了下来："娘，我又来看您来了，您这回不孤单了，有这么多的父老乡亲陪着您，儿子心里好受多了。哦，这是慧姐，您也认识一下。她可是个大好人，不仅长得好看，心地更是善良。这件大好事就是她做的。她真是一个'活菩萨'！"柳秀慧看着边哭边说的康二小，觉得自己比康二小还要可怜。她再也克制不住自己了，低头哭了起来。

收尸的事情被传开了，多数人都说好，也有少数人说柳秀慧原来就是一个妓女，挣的钱数也数不清。这收尸嘛，是她在赎罪呢！要不然她哪里来的那么多钱？

这些闲话传到了柳秀慧的耳朵里，她一下就垮了，所以就在大年初一那天选择了自我了断，想一死了之。幸亏康二小救了她。这些闲话传到了吴油子的耳朵里，他无比气愤，喝醉了酒骂开了大街："人家做了好事、善事，你们不说好还要给人家唾臭，这是人说的话吗？老子就是不喝酒了也要给她送个'金匾'。"这时走过来一个老汉说："吴油子，你送'金匾'时我也出一份钱！"又走过来几个老汉七嘴八舌地说道："吴油子，你别骂了，这平鲁城里还是好人多，你送'金匾'也有我们的份！快别骂了……别骂了。"

古宫臣听了吴油子的话后心里很是惭愧，没想到柳秀慧是这样一位女子，外秀慧中不说，还有侠女风范。他双手接过吴油子手中的牌匾，问道："老伯，这匾挂在哪里合适？"吴油子说道："当然是挂在柳姑娘住的窑门头上。"他们几个从古宫臣的窑里出来，走到了柳秀慧住着的窑门口，就要把匾挂上去。这时，柳秀慧出来说："吴老伯，这可使不得，这匾不能往我的门头上挂，这还有康二小和那八九个学生的份呢，要不是他们帮忙，我一个人也干不成这事儿。"一个老汉说道："不行，就得往你的门头上挂，只有你才符合这个称呼，我们是代表那几个屈死鬼和平鲁县城的百姓来给你送匾的，你要是不肯要，那……"

"老伯，我不是这个意思，要不……挂到食堂里吧，那里有好几块以前家长送给固山书院的匾，挂到一起不是更好吗？再说了，我也是代表固山书院去做这件事情的。"大家一听，这倒是一个好主意，就到食堂里把这块匾挂在了以往挂匾的墙上。揭开红布后，"活菩萨"三个描金大字呈现在了眼前，大家都情不自禁地鼓起掌来。

吴油子鼓完掌又问道："大侄子，多会儿开学呀？"古宫臣说："吴老伯，四月初八以后估计工程就做完了，到时候就能开学。""好，好，有你古宫臣和柳姑娘在，这固山书院啊一定会越办越好的。"吴油子说完后领着四个老汉就往外走，古宫臣和柳秀慧一直送到了大门外面。等到他们走远了，古宫臣伸手轻轻捏了一下柳秀慧的鼻子说："你真伟大！"柳秀慧的脸一下红了，脸上荡漾着半是羞涩半是满足的笑容。

固|山|书|院

第二十一章

二月二这天下午，一个军官模样的人带着三个随从走进了固山书院的大门，康二小眼尖，一下就看见了，愣在食堂门口一时没了主意。难道又是匪兵来了？赶紧去告诉后院的古先生和慧姐吧。想到这里，他转身就往后院跑去。还没有跑几步，身后的军官喊道："康二小，你往哪里跑！"康二小一听愣在了原地，听到军官和那些兵走到了他的身后，他才慢慢转过身来，两只眼睛有些不听使唤地盯着军官的脸，看了好半天才惊叫道："二少爷，是你呀，可把我吓死了！"军官一听，哈哈大笑起来。然后问道："我哥呢？"康二小说："在后院里。"说完便领着古宫廷向后院走去。

"古先生，古先生，二少爷回来了！"古宫臣听到康二小的喊声，赶紧从窑里走了出来，看见一个年轻英俊的军官站在他的面前，还没有等他看清楚对方的脸，军官就给他敬了一个标准的军礼。军官放下敬礼的手后喊了一声"哥"就再也说不出话来，眼泪夺眶而出。古宫臣看清楚了，站在他面前的是弟弟古宫廷。他伸出双臂与弟弟拥抱在了一起。

在一旁的康二小羡慕不已，赶紧说道："大少爷，二少爷，进家里坐吧，我给你们倒茶去。"说完后便向厨房跑去。古宫臣拉着弟弟走进了他住的窑里，俩人坐在炕沿上说起话来，三个随从站在门外。古宫臣的窑里本来有两张太师椅、一张茶桌和一些家具，全让匪兵给毁了。柳秀慧在隔壁的窑里从门缝里瞧见又来了当兵的，也不知道发生了什么事情，吓得瑟瑟发抖，不敢出来。

古宫廷说："哥，我是省军政府派来平鲁县维护地方安全的，你看……我离开家乡这么多年，情况也不熟悉，还得你全力协助啊。我带来的一千多人想在你的书院里驻扎一个营……你看……"

"这个恐怕不行。书院需要整修，马上还要恢复教学，你的兵要是住在这里，那……孩子们去哪里上学？"古宫臣拒绝了弟弟的要求。古宫廷又说道："听说你的学生不多，有两间窑就够了，你看……你们书院有二十多间窑，你也占不了这么多。"

"二弟啊，不是我不给你面子，书院是个清静的地方，你们要是住在这里了，对孩子们的影响是很大的，再说了，先生们也会有意见的，生活起居也不方便。你也在这里念过书，知道书院的生活作息情况，你还是想想别的办法吧。"古宫臣说道。

古宫廷打小就知道哥哥的性格，他说不行的事情就是不行，谁说也没有用。他哈哈一笑说道："好，哥，那就不在固山书院住了。这事儿就这样，还有……你觉得郑富贵这个人怎么样？"古宫臣想了想问道："哪个郑富贵？"古宫廷说："就是那个警察署的郑署长。""哦，郑署长，我觉得这个人还不错，起码还有那么一些正义感。前几年也是一个革命党，思想还是进步的。"康二小端着一个红漆茶盘推门走了进来，里面放着一只茶壶和两只茶杯，其中的一只破了一道裂痕。康二小把茶盘放到炕上说："你们喝点茶。"说着就给他们各倒了一杯茶水，退了出去。

古宫廷看了看盘子里的茶杯，拿起那只有裂痕的说道："咱爹死得太惨了，怎么就让匪兵给活埋了呢？唉……这帮畜生。幸好咱妈没事，有小翠做伴住在下窑里暂时也过得去。我准备把咱的院子重新修一下，正房和南房再盖时要大一些。我军务繁忙，顾不了这件事情，还是哥给张罗一下吧。"古宫廷说着从衣袋里掏出一张银票放到了古宫臣面前。古宫臣看了看说道："用不了这么多。"古宫廷说："修得好一些，再买一些家具。要是还有剩余，哥，你用这些钱成个家吧，你的岁数也不小了。"古宫臣的喉结动了几下，说道："谢谢二弟了，你……也该成个家了。"

古宫廷从炕上下来伸了伸腰说道：我是个军人，居无定所，等等看吧。"说完后就要走了。出门时古宫臣说道："二弟啊，你可要管好你那些兵，人们刚刚遭了难，看见他们就害怕。""知道了，哥，再见！"古宫廷说完，又给古宫臣敬了一个军礼。古宫臣哈哈一笑说："咱兄弟之间就别来这个了，我……不习惯！"

天气逐渐暖和起来，棉衣是不能穿了，该换上薄一些的衣服了。古宫臣在找自己的那只箱子，找了半天也没有找到，他忽然想了起来，他的箱子和那本《山海经》还存放在太原的旅店里。他要给陆妙霞写一封信，让她给取上箱子寄回平鲁县。这时，郑富贵火急火燎地走进来说："古山长，求你救救沙锁吧！"古宫臣一看郑富贵着急的样子，问道："沙锁？沙锁怎么了？"

"沙锁被古团长抓了起来，要枪毙！"郑富贵说。古宫臣一听也紧张起来："为啥要枪毙？"郑富贵向古宫臣大概说了一下事情的原委。原来，古宫廷带着一个团的兵从太原来到了平鲁县，先贴出了安民告示，然后就开始调查起来，有人说是沙锁引来了匪兵，还告诉了匪兵谁家有钱、谁家有粮、谁家是大户。平鲁县的好多情况都是沙锁透露给卢占魁的，因为沙锁是县里的知事，他的官最大，也最了解情况。古宫廷一听，便决定先镇压了这个卢占魁的帮凶给人们出口恶气。古宫臣听了这些话后问道："沙锁在哪里？"郑富贵说："就在县大狱里，由古团长手下一个姓刘的排长看押着。"古宫臣当即说道："走，我去瞧瞧！"

古宫臣和郑富贵两人一前一后走了出来，路过食堂的时候古宫臣说："你先走，我随后就到。"郑富贵答应一声先走了，古宫臣进了食堂，对正在忙碌的康二小说："二小，你赶紧去向王先生拿上200块大洋，立即到县大狱去送给一个姓刘的排长，就说是古团长的哥哥要他偷偷放走沙锁，别的啥也不要说，记住了吗？送钱时千万不要让别人看见，赶紧去吧，人命关天！"康二小点了点头，转身跑了出去。

古宫廷住在以前沙锁住过的房子里正在看文件，看见哥哥走了进来，笑嘻嘻地站起来说："哥，是你啊，坐吧。"古宫臣看了一下房间，感觉比沙锁住的时候气派多了。桌椅板凳全是新的，就连炕上铺的褥子都是清一色的军用品。屋子里整洁干净不说，还飘着一股淡淡的清香。古宫臣一闻就知道，这是英国雪茄的味道。他微微一笑问道："二弟，你学会抽烟了？"古宫廷一怔，转身打开了卷柜，从里面拿出一个精致的木头盒子，打开后放到古宫臣面前的桌子上说道："哥，你也尝尝，我在日本念书时学会的。很有味道，比咱爹抽的水烟强多了。"古宫臣拿了一支，放在鼻子底下闻了闻说："确实有股香味，可惜呀我不会抽。哎，二弟呀，沙锁呢？"

古宫廷又是一怔，随口说道："在大牢里。"古宫臣说道："二弟，沙锁他不是个坏人，你不应该杀他。"古宫廷听了后说道："哥，你这么认为，可别人却不这么说，他可是一个罪恶之人，你忘了咱爹是怎么死的了？"

"咱爹的死和他没有关系，二弟啊，你是不是冤枉好人了，他……不就是个固山书院做饭的大师傅嘛，有什么罪过呢？"古宫臣说道。古宫廷拿起一支雪茄放在鼻子底下闻了闻，然后点着吸了一口说道："哥，我对平鲁县的情况虽然没有你了解，但对于沙锁我还是比较了解的。我治他的罪是全县老百姓的意愿，不是我个人的主张，我也没有那么大的权力。这也是省军政府的意思，你看看这个。"古宫廷说着把一份文件递给了古宫臣。古宫臣没有接文件，更没有看。他无奈地摇了摇头说："看来呀，沙锁是救不下了。"说完后站起来就要走。

古宫廷说："哥，沙锁的事你就别管了，免得别人说你的闲话……不过……有句话我还是想和大哥说说。"古宫臣一怔，疑惑地看着弟弟："你说。"

古宫廷吸了一口烟说道："哥，听说你收留了一个逃婚的女子？"古宫臣一听，颇为意外，看着弟弟说道："是啊，这……有问题？"古宫廷说道："你知道她是谁的女儿吗？她背弃了和李汉卿的婚约，偷了他爹两万块钱的银票跑到平鲁县来了。我从太原起身的时候她爹和李汉卿嘱咐我一定要找到她，把她送回太原！"古宫臣一听，笑了笑说："我不管她爹是谁，她是我的学生，有困难投奔我来了，我能不管？她为了保护固山书院的那块牌匾遭到了卢占魁那帮匪兵的轮奸……差点……死掉，我能不管？我还要娶她呢！"

古宫廷一听愣在了那里，吃惊地问道："会有这种事儿？哥，那沙锁就更得杀了！"古宫臣摆了摆手说："哎，这跟沙锁没有关系，你怎么就咬住沙锁不放呢，啥事儿也往他身上推。"

"报告，古团长，沙锁跑了！"郑富贵在门外大声喊道。古宫廷几步跨出门来说："什么，你们是怎么搞的，能让他越狱跑了？"接着又大喊一声："一营长，你赶快派兵分头去追，活要见人，死要见尸，他要拒捕就当场击毙！"只见一个年轻后生从隔壁的房间里跑出来给古宫廷敬了个军礼，说了声"是！"就转身跑了出去。

古宫廷看了看站在身旁的郑富贵，没好气地说道："你也带着你的人去追，要是追不回来，你的提拔也就别想了！"郑富贵答应了一声转身跑了出去。

古宫廷看了看哥哥，说道："哥，你看看这，我不放心郑富贵他们，抓回沙锁后让我的兵给看着，没想到这帮饭桶连一个犯人都看不住，真丢人！"这时的古宫臣反倒是心中一喜，暗暗祈祷着："沙锁啊，你赶紧跑。跑得越远越好。"古宫廷看出了哥哥脸上的表情，冷冷地说道："哥，这回你满意了。"古宫臣拍了拍弟弟的肩膀说："宫廷啊，凡事都往宽处想，有些事情也没有必要太较真。"古宫廷看着哥哥异样的表情似乎明白了什么，他说道："哥，别的我啥也不说了，不过我提醒你一句，太谷的孔家是什么背景你应该是知道的，今后你还是小心点为好。"古宫臣微微笑了笑说："宫廷，谢谢你了，我自有分寸。"

第二天，郑富贵拿着一张银票放到了古宫廷的面前，古宫廷看了一眼说："郑富贵，你别来这一套，沙锁你抓到了么？镇压沙锁是省里批准的，这回让他给跑了，你让我怎么向省里交代？"郑富贵嘿嘿笑着说："古团长，跑了沙锁咱们还有张锁、王锁、李锁呢，怎么能让你担责任！除了不让你担责任，还能让你得到好处呢。"

郑富贵又悄悄地说道："古团长，你将来前途无量，不能因为这事影响了你的前程。你就按照程序上报省里，就说沙锁已被就地正法。至于当地的老百姓……你就看我的吧，保准让你满意！"说完后给古宫廷敬了一个很不标准的军礼，转身走了出去。

第三天，镇压沙锁的公审大会在县城三道街的戏台子上准时召开了。戏台下面的广场上站了不少老百姓和士兵，戏台对面的窑头上和戏台上面的屋脊上各架着一挺机枪。古宫廷和县城里的头面人物坐在戏台下面摆着的几张桌子后面，全都挺直了腰板，看着台上五花大绑的"沙锁"。有人认出来了，那绑着的不是当过土匪的沙二阎王吗？

郑富贵从戏台的后面走了出来，他穿着一身崭新的制服，显得比平时精神多了。他手里拿着一张纸，大声念道："此人沙锁，原名沙二阎王，勾结匪兵，抢劫财物，奸淫妇女，焚烧商铺、庙宇，犯下了不可饶恕之罪，经省军政府批准，就地枪决，立即执行！"念完后就有一队士兵上去押着沙二阎王向城西的刑场走去，许多人跟在后面向刑场涌去。

四月初八刚刚过去三天，固山书院开学了。洪拐子的儿子洪殊、蓝四的儿子蓝宪、墨吉顺的儿子墨仁、水掌柜的儿子水生等36个孩子作为新生入学了，再加上以前的72名学生，固山书院一共有在校生108名，这是固山书院创建以来学生最多的一届。书院完全按照新的学制和新的课程办学，初小4年，高小3年，中学4年。108名学生当中上初小的有66名，上高小的28名，上中学的14名。国文、算数、音乐、体育、美术、历史，还有地理和军事课全部开了，书院完全改变了过去的教学模式，一切都是崭新的。

古宫廷作为本县的最高军事和行政长官亲自主持了固山书院的开学仪

式，县里有头有脸的人物全部参加了开学仪式。那场面的隆重程度不亚于枪毙沙二阎王的公审大会。康二小和年轻教师刚刚种下去的菜园子被人们踩得乱七八糟。他让人们别到路两旁的菜园子里站着，吼破了嗓子也没有人听他的话。今天来的人太多了，人们根本没有站的地方，中间的路挤满了人，只好往两边的菜园子里挤。康二小气喘吁吁地找到了古宫臣："古先生，你看看，菜园子全毁了！"古宫臣笑了笑说道："乡亲们来了，你总不能撵出去吧，踩了菜园子还能种，失去了人心就很难办了。"康二小一听似乎明白了什么，再没有去管站到菜园子里的人。

肉铺老掌柜的儿子黄存财也来固山书院念书了，是吴油子送来的。开学仪式结束后，吴油子找到古宫臣很是庄重地说道："大侄子，我有件事情要和你交代一下。"说完便掏出一个红布包放到了古宫臣面前："这是1000块大洋，交给你了，是黄存财念书和娶媳妇的钱。我老了，怕是完不成肉铺老掌柜的遗嘱了，交给你去完成吧。"

那天，吴油子跑脱后也没有敢回家去住，溜出城去跑到班步轩开的砖瓦窑躲了几天。等到匪兵撤走后，他做的第一件事就是到肉铺老掌柜和他说的磨盘下取出了埋在那里的钱。回家后数了一下，有1008块大洋。第二天，他就出去寻找黄存财，找了好几天都没有找到。直到过了正月十五才从六百户村的一家养猪户那里找到了黄存财。原来老掌柜经常来这里买猪肉，和他们家相处得不错，成了很好的朋友。黄存财万般无奈之下跑到这家避难来了。吴油子一把拉住黄存财说："走，回城去念书。"黄存财不解地看着吴油子说："我都13岁了还能念书？""怎么不能念？别说13岁，就是30岁了也能念！走吧，收拾一下，先回城和我住着，等到固山书院开学了你就去念书。"

回到城里后，吴油子问道："存财，假如你有1000块大洋，你会干啥？"

黄存财连想都没有想，脱口说道："用500块开肉铺，用500块去赌博。"吴油子心里一惊，又问道："为啥？"黄存财说："开肉铺嘛……可以挣钱，赌博……可以赢钱，人活着不就是为了钱？要不还活着干啥！"吴油子不说话了，在心里盘算开了："这钱决不能交给黄存财，否则对不起九泉之下的老掌柜！"

此后，吴油子想了好几天，他觉得等到固山书院开学后把黄存财交给古宫臣最合适了，于是他就等着固山书院开学的日子。固山书院开学后，他自己留下了8块钱，心里想着："这8块大洋足够我买一口棺材了。老掌柜啊……我这么做……不过分吧？"

固|山|书|院

第二十二章

班明宗迈着步子走进了固山书院，一进大门，就看到了郁郁葱葱的菜园子，水萝卜长得分外诱人，他伸手想拔一个吃，忽然想起了上次挨打的事儿，就把手缩了回去，四下看了看，一个人也没有，但他还是没有拔，转身向后面走去。

听着教室里的朗朗读书声，班明宗的心里一阵阵地不好过，一种抓心的感觉传遍了全身。他咬紧牙，用劲压了压这种感觉，觉得还是压不下去。他又咬了咬牙，挽了挽袖子，继续往后面走去。上了台阶后一阵笛声传了过来，班明宗向左边一看，远远地看见新修的亭子里坐着一个人在吹笛子。这是谁在吹笛子呢？怎么这么难听？班明宗边想边向亭子这边走了过来。

今天上午，古宫臣刚刚收到两封信，一封是陆妙霞写给他写来的，告诉他箱子已经寄走了，要比信慢，过几天就会收到。一封是欧阳文菊写给他的，告诉他她已经在英国开始念书了，信里还谈了一些英国的风土人情等。看样子欧阳文菊生活得不错，心情也很好。看完信后古宫臣很烦恼，拿着笛子就坐到亭子里吹了起来。很久没有吹笛子了，吹了半天也不着调，把一支优美的曲子吹得变了味道。班明宗站在亭子旁边听了半天，他忽然觉得很好笑，就笑着说："曲子听起来怎么充满了忧伤？"古宫臣停下来，一看班明宗站在那里，赶紧说道："原来是班兄啊，来来来，上这边来坐会，我给你沏茶。"

班明宗走到亭子里坐在了石凳上。古宫臣放下笛子走出了亭子，迎面遇上了柳秀慧。柳秀慧端着一个红漆盘子，里面放着一壶茶和两只杯子，微微一笑说："你是要茶吗？"古宫臣心里一喜，说道："是啊，有客人来了，我正要倒茶去。"柳秀慧说："走吧，我给你送过去。"

柳秀慧把茶盘放到了亭子里的石头桌上，对着班明宗微微一笑，倒了一杯茶说："先生，请喝茶！"说完后又给古宫臣倒了一杯，放到了他的面前："我回窑里去了，你们坐着。"说完后转身走出了亭子，回她住的窑里去了。

其实，柳秀慧早就在窑里听到了古宫臣的笛子声，她的心里很难受，知道古宫臣肯定是心里不高兴，也不知道他又遇到了什么事儿，她又不便多问。自从她遭遇了那件倒霉的事儿后，就觉得自己在古宫臣面前矮了半截，老是抬不起头来。要是在往常，她早就跑到古宫臣那里去问他了。唉，可如今……

柳秀慧也感觉到古宫臣对她比以前更好了，处处为她着想，可古宫臣越是这样她越觉得难受。这是同情还是可怜？还是……柳秀慧经常想这个问题，可她怎么想也想不明白，要是陆妙霞在这儿多好啊，或许她能够给我个答案。

以前，班明宗听人们说过，固山书院的山长古宫臣收留了一位天仙一样的女子，但他并没有放在心上，可是今天一见："哎呀呀，我的妈，果然是天仙一般。这会说话的眼睛，这脸盘，这身段，这……"看着柳秀慧的一举一动，他的心都要融化了……要是能娶上这样一个媳妇，那真是八辈子修来的福分呀……

"班兄？班兄？尝尝我这'茉莉飘雪'怎么样？"古宫臣说道。班明宗看着柳秀慧的背影正在想入非非，听到古宫臣让他喝茶，他才回过神来说："哦……这就是那个柳……柳……什么慧？""是啊，柳秀慧，班兄没有见过？"古宫臣回答道。班明宗喝了一口茶说道："你金屋藏娇，要不是我今天登门拜访你，哪能亲眼见到柳美人？"

"班兄，你快别寒碜我了，你来固山书院总不是为了来看柳秀慧的吧？"古宫臣说道。班明宗放下茶杯嘿嘿一笑说："不不不，当然不是，只是偶遇，偶遇。我……学馆办不下去了，现在只剩下3个学生了，我的意思是你把我这3个学生也接收了吧，我好关门大吉！"古宫臣听班明宗这么一说，喝了一口茶说道："班兄，你确实可以关门大吉了。"班明宗的脸色一下变得难看起来："你笑话我呢吧，反正我是斗不过你们。不过……咱们骑驴看唱本——走着瞧！"说完后气哼哼地站起来就要走。古宫臣哈哈一笑说："我说班兄，你这是吃上火药了，我还没有把话说完你就发这么大的火。来来，你先坐下，坐下，听我慢慢说。"

班明宗又坐了下来，茶也不喝了，把头扭向一边，透过影影绰绰的树木看着柳秀慧的窑门。古宫臣说道："班兄，你把那3个学生送到固山书院，你也来固山书院当老师，这不是很好吗？"班明宗吃惊地回过头来说：

"你？要我？"古宫臣说："你要是不相信我，我让县公署给你颁发一个聘书，正式聘用你为固山书院的老师，怎么样？"

班明宗眼睛一亮："这好啊，我早就有这个想法了，可就是张不开这个口。如今，你要是让县公署给我发聘书，我就来！这样的话，我的面子上也好看些嘛。不过……你们这里都是新课程，我是教不了。"

古宫臣说："怎么教不了，你教了这么多年的书，还管理着一个学馆，经验很丰富，在平鲁县里怕是再也找不到你这样的人了。我不仅让县公署给你发聘书，还让你当教务主任！"

班明宗以为自己听错了，好一阵子才反应过来："你不是在开玩笑吧？""这么大的事情我能与你开玩笑？"古宫臣看着班明宗一副吃惊的样子说道。

"好！一言为定。我明天就把学生送来。"班明宗说。"我这就去县公署去给你写聘书，写好后我亲自给你送到家里。"古宫臣说。班明宗高高兴兴地走出了固山书院的大门，他抬头看了一下，看到了那四个金灿灿的大字，感觉那四个字不那么刺眼了，还有一种莫名的满足感涌上心头。来固山书院教书，这是他在来以前就想过的事情。没想到这次来除了达到了自己的目的，还有意外的收获，还能当个教务主任，这可是管着固山书院教学的重要职务啊。这会不会是古宫臣的一个圈套呢？王甘承能同意吗？任武行能同意吗？还有那个康二小……班明宗不由得担心起来。不过……天天能见到柳秀慧……呵呵，我还怕啥呢！想到这里，班明宗不由地哼起了小曲儿："正月里来是新年，纸糊的红灯挂门前……"

班明宗回到家里便把这件事情和他父亲说了，班步轩捋着胡须说道："嗯……不入虎穴焉得虎子，既然他这么说，你不妨去试试，反正你的学馆也办不下去了。"

　　班明宗心神不宁地吃过午饭，眼看着就要吃晚饭了也不见古宫臣的踪影，直到晚饭也吃完了才听到有人在敲门。班明宗小跑着来到大门口拉开了大门，果然是古宫臣。班明宗像是见到了大救星，对着古宫臣双手作了一揖："兄弟啊，你可来了！"古宫臣从怀里拿出一张纸递给了班明宗。班明宗急忙打开来看，天太晚了，有些看不清，他连忙喊道："满喜，满喜，点灯！嗯，不不不，点一支蜡烛来。"

　　班步轩听见院子里有人说话，就在屋里大声说道："是大侄子吗？进家里喝杯茶！"古宫臣说道："大伯，我是给班兄送聘书来的，不进去打扰您了，我这就走了。"说着转身就要走，班明宗说："进家坐会吧，忙啥呢？"古宫臣说："天黑了，我不进去了。聘书你拿到了，你看啥时候过去。"

　　"啊呀呀，哥哥我多谢兄弟了，多谢兄弟了。我最迟后天就过去，后天。"班明宗看着古宫臣的背影，心里想："这古宫臣的心眼真有这么好？看见我学馆办不成了让我去固山书院教书，还让我当教务主任，天下还有这样的好事？"

　　晚上，班明宗怎么也睡不着，听着身边的老婆呼呼的酣睡声，他有些愤愤然了，可听见后炕里两个孩子的酣睡声他又有些释然了。现在的他已经是两个孩子的父亲了，他有些后悔结婚太早了。那年，古宫臣考上了山西大学堂，他没有考上，他爹看他也不是块念书的料，就在古宫臣走的那年给他娶了媳妇，让他好好过日子。班明宗娶了媳妇后还是放不下念书的念头，被他爹骂了个狗血喷头。一气之下办起了学馆。他爹又要阻拦，他气愤地说道："不让人念书了，还不让人教书？二弟考上了讲武堂，您也该满意了吧！"他爹这才勉强同意了他的做法。

　　班明宗后悔自己过早地娶了媳妇，后悔自己没有继续坚持念书，后悔自己没有像古宫桃一样把念书看得比命还重要！唉……我还不如一个女孩子，真丢脸。如今有机会去固山书院教书，我一定要混出个人样来，让平鲁县的人们看看我班明宗！看看我们老祖宗班固的后人是不是也能念好书……不不不，是教书，在教书上做成一件像样的事情来！这样，也像个班家的后人了！

固|山|书|院

第二十三章

　　班明宗上任后三个月没有回家，住在固山书院，吃在固山书院，每天组织学生打扫一次校园和宿舍，每个星期进行一次卫生评比。每节课的作业必须当天完成，不允许拖到第二天。每个学生不管年级高低都要晨读晚背，每天下午上课前还要唱一首歌，一个月还要进行一次军事队列表演。由此，固山书院名声大振，在秋季招生中方圆百里的学生都往固山书院挤。这样一来，王甘承和任武行改变了对古宫臣聘用班明宗的看法，反而在心里更加赞赏古宫臣的做法了，年纪轻轻居然有这样的度量，看来当初这个山长还真没有选错。

　　学生越来越多，古宫臣反而有些犯愁了，固山书院能容纳的学生是有限的，最多200人，现在在校生 108 人，再招收 100 人已是极限，这已经把原来的客房都当作教室用了，可报名的就有 300 多人。班明宗呵呵一笑说："这好办。"他组织了一次考试，凡是考到前 100 名的就进入固山书院读书，100 名以后的，对不起，各自回各自的村里去念。

放榜的日子终于到了，固山书院的大门外贴出了前 100 名的名单。考上的学生高兴地进入固山书院读书，没有考上的都有些不甘心，发誓明年再考。吴油子一边喝酒一边说道："念个固山书院还得考试，真是姓南的头上顶着个南瓜，难上加难啊！"这种做法遭到了军政长官古宫廷的批评和老百姓的指责。他们说："城里考不上固山书院的学生没有念书的地方，还得到乡下去念，这固山书院搞的是啥名堂？"古宫臣更是被人们骂得灰头土脸，说他用人不当，把固山书院办砸了。

古宫廷来到了固山书院，他以协商的口气对古宫臣说："哥，现在来看，你必须劝退 50 个学生，留出这些名额给城里想要上学的学生，要不然我也没法向老百姓交代，他们要向省里告状。你看看这些。"说着把一叠告状信交给了古宫臣。古宫臣也觉得这件事情没有办好，用人没有用错，考试也没有错，错的是招生招得太多了。他思谋了半天说道："宫廷，这事我来想办法，城里需要念书的学生我全部收下，多会来都可以。"古宫廷看着哥哥问道："真的？"古宫臣说："真的！"

第二天，古宫臣就雇了几个泥匠，把自己的山长室改成了一间教室，自己和康二小去住了。王甘承一见古宫臣这样做，脸色都变了："你这后生怎么能这样做？你的窑里埋着东西呢！"古宫臣说："用的时候晚上没学生了，刨出来就是了。"王甘承也不说什么了，想了想又说道："我搬到门房和任武行住去，把我的那间窑也改成教室吧，两间教室放 40 个学生没有问题。再说了，一下也来不了那么多。"

这时，康二小气喘吁吁地跑了过来："古先生，任先生，你们快到大门口看看吧，来了很多人，向咱们书院要钱呢。"古宫臣和王甘承三步并作两步来到了大门口，看见任武行站在门口正在和十几个人讲着什么。古宫臣走过去问道："你们要干什么？"一个上了年纪的人说道："我们来领赏钱。"古宫臣又问道："什么赏钱？"那个人说道："你们固山书院的先生说，凡是到固山书院念书的学生都会领到两块大洋的赏钱，考不上的也给两块大洋的赏钱，我们的孩子没有考上，过来领赏钱的。"

古宫臣说："这……这是谁告诉你们的？"那人又说道："是一个叫……叫什么满喜子的先生到我们村说的！"此时的任武行听明白了，气愤地说道："又是这个满喜子，我非提上一桶屎尿汤浇他一身不可！"王甘承也知道是怎么回事儿了："还是那个班明宗，为了显示自己有能力，居然使用这种手段。唉……终于露馅了。这……要是传出去，丢的是固山书院的人啊！"站在大门口的人们似乎也听懂了他们的对话。"哦，原来是有人在使坏啊，我们上当了。走走走，回吧回吧！"古宫臣也如梦方醒："怪不得来了那么多学生，原来是这样！"

秋天来了，固山书院也没有增加多少学生，反而有许多学生回村帮忙收秋去了。秋收后，有的返回来了，有的没有返回来。腾下的两间教室一直没有用，空荡荡的。雪都下过好几场了，书院也没有增加几个学生，今年的秋冬季节和往年相比，人们念书的热情冷淡了许多。

班明宗也不像往日那么活跃了，除了教着他的历史课，做着教务主任外，哪里也不去了。元宵节过后的一天，古宫廷来到固山书院向哥哥告别："哥，我要走了，年前就接到了命令。我给咱们县成立了一个电报局，留下两部电报机供你们使用。你从固山书院派两名学生去学习一下，我的电报兵只能留一个月，教你们的学生学习发报。电报可以直通太原，可以办理公事和私人业务。"古宫臣心里有点不舍，但还是硬着心说道："好吧，军人是要服从命令的。二弟啊，你出门在外要多加保重身体，经常给家里写信。"古宫廷给哥哥敬了一个军礼，古宫臣的眼圈一下红了起来。古宫廷转身要走，古宫臣又说道："到了太原，记得找一下桃桃……"

"好的，哥，你也要保重身体，常回家看看娘……"古宫廷说完后跑步走了。古宫臣望着弟弟的背影，泪水从眼里流了出来。

春夏之交，新的县政府成立了，郑富贵当上了县长，县党部主任是从太原回来的班步轩的二儿子班义宗，就是班明宗的弟弟。还成立了新的警察局。现在不叫警察署了，叫警察局。沙锁也不知道从哪里冒了出来，居然当上了警察局长。县里下设的各个办事机构都改成了局。这天，当年与郑富贵一起革命的在固山书院教书的两名教师来找古宫臣辞，他们说固山书院学生不多了，用不了这么多教书的了，要到县政府去任职，是郑富贵让他们去的。古宫臣再三挽留，两个年轻人去意坚决，他只好签了字，让他们到王甘承那里结算了工钱。两个年轻人说："啥工钱不工钱的，我们不要了。还有，存在伙食账上的钱也不要了，就当是给固山书院做贡献了。"说完后回到宿舍里背上行李走出了固山书院，回头看了看大门上的鎏金牌匾，感叹道："也不知道这块牌子还能保留多久！"走了一段路后，两个人有说有笑，打打闹闹地开心极了，像两只飞出牢笼的鸟儿，快活地飞向了自由的蓝天。

六月的一天，警察局的两个警察走进了固山书院，给古宫臣送来一封公文。古宫臣看到两个警察进来后，一种不祥的感觉涌上了心头。他认得其中的一个，就是以前跟着沙锁闹革命的那个人，现在成了平鲁县警察局的警察了。他打开公文一看，顿时傻了眼。公文上红色的大印还没有干透，显得分外刺眼。上面写着："固山书院被县警察局征用，一个月后所属全部人员搬离。"古宫臣有些恼怒了，问那个警察："你们那么多地方不去用，为啥要与固山书院过不去？这也欺人太甚了，我去找沙锁。"说完后，也不去管那两个警察了，径直向县政府走去。

虽然现在是平鲁县最热的季节，但一走进大门，门洞里的穿堂风还是冷嗖嗖地吹了过来，古宫臣气愤得快要爆炸的脑袋瞬间冷静了下来。这时，一个在门房里打瞌睡的警察也没有看到走进来的古宫臣，倒是古宫臣喊醒了他："哎哎哎，别睡了，沙锁在哪里？"那个警察连忙站了起来，大檐帽滚到了地上，揉了揉眼睛大声说道："谁，谁啊，你……啊呀，原来是古大少爷，您这是干吗来了？"古宫臣仔细一看，原来是八道街秦家的二小子，就说道："秦二小，沙锁在哪里？"秦二小拾起地上的帽子弹了弹上面的灰尘说道："在大堂后面的公事房里呢。"古宫臣转身走进了院子，绕过大堂，向后面的一排房子走了过去。

树上的鸟在不停地叫着，在柳树下乘凉的康二小先是看到古宫臣走出了书院，接着又看到两个警察也走出了书院，他感觉情况有些不妙，就找到了正在上课的王甘承，向王甘承说道："王先生，古先生让警察给逮走了。""什么？古宫臣被警察给抓走了？为什么？"康二小说："我也不知道。"王甘承也不上课了，找到任武行说："我看咱这固山书院是办不成了，山长让警察给抓走了。唉……"任武行说："也不一定吧，等古宫臣回来后就搞清楚了。"

这几天，沙锁让一堆文件搞得头晕脑胀、寝食难安，他真不想干这个警察局长了，幸亏从固山书院里又聘请了三个人，今天才算安心了许多。看来啊，这当官也不是什么都好，也有烦恼苦闷的时候啊。沙锁推门走了出来，他想在院子里透透气，屋子里面闷得慌。抬头一看，见古宫臣走了过来，哈哈一笑说："古山长，是你啊，怎么有空来我这里？"

"沙……沙师傅……沙知事，沙局长，这是怎么回事？为啥要征用固山书院？"古宫臣说着把手中的公文递给了沙锁。沙锁接过来看了看，支支吾吾地说："上面……上面写的什么？"古宫臣这才想起来沙锁斗大的字认不得一箩筐，这个公文他肯定认不得，但他认得那个大印。古宫臣说："这上面说要征用固山书院，让一个月后搬家！"沙锁也有些吃惊，但他确实看到了上面的大印。他挠了挠头，大喊一声："杨主任，你出来一下，这是怎么回事？"一个人答应了一声从一个房间里走了出来。沙锁对古宫臣说："古山长，这是县公安局行政室的杨主任，叫杨……"古宫臣一看，这不是在固山书院教过书的杨拴柱吗？杨拴柱接过公文看了一下，对沙锁说道："这……这个是郑县长说要征用固山书院给咱们公安局做监狱用的，您知道，这段时间犯人多，县里的监狱都满了，放不下。"

沙锁的脸上一下露出了愤怒的神情："什么，征用固山书院也不和老子汇报？你小子竟敢自己做主？你是不是不想干了？"杨拴柱一看沙锁怒了，随即说道："郑县长说他和您说了，您也同意了，这个……这个大印不是您给盖上的吗……又怨我……"

沙锁的脸红到了脖子根，举手就要给杨拴柱一个耳刮子，古宫臣伸手拦了下来，说道："沙局长，行了，您说句话吧！"沙锁收回了手，看着杨拴柱说道："固山书院不仅不能征用，还得用劲帮！这个……杨拴柱，你当下就给书院拨200块大洋，交给古山长，听见了吗？"说完后对古宫臣说："古山长，你先进屋喝杯茶，这大热天的……"古宫臣心里一喜，固山书院算是保住了，想到这里他踱步走进了沙锁的房间。

固|山|书|院

第二十四章

　　没有半盏茶的工夫，杨拴柱就把 200 块大洋送了过来，沙锁说道："交给古山长。"古宫臣看了看沙锁，说道："啊呀，感谢沙局长对书院的关爱，我代表固山书院的老师和学生们谢谢您啦！"边说边接过杨拴柱手中的大洋，毫不客气地装了起来，起身就要走。"慢着。"沙锁突然说。古宫臣一愣，站在那里看着沙锁。

　　沙锁说："我去年给你约好了城里四户人家的子弟，今年秋后就去你那里念书，你今年就要和他们协商好了，让他们给书院捐款，小心他们明年变卦。哈哈哈。有死鬼墨吉顺的儿子，大东街蓝家的儿子，开皮货店的水家和南关的洪拐子的儿子。"古宫臣一听连忙说道："多谢沙局长的关爱，这几家的孩子已经在固山书院念书了，让您费心了。"沙锁笑了笑说道："好好好，去了就好，去了就好。别忘了让他们给书院捐款啊……"

沙锁把古宫臣送出了县政府的大门，等他走得很远了，回身对着杨拴柱说道："今后你不要再惹恼这个人了，他是谁你不知道吗？再说了，固山书院是为咱们县培养人才的地方，哪个地方不能征用，你偏偏要征用那里，你这不是找不自在？你看看，让我损失了 200 块大洋。"

杨拴柱说："那是您要给的，他又没有要。"沙锁举起手又要打人，吓得杨拴柱一缩脖子，躲在一边。沙锁说："我要是不给他 200 块大洋，能把他打发走？你小子，办事还是嫩了点！今后要多学着点。再说了，他可是我的救命恩人，要不是他也没有我的今天！你小子听明白了吗？"杨拴柱听了后才明白了沙锁的意思，连忙说道："我哪里知道这些，今后不去招惹他就是了！"

王甘承和任武行听了康二小的话后，总觉得不放心。他俩商量了半天，还是觉得应该到警察局打听一下，要是真抓了古宫臣就去求求沙锁。主意拿定后，王甘承和任武行就向县政府走去。警察局就设在县政府里面，由于这里住不下那么多警察，沙锁就征用了中陵客栈当警察的大本营，侦缉队、巡逻队、审讯室、临时羁押室等全部放在这里。王甘承和任武行一进县政府的大门就被秦二小拦住了："你们找古宫臣？他不在这里，走了。"

王甘承和任武行也不敢再问什么，他们转身来到中陵客栈，以为古宫臣被扣押在这里。大门口有许多人在向里面张望着，都在交头接耳地说着什么。王甘承和任武行走了进去，看见在院子东墙边的拴马桩上绑着两个人，高个子绑在一根粗桩上，低个子绑在一根细桩上。两个人嘴里鼻子里全是血，胸前的衣服上也沾满了血，看样子被打得不轻。王甘承的心里一颤，对任武行说："还进去吗？""来都来了还不进去看个究竟！"任武行倒是胆子很壮，迈着步子就向正房的门口走去。

一进门，就看见五六个警察坐在桌子旁边喝茶的喝茶，抽烟的抽烟，其中一个问道："你们是干啥的？"任武行说："我们来找沙局长。""哦，是任先生，沙局长不在这里，找他做啥？"一个警察认得任武行，他从桌子的另一边站起来问道。王甘承说："听说你们把古宫臣逮走了，我们过来看看是怎么回事。"那个警察喝了一口茶说道："古宫臣不在我这里，他去了县政府沙局长那里，我只是去固山书院送了一张公文就回到这里了。"王甘承和任武行还是不太相信，用怀疑的眼光看着那个警察。那个警察又说道："我在固山书院念过书，我不会骗你们的。"王甘承和任武行一看这阵势，赶紧说道："告辞，告辞，多有打扰，多有打扰！"说完后就退了出来。

大门口的人们在相互议论着，一个人说："你们没有看见吗，昨天抓住了口外土匪梁玉玺的三个探子，可惜跑了一个，正在审问呢。"另一个人说："梁玉玺和卢占魁差不多。抓住了三个，跑了一个，怕不是什么好事吧，要是梁玉玺过来报复咱们，那该怎么办？那这两个探子可不能杀，得赶紧放了。"第二天傍晚时分，吴油子喝了酒，到县政府吵闹着让沙锁赶紧把那两个探子放了。沙锁上去就是两个嘴巴子，直抽得吴油子两眼直冒金星，酒也醒了一半，他啥也不敢说了，赶紧回家睡觉去了。

第二天早饭后，沙锁来到了固山书院，态度很是谦虚地对古宫臣说道："古先生，我们要处决那两个探子，县公安局没有人会写杀人的告示，还请你帮帮忙，给我们写一份。这个……改日郑县长还要亲自登门拜谢。"古宫臣说："你们不是有杨拴柱吗，他不是你们公安局写文书的？"沙锁说："他不会写杀人的告示，勉强写一个吧又怕贴出来后让人笑话。这不，还要劳烦你哩。"

古宫臣想了想问道："知道这两个探子的名字吗？"沙锁说："知道，早就审出来了。"古宫臣问了一下两个探子的罪行，展开一张宣纸，裁掉一半，拿起笔在另一半上写了起来。写好后给沙锁念了一遍说道："回去后把大印盖上就行了。"

上午，杀人的告示贴了出来，人们争相转告。自从光绪三十三年（1907）杀了一个土匪后，这都多少年了，还没有以县政府的名义杀过人。人们打听清楚了，刑场在西门外的六棵树那里，很多人早早地就去了那里，等着看热闹。

天空阴沉沉的，不一会儿就下起了蒙蒙细雨，柳秀慧拿着一本书坐在亭子里看了一会儿就心神不宁起来，怎么也看不下去了。这……也许是因为天气的原因吧。这时，他看到一个人打着一把雨伞一边走一边看，好像是在欣赏这雨中固山书院的景色。当他看到亭子里的柳秀慧时，就向这边走了过来。那人走到亭子里收起雨伞，对着柳秀慧微微一笑说："小姐，你是这里的老师？"柳秀慧这才看清了这个人的面容，清秀的脸上戴着一副黑边眼镜，衣着整齐洁净，一看就是个当官的。柳秀慧说道："嗯……是……不是！"来人又是微微一笑："古宫臣住在哪间窑里？"柳秀慧说："在前面食堂旁边的窑里，和大师傅住在一起。"来人点了点头，转身撑起雨伞走出了亭子，向前面走去。柳秀慧远远地瞭着这个人，他并没有到食堂旁边的窑里去找古宫臣，而是边走边看，一直走出了大门，还回头打量了好一阵那块牌匾。

柳秀慧赶紧跑到古宫臣的窑里，想与古宫臣说说刚才的情况，可是进门一看，古宫臣不在，只有康二小在炕上蒙头睡觉。柳秀慧又跑到了门房里，看见任武行正坐在炕上在写着教案。她问道："任老师，您看见刚才进来的那个人了吗？"任武行摇了摇头说："没有看见。"

柳秀慧走出了门房，心里越发疑惑起来："凭着自己的经验，那个人绝非一般的人，可那又是谁呢？他来固山书院干什么？"中午吃饭的时候她坐在了古宫臣的身边，悄悄地给古宫臣说了这件事。古宫臣说道："从你的描述中可以判断出这个人十有八九是班义宗。"柳秀慧问道："班义宗是谁啊？"古宫臣说："是县党部的主任。"柳秀慧说道："哦，就是班明宗的弟弟？"古宫臣点了点头。柳秀慧的心一下子沉了下来，她似乎感觉有什么事情要发生，但她又说不准，她对古宫臣说道："先生，不管发生什么事你都要挺着，这么多年风风雨雨都过来了，咱什么都不怕了！"古宫臣疑惑地看着柳秀慧问："怎么了？"柳秀慧啥也没有说，放下了手中的饭碗，伸手拍了拍古宫臣的肩膀，又意味深长地点了点头，走出了食堂，向固山书院的大门外走去。

　　柳秀慧这个细微的动作被正在盛饭的康二小和坐在远处吃饭的班明宗看见了。这么多年来，柳秀慧在食堂里吃饭时都是单独坐着。她爱干净，自从康二小第一次领着她来食堂吃饭就给他准备了单独的座位和一张小桌子。每次开饭时，康二小就把这张小桌子和柳秀慧坐的凳子擦得一尘不染。今天柳秀慧没有坐她的"专用"饭桌吃饭，第一次和古宫臣坐到了一起，而且只吃了几口就走了。康二小的心里七上八下的，也不知道是个啥滋味。班明宗也发现了这个情况，他在心里自然自语道："嗯，肯定是柳秀慧和古宫臣的关系又进了一步，看来……我得加紧行动了！否则的话……这个美人就会睡到古宫臣的被窝里。你们都小看了我班明宗！哼！我可是班固的后代！"

　　入冬后一直没有下雪，枯黄的黄土地显得更加枯黄了，寒风吹起地面上的黄土飞到了天空中，天空也变得枯黄起来，使平鲁的冬天变得更加单调与萧瑟。半夜里，柳秀慧被一阵狗叫声惊醒了，这声音就在门外的不远处。这……好像是从县政府那边的墙上跳进来的野狗。那狗又叫了几声便消失得无影无踪了，可柳秀慧却睡不着了。要是古宫臣还住在隔壁该有多好啊。不行，明天和古宫臣说说，还是让他搬回来住吧。

　　天边出现了一些白色，固山书院的住校生起床了，学生们打着哈欠开始排队出操。这时，跑校的学生也陆陆续续到校了，体育老师吹着哨子在整队，初小生站在最前面，高小生站在中间，中学生站在最后面。这支队伍出了固山书院的大门后，向西一拐，来到了固山书院和县政府中间的空地上，开始绕着空地的边沿走了起来。走了两圈后，从第三圈开始小跑，跑了两圈，然后站在空地中间开始做操。做完操以后，排着两路纵队回到固山书院，早操就算结束了，学生们开始了晨读。

郑县长和沙锁带着四个警察走进了固山书院的大门，直接来到了食堂里，对正在做饭的康二小说道："去把全体老师集合到这里来，包括古宫臣，听到没有？"康二小一看这阵势，知道发生了大事，对钱二婶说："您先忙着，我去通知他们。"

不一会儿，包括古宫臣在内的 10 多个老师全部来到了食堂里，康二小也没有忘了通知柳秀慧，她进来后站到了最后面靠门的地方。郑县长清了清嗓子，拿出一张纸念道："平鲁县政府通知，经县党部提议、县政府批准，决定免去古宫臣固山书院山长职务，由班明宗先生担任。在一日之内，古宫臣与班明宗交割完固山书院所有事宜。特此通知。平鲁县政府。"

通知念完后，人们面面相觑，谁也不知道为何突然免去古宫臣山长的职务。古宫臣的脑子"嗡"的一下，感觉有些头晕，身子晃了晃，差点摔倒。柳秀慧来到他身边，伸手扶住了他的一只胳膊。古宫臣用手摸了一下额头，看着郑县长，意思是免我可以，总得说出一个理由吧。柳秀慧倒是显得很淡定，她悄悄对古宫臣说道："不要紧张，回家就是了！"王甘承有些不解地问道："郑县长，这……无缘无故地就免了古宫臣，这……总得有个由头吧？"

班明宗大声说道："这还用你问吗？县党部、县政府做决定还用得着和你商量吗？"郑县长说道："这是古宫臣的八条罪状，免去他山长的职务是最轻的处分，否则还得坐大牢。"说着又拿出一张纸递给了王甘承。

王甘承接过来一看，上面写着古宫臣的八大罪状。一、收留妓女。二、贪污公款。三、放高利贷。四、私卖公粮。五、公报私仇。六、任人唯亲。七、欺师灭祖。八、道德败坏。

王甘承看完后，气得直哆嗦："这……这，完全是捏造。"班明宗说："王先生，这还不够吗？这里面还牵连着您呐，放高利贷不是他指使您干的？这可是要被枪毙的事儿啊！您还嚷嚷个啥呢？"王甘承拿着那张纸在班明宗的眼前晃了晃说："这个是你干的吧，别以为我不知道。还有你、你、你，这几个没有良心的东西。"说着用手指了指齐富、师批和田家农。从太原聘请来的中年教师鳌风高和匡禄也吃惊地看着和他们一起来的这三个年轻教师。

古宫臣看了看柳秀慧，看到了她眼中的愤怒，也看到了她眼中的平静和坦荡。他点了点头说道："好吧，这就交割！""不行，不能交割！"康二小大喝一声，提着一把菜刀跳到案板上盯着郑县长喊道。"哗啦"一下，四个警察一起举起步枪对准了康二小。沙锁说道："康二小，赶紧下来，你想吃'洋黑枣'？"

"师傅，古先生没有八条罪状，只有一条，收留……收留……柳秀慧，她不是妓女，她不是……"康二小说着蹲了下来，呜呜地哭了起来。

固|山|书|院

第二十五章

古宫臣与班明宗交割了所有事项后，收拾好行李就要走了，他推门走进了柳秀慧的窑里，对柳秀慧说："你先住在书院吧，要是不想在这里住了，等我回去后收拾好了家里，你就搬到家里去住。这里有康二小照顾你，不会有啥事的。""不会的，大少爷，有我照顾慧姐你就放一百个心吧！"康二小在门口说道。古宫臣和柳秀慧被康二小突如其来的说话声吓了一跳，柳秀慧皱了一下眉头，看着古宫臣笑了。古宫臣转身对康二小说道："告诉你不要叫我大少爷，你就是记不住。"康二小有些委屈地说道："你这不是要离开了吗！"古宫臣无奈地笑了笑说："康二小，我离开书院了，你一定要照顾好柳秀慧，明白我的意思吗？"康二小使劲点了点头，眼窝一热，闪着泪光说道："大……古先生……你放心，我会照顾好慧姐的！"

古宫臣走出固山书院的大门时，王甘承也出来了。古宫臣对王甘承说："埋在地下的钱我没有交代给班明宗，我看他不像个当家的主儿，我就留了一手。要是书院急需花钱了，你可以取出一些来……"

"我才不管他呢，那些钱一分一厘也不能花！"还没等古宫臣把话说完，王甘承就说道。"好好，王先生，您多保重！"古宫臣给王甘承作了一揖后转身走了。

送走了古宫臣后王甘承又搬回了他原来的宿舍，在搬东西时他隐约听到从柳秀慧窑里传出了哭声。王甘承自言自语道："这，究竟是为了啥？从太谷跑到平鲁，来受这个罪！唉……"

班明宗回到家里得意洋洋地和老爷子班步轩说道："爹，您看看我这事办得如何，儿子我也当上了固山书院的山长，他古宫臣不是山西大学堂的毕业生吗？还不是得让位给我吗？他也没有什么了不起的！"

班步轩说道："要不是你二弟帮忙县政府会聘任你？那个郑富贵会听你的？你还是消停些吧，把尾巴夹起来好好当你的山长，别再弄出些丢人现眼的事情来。那几个太原来的愣头青你都打点好了？"班明宗说道："打点好了，要不是我给了他们每人 200 块大洋，他们也不会到县党部去告古宫臣，那八大罪状也是他们给凑齐的。"班步轩将着胡须说道："还真是重赏之下必有勇夫哩！唉……你啊，就是不心疼你爹的钱。"班明宗嘿嘿一笑："爹，要是心疼钱了，我这事还办不成哩。要钱干啥？钱就是为了给人花的嘛。您要不是买通了沙锁能躲得过卢占魁的抢劫？你看看那个古怀阖，真是要钱不要命，不是让卢占魁给活理了？"

"大哥，你还是小心点吧，你如今也算是遂了心愿，可这事儿没有你想得那么简单。"班义宗不知道啥时候走了进来。"哎，是二弟，你回来了？"班明宗说道。班义宗说道："我虽然让你当上了山长，可是这坐稳坐不稳还得靠你自己。那个郑富贵和沙锁虽然这次听了我的，可他们心里很不服气，随时都有把你干下去的可能。""我知道，二弟，不说这些了，你和爹坐会儿，我去书院了！"班明宗说完就走了出去。

古宫臣回家后先去见了母亲。母亲说："回来好，回来好。你今年也26岁了吧，也该成个家了。你爹活着的时候就托小翠他爹给你说过一个女子，你去见见她吧。要是看对了，腊月里订婚，明年正月就娶过门，这不是挺好吗！"

古宫臣说："娘，成家的事儿先不着急，您让我先歇一歇，然后再把咱这院子修一修，等修好了院子再做别的。"母亲叹了口气说道："唉……你爹的钱也不知道放在哪里了，到现在也没有找到。这没有钱还修啥院子？我这里藏了些钱，恐怕只够给你成个家，哪还有钱去修院子？"古宫臣脸上露出了笑容："娘，修院子的钱宫廷已经给我留下了，这个您就放心吧！"

古宫臣家是一处两进院子，第二进院子的正房和厢房全被烧了，第一进院子的正房和西厢房也被烧了，只留下了东面的三间石窑，母亲和小翠就住在这里。平时，母亲住在北面的窑里，小翠住在南面的窑里，中间的堂窑是厨房。古宫臣回来后，小翠和母亲住在一起了，把她住的南窑给古宫臣腾了出来。虽然有些不方便，但今年冬天也只能这样凑合了。

郑县长主持召开了全县教育大会，会上宣布了一个重要决定，明年要成立平鲁县第一高级小学校，校址暂时定在文庙。建设事宜由新来的副县长李思瑶全权负责，包括招生的数量和教师的配备等，正式开学日期定在明年正月二十。县党部主任班义宗对这件事情很不满意，他碍于父老乡亲的面子，没有出面公开阻拦，但心里却盘算开了："县高小成立了，这固山书院高小的学生还能留得住吗？我哥的山长恐怕是……"想到这里，他心里没有了底，准备回家问问老爷子的意思。

在没有了古宫臣的固山书院里住着，柳秀慧像丢了魂一样，晚上更是整夜整夜地睡不着觉，饭也吃得很少，有时候还不去食堂吃饭，人也日渐消瘦下来。康二小看在眼里，急在心里，这可该怎么办呀！他经常去劝柳秀慧要想开点，柳秀慧不仅不听，反而和康二小发起了脾气，这可是从来没有过的事儿呀！柳秀慧的变化还有一个人注意到了，那就是班明宗。

这天夜里的后半夜，天空阴沉沉的，不一会儿就飘起了雪花。柳秀慧睁着眼睛茫然地看着窑顶。忽然听到门被什么东西推了一下，"吱"的响了一声后便没有了动静。柳秀慧每天晚上都会把门牢牢地插上，还用一根粗壮的椽顶着。特别是在古宫臣离开书院以后，她更是万分小心。她觉得是自己听错了。"吱"的一声，门又被推了一下。柳秀慧这回真切地听到了就是有人在推门。她壮着胆子问道："谁啊？"连问了几声都没有人回答，门反而又被推得"吱吱"作响。柳秀慧大声说道："你再推门我就要喊了！"停了一会儿，只听门外有人小声说道："秀慧，是我，你别害怕，我给你送好吃的来了，你开开门，我放下东西就走。"柳秀慧一下就听出来是班明宗的声音。她对着门说道："哦，是班山长，我不饿，你拿回去吧！"又停了一会儿，只听班明宗说："好吧，我给你放在窗台上了，待会儿你自己取吧！"说完后，外面没有了动静。柳秀慧根本没去取，过了一会儿就睡着了。班明宗在雪地里等了好一阵子也不见柳秀慧来开门，他失望地回到了自己的宿舍，到四更天了才迷迷糊糊地睡着了。

康二小也发现班明宗经常往柳秀慧住着的窑里跑，对柳秀慧也是分外关心，时不时送一些点心、水果等吃食，但每次都被柳秀慧退了回来。康二小心里想："这个班明宗很可能不怀好意，要提防着点。"

腊月十八这天固山书院放寒假了，老师们打扫完卫生后便陆陆续续回家了。书院里就剩下了看管厨房的康二小、看大门的任武行以及后院里住着的柳秀慧和班明宗。第三天，班明宗对康二小说："二小啊，你也回去吧，今年我来看管伙房。"康二小嘿嘿一笑说："我回哪里？固山书院就是我的家。"班明宗笑了笑说道："是啊，你没有家可以回，可是我有家也不想回去。"说完后又走到了门房，对任武行说："任先生，今年我来给你看大门，你就放心地回家过年去吧！"任武行一听高兴地走了。他走出固山书院的大门后又折了回来，找到康二小说："康二小，班明宗那小子没有安好心，你要注意了，别让柳姑娘遭了害！"康二小说："您放心，我会看着柳秀慧的。"

第四天柳秀慧又没有来吃早饭，班明宗说道："康二小，我给柳秀慧送去。"康二小把饭盛在一只大碗里交给了班明宗，班明宗接过来后笑嘻嘻地端着向后面走去。康二小等到班明宗走远了，就悄悄地跟在他的后面，看看这小子要做啥。

固山书院放假了，没有了起床的钟声，也没有了开饭的钟声，一切变得静悄悄的，就连乌鸦也不再鸣叫了。柳秀慧夜里又没有睡好，早上她多睡了一会儿，也不想去吃早饭，她怕见到班明宗。这时，她刚刚起床，正在梳头洗脸。班明宗端着饭碗推门走了进来，随手关上了门，正要把门插上，柳秀慧发现了明宗，上去就把门拉开了。柳秀慧身上淡淡的香味一下就钻进了班明宗的鼻子里，他还是第一次这样近距离地与柳秀慧站在一起，班明宗把碗往窗台上一放，顺势就抱住了柳秀慧，嘴里不停地说道："柳秀慧，秀慧，柳仙女呀，可把我想死了！你只要随了我，今后我就把你供起来，当仙女一样供起来……"

班明宗两只手臂紧紧地搂着柳秀慧，柳秀慧大声说道："班明宗，你放开我，放开我，不然我就要喊人了！""嘻嘻嘻，你喊吧，这院子里已经没有人了，你放声喊吧……"班明宗一边说一边搂着柳秀慧往炕上推。黄铜洗脸盆被打翻在地，脸盆里的水也洒了出来。班明宗把柳秀慧压在炕上，伸手就去拉柳秀慧的裤子。

这时，班明宗猛地听到一个声音在耳边响起："住手！"随着一声喊声，黄铜脸盆就落到了他的头上，盆的底子随即凹了下去，班明宗的后脑上重重地挨了一下，他被惊得一下瘫软在地上。康二小瘦小的身体被气得瑟瑟发抖，飞起一脚踢向了班明宗的面门。班明宗啊呀一声向后仰去，一股热辣辣的东西从鼻子和嘴里流了出来。康二小抡起了倒在地上的脸盆架子就要砸向班明宗的头。柳秀慧伸手拦住康二小说："算了吧，这回饶了他，要是再有下一回，绝不饶他的狗命！"

班明宗擦了一把脸上的血爬起来就要走。柳秀慧说："站住，你给我写下保证书才能走，你要是不写，今天就把你扭到县警察局去！"班明宗自知理亏，又擦了一把嘴上的血连声说道："我写，我写！"柳秀慧把炕上的纸和笔递给了班明宗，班明宗颤抖着双手接过来放到炕上，趴在那里写完了保证书，然后交给柳秀慧说："柳姑娘，全是我的不对，你看看，这样行了吧？"柳秀慧拿起来看了看说："按上你的手印！"班明宗左右看了看，似乎在寻找印泥。柳秀慧说道："蘸上你的狗血，按吧！"班明宗从鼻孔上抹了一下，按上了手印，哆嗦着溜了出去。

柳秀慧看着康二小感激地说道："康师傅，幸亏你来了，唉……我的命怎么这么苦啊……"说完后便呜呜地哭了起来。康二小的眼泪也流了下来，正要安慰柳秀慧几句，一个人走了进来。康二小一看，连忙说："古先生，你可来了。"柳秀慧泪眼朦胧地看着古宫臣，哭得更伤心了。康二小一边收拾着地上的东西一边掉眼泪，偷偷地抹了一把又一把，把棉衣袖子湿了一大片。

第二十六章

　　直到柳秀慧哭够了，古宫臣才说道："这里不能住了，咱回家去！康二小，现在就给柳秀慧搬家。"柳秀慧背着两个包袱，康二小背着柳秀慧的铺盖，手里还提着一个包袱。古宫臣背着一些书籍和柳秀慧的梳头盒子，手里也提着一个包袱，三人就这样走出了固山书院的大门。出了大门后，回头看着牌匾上的四个大字，有种说不出的苦涩涌上心头。那四个金字似乎也觉察到了他们三个的心情，忽然有几滴水珠从字的上面流了下来，流到了灰白色的木板上，印出了好几道深色的水痕……

　　三个人的眼睛湿润了，一片水雾升了起来，挡住了投向四个金字的目光。水雾渐渐变成了水珠，不远处的中陵河被严冬包裹着，冰层下的河水一如既往地流淌着，谁也阻挡不了。再寒冷的冬天也只能冻住它的外面，而它的里面，它的心，永远不会被冻住！

回到家里后，古宫臣和母亲住在了北窑里，让小翠和柳秀慧住到了南窑里，等到这一切全都安排好以后，康二小恋恋不舍地走了，他还要回到固山书院去当他的大师傅，去看管他的厨房、食堂和库房。从此以后，在整个寒假里固山书院就只有康二小一个人了。

这个年是柳秀慧来平鲁县后过得最开心的一次。她是腊月二十一搬到古宫臣家来里的，从腊月二十三开始，每天都有做的，而且这些做的都与过年有关。腊月二十三，祭灶神，吃麻糖。二十四，大扫除。二十五，接玉皇，磨豆腐。柳秀慧问："伯母，啥叫'接玉皇'？"古宫臣的母亲说："灶神上天和玉皇大帝说了每家做的好事和坏事，玉皇大帝今天就下界来看看灶神说的是不是真的。我们就要迎接嘛！"二十六，烧年肉，炸丸子。二十七，杀年鸡，赶大集，置办年货。二十八，换窗花。二十九，蒸馍馍，起窝窝。三十，过除夕，熬年。一直到正月初七，每天都有事儿干，柳秀慧有小翠做伴更是开心极了，不由地感叹道："平鲁过年真好，这么多乡俗。"

正月初八这天，郑县长请来了太原的一家戏班子，要唱戏了，这是郑县长上任以来第一次在县城三道街的戏台子上请戏班唱戏。他在戏台下摆了两排桌子，他和党部主任坐在前排的最中间，两边坐着县党部和县政府的一些官员。第二排坐着一些社会名流，桌子上都放着桌签，人们来了后对号入座即可。古宫臣也收到了请柬，他对柳秀慧说："今天晚上咱们看戏，去散散心。"

柳秀慧带了一只凳子坐在了古宫臣的旁边。第一排桌子前面都被早到的小孩子们给占去了。在他们两排桌子的后面是拿着凳子坐下看戏的人们，再往后面就是站着的人们了。柳秀慧拿出了古宫臣母亲给她的葵花籽不紧不慢地嗑着。戏开了，在台口上方点起了两盏明晃晃的汽灯。这种灯只有戏班子里才有，平时是见不到的。台上演的是晋剧《明公断》，故事情节是追求荣华富贵的陈世美抛弃了结发妻子秦香莲，秦香莲领着一双儿女把忘恩负义的陈世美告到了包拯那里，包拯不畏权贵，秉公执法，用虎头铡刀铡了陈世美。这个戏是晋剧的经典剧目，人们百看不厌。

平鲁县的人看戏有个习惯，要是戏班子里有熟人，看戏的人可以上台子上看。在戏台两侧文武场的后面加上几个板凳，那些熟人都坐在这里看。其实，在这个位置看戏只能看到演员的侧面，远不如在戏台下看得清楚。不过，在这个位置看戏不光能看到演员表演，还能看到后台的一些情况和台下坐着的观众。能坐在这儿看戏的人还是很自豪的，这是戏班子给熟人的特殊待遇。今晚，李思瑶副县长就坐在这里。他虽然在戏班子里没有熟人，但因为来晚了，台下已经座无虚席，他的桌签也不知道被挤得掉到了哪里。要是一般的人，在后排加一个座位就行了，可他是副县长啊，戏班子的班主就把他请到了台子上看戏。

李思瑶坐下后掏出手绢擦了擦额头上的汗，把手绢装好后又拿出了一盒纸烟，抽出一支，点燃后吸了一口，感觉轻松了许多。他看了看演员，王朝、马汉、张龙、赵虎把陈世美高高举起，正要送入铡刀里。这是整个戏的高潮部分，台下的观众瞪着眼睛看着舞台上这极为精彩的一幕。忽然，李思瑶看到了一张熟悉的脸。她是……她是……这眉毛、这眼睛、这鼻子、嘴巴……哦，就是她，孔瑾瑶！她果然在平鲁呢。

看戏前，古宫臣就与柳秀慧说好散戏后要到固山书院去通知一下康二小，让他明天到家里吃饭。自从去年正月初一的中午请康二小到家里吃了一顿饭，到现在一年了还没有再请他到家里吃过饭。明天是古宫臣母亲的生日，请康二小到家里吃饭还是母亲的意思。所以今晚必须通知他。这孩子从不轻易到东家那里吃饭，除非正式邀请他才会勉强同意。

戏台上的戏进入高潮后很快就结束了，李思瑶也顾不上和戏班子里的班主打声招呼，随着人群跟在柳秀慧和古宫臣的后面，眼睛紧紧地盯着柳秀慧的背影，生怕她消失了。出了戏园子，柳秀慧和古宫臣就向固山书院的方向走去。起初，李思瑶不明白她要去哪里，等到柳秀慧和古宫臣进了固山书院的大门后，李思瑶决定抽时间去固山书院看个究竟。柳秀慧看完戏后总觉得有个人在后面跟着他们，回头看了好几次也没有发现什么。她也没有和古宫臣说。

李思瑶看到他们进了固山书院后就开始往回走。原来她跑到了这里，8年了，终于找到你了。哈哈，真是老天有眼啊。李思瑶咬了咬牙，摸了摸腰间别着的手枪。他想起了8年前的事情。那天，他喝醉了酒，做了错事。第二天醒来后，觉得昨天的事情做得有点过分，孔瑾瑶毕竟是个读书人，是个大家小姐，自己怎么能那样对待她呢？于是便想着给她道个歉。可是他找遍了太谷县的大街小巷，连个孔瑾瑶的影子也没有看见。有人告诉他，说在火车站看到了孔瑾瑶。他到火车站找，打听到孔瑾瑶去了太原。他又追到了太原，找到了孔瑾瑶的学校。学校已经解散，无法再打听到她的去向。他发誓这辈子就是挖地三尺也要找到孔瑾瑶。随后，他随部队到了陕西渭南剿匪，由于指挥失误，导致部队打了败仗。由于怕受处分，他便逃回了太谷县老家。去年，他打听到了孔瑾瑶可能跑到了平鲁县，投奔了以前教过她的先生古宫臣。于是他便托人攀上了省政府秘书陆乾的关系。他拿了一张三千块钱的银票找到了省政府秘书陆乾，求他委任一个平鲁县的党部主任或者是县长。陆乾收下银票后说道："平鲁县虽然是个偏远的穷县，但党部主任和县长都是要职，凭你的资历怕是不行。不过任个党部副主任或者副县长还是有希望的。等机会吧！"过了些时日，他又去找陆乾，陆乾说道："你现在的名字得改一下了，否则有人追究起来也不好说啊。毕竟你是个逃兵，逃兵是要被枪毙的。"他思索了一下对陆乾说："不能叫李汉卿了，那就叫李思瑶吧。"从那以后，李汉卿就叫李思瑶了。又过了几天，李汉卿拿到了一张委任状："委任李思瑶为平鲁县副县长。"

怀里揣着这张委任状，李思瑶一刻也没有耽误就往平鲁县赶。一路车马劳顿，风吹雪打，终于来到了平鲁。当他踏进平鲁县政府大门的那一刻，心里愤愤地骂道："这个孔瑾瑶真是个白痴，怎么会跑到这样一个鸟不拉屎的地方？和太谷相比，这……就是个野村而已。她是不是脑子坏了？"

李思瑶失眠了，他怀疑起了自己：就为了一个曾经的仙女，如今的农村妇女，自己这样做到底值不值？

固|山|书|院

第二十七章

　　县里的高小开学了，在校的学生分为两个班，每个班 30 人。今天的文庙变成了县城里最热闹的地方，原来在固山书院读高小的学生全部转到了文庙里。

　　县长郑富贵主持开学典礼，县党部主任班义宗讲话，副县长李思瑶介绍建校筹备过程，学生家长代表讲话，学生代表讲话，接下来是县立高小校长讲话。谁也没有想到，县立高小的校长居然是班明宗。班明宗的讲话铿锵有力不说，还讲了县政府的重大决策："决定摧毁固山书院这座代表封建教育的堡垒，全县的教育事务由副县长李思瑶全权负责。"会后，消息马上传到了古宫臣的耳朵里，他听了后气得浑身发抖："固山书院有上百年的历史了，怎么说取消就取消？要是改革也可以啊，在书院里办个县立小学、高小、中学不行吗？为啥要赶尽杀绝！不行，我得去找郑富贵，去找班义宗，和他们理论理论！"

古宫臣找到了班义宗，班义宗说："大哥，你也是个见过世面的人，思想不能这么古板吧，这是国家发展的需要，全国所有的书院都停办了，每个地方都成立了新的学校，这个你也知道吧？我们县里的教育改革起步算是晚的了，你看人家朔县，两年前就撤销了鄯阳书院建立了新的学校，我们也要执行国家和省里的政策，要不然要我这个党部主任干什么？你看，全县各个大村都成立了新的学校，这样不好吗？这不是很好的事情吗？下一步我们还要把县里的一部分公产卖掉，用来筹措办学经费，把这些新的学校办好。唉……谁让咱们平鲁穷啊……没有办法！"

古宫臣从班义宗的办公室出来后还是不死心，转身又向郑富贵的办公室走去。郑富贵正在看李思瑶报上来的一份全县学校的用物清单，见上面写着如下内容：

一、灯油：每校教员在二人以上者，每两名教员合用一灯；只有一名教员者，亦用一灯。每灯所用灯油十月至来年三月份，每月一斤二两，四至九月每月一斤。

二、火柴：每室一盒。

三、笔墨：每位教员每两个月毛笔一支，每三个月铅笔三支，每一教室每学期粉笔一盒。

四、纸张：每校学生在三十人以下者，每学期麻纸五十张；三十人以上者，每增学生一名增发麻纸一张，每房或窑每学期发糊窗纸二十张。

五、笤帚：每窑每学期二把；擦桌布：每室每学期土布一尺。

六、煤炭费：每校只占一个房者，每月发炭三百斤（做饭、烤火、烧水都在内）。两房以上者，在烤火期间每房每月加发十斤。

七、书报费：三个教员以上的学校可单独订一份报纸；不满三个教员的学校与行政村在一起者，可与村公所合看一份。

郑富贵看到古宫臣走了进来，随手把这张单子递给了古宫臣："古先生，你看看这个，这得需要多少钱啊！"古宫臣也没有细看，瞟了一眼就放到了桌子上。郑富贵又说道："古先生，我知道你来干什么，可我们也是没有办法，全县新成立的小学已经有22所了，固山书院已经没有保留的必要了，我们决定把它卖掉，筹措一些办学经费。明年还要在井坪成立第二高小，后年要办女子学校……"

郑富贵再说什么，古宫臣一句也听不进去了，他觉得身体有些发冷，额头上沁出了细汗，眼睛也模糊了起来。他用双手撑着桌子看着郑富贵不停地说话的嘴，似乎要把他一口一口地吞噬掉。古宫臣擦了一下额头上的汗说："卖多少钱？"郑富贵猛地停了下来，看着站在眼前的古宫臣，眨了眨眼睛说道："价钱嘛……固山书院算上财神殿、大成殿和释迦殿那三间窑一共有23间，再加上大门那3间，是26间。每间窑20块大洋，一共是520块，古先生要是有意思购买的话……500块整就可以了。不过……南关的洪拐子已经下了20块的定金……这个……"

古宫臣看着郑富贵说："洪拐子？他买固山书院做什么？"郑富贵说："他也没有说干什么，好像是要养羊。他种的地多，草料也多。"古宫臣一听，马上说道："我出双倍的价钱，1000块大洋买下固山书院！"郑富贵一惊，马上站了起来，疑惑地看着古宫臣说："古先生不是开玩笑吧？"古宫臣说："现在就写房契，我一会儿就把钱送来！"郑富贵高兴地拍了拍桌子说："好！"

古宫臣和柳秀慧又搬回了固山书院，各自住到了原来住的窑里。高小阶段的学生去了文庙，中学阶段的学生毕业了，只有初小学阶段的学生了。不过这些学生也留不住，郑富贵说了，等新的小学建成后这些学生也要搬走。从太原来的齐富、师玭和田家农早已经跟着班明宗到文庙那边去了，就剩下了鳌风高、匡禄和六位本地教师了。鳌风高和匡禄知道古宫臣买下了固山书院，又看到书院的学生减少了这么多，也辞职回太原去了。他们二人的理由是年龄大了，不想在外面干了。其实他们才刚刚51岁。临走时，古宫臣以他个人的名义给了他俩每人100块大洋，用作路费和回去后的安家费。二人感动地说："古宫臣啊，你年轻善良，有担当有学识，可你要提防那个班明宗，他是个小人！咱爷们的缘分到此也就结束了，不过将来有一天如果用得着我们了，你写封信就行。"

　　古宫臣和柳秀慧搬回了固山书院后，最高兴的人是康二小，第二天中午他专门给做了一桌席，庆祝他们二人回来。王甘承、任武行和本地的几位年轻教师，再加上古宫臣和柳秀慧，他们坐在一起高高兴兴地吃了一顿饭，还喝了一些酒。王甘承和任武行二人喝得有些多了，脸红了，言语也有些乱了，说了一些醉话后就到各自的宿舍睡觉去了。几个年轻教师没有喝酒，他们都是古宫臣和王甘承、任武行的学生，不敢在这三位老师面前喝酒。等到他们走了以后，柳秀慧举起酒杯对古宫臣说："古先生，这么多年来给你添了不少麻烦，我敬你一杯。"说完后，仰头一饮而尽。古宫臣欲言又止，端起酒杯喝了一口，看了一眼柳秀慧，见她拿着空酒杯一直看着他。他又喝了一口，仍没有喝完，停顿了一下后才仰头喝完了杯里的酒。柳秀慧又斟满了两杯酒，看见康二小坐在一旁发呆，就说道："二小师傅，我也敬你一杯。感谢你这么多年来对我的照顾，再多的话我就不说了。"柳秀慧说完后也是仰头一饮而尽。康二小站起来说："慧姐，我从来没有喝过酒，这……"古宫臣说："康二小，喝了吧，今天你就试试，看能不能喝酒。"康二小端起酒杯学着柳秀慧的样子，一仰头把一杯酒喝了下去，随后一阵咳嗽，差点把刚才吃进去的饭吐了出来。他一只手拿着空酒杯，一只手捂着嘴，咳嗽了好一阵才缓了过来。但他的心里是甜蜜的，好像吃了一口白糖一样。

"我明天就要走了！"柳秀慧说完后低下了头。

"啥？"康二小手和古宫臣同时一声惊呼，"哗啦"一声，康二小手里的酒杯和古宫臣手中的筷子同时掉到了地上。只听她缓缓地说道："不能再给你们添麻烦了，我……感觉又有什么事儿要发生……"

"你不能走！"古宫臣和康二小几乎同时说道。

柳秀慧抬起头来看了看古宫臣，又看了看康二小，停了一会儿说道："我感觉最近又要出事，有个人跟踪我很长时间了，我还是回太谷躲一躲好。"古宫臣一听说道："不怕，有我在任何人都伤害不了你！再说了，固山书院也需要你！你看，教音乐和美术的老师全走了，你可以教这两门课，要不然你让我去哪里找老师？"康二小脸也红了，脖子也粗了，也不知道是喝了酒的原因还是激动的原因，大声说道："不怕，我就是豁出这条命也会保护好你的！慧姐，你不要走。"

第二十八章

　　新建的学校如期动工了，校址就在中陵河南岸
的空地上。柳秀慧劝解道："古先生，你不要太在
意这些，他建他的学校，你办你的书院，这有啥难
受的。退一万步说，固山书院要是办不成了，还能
办别的学校，天无绝人之路，你就放心吧！"古宫
臣看着柳秀慧，好像不认识她一样，看得柳秀慧都
有些不好意思了。

　　李思瑶一直在工地上忙着，脸被晒得黝黑，人
显得廋了许多。现在，工程进入了扫尾阶段，好几
位木匠正在赶制桌椅板凳，估计再过一个月就都做
好了。古宫臣心里知道，新学校的开学之日就是固
山书院的倒闭之时！

　　晚上刮起了大风，刮得树枝"呜呜"直响。柳

秀慧感觉这段时间跟踪她的那个人就要公开露面了。那双眼睛，像鹰一样盯着她的眼睛似乎在哪里见过，但她就是想不起来。她觉得应该把这种感觉和古宫臣说说了。这种感觉压在心底难受极了，搅得她心神不宁。她决定明天就走，躲开这个影子里的人，要不然会给古宫臣和康二小带来麻烦或者伤害。

三天后的一个傍晚，忙完了一天的事情，太阳还老高着呢，古宫臣走进了柳秀慧的窑里，四下看了看，指着墙上一幅自己写的字说道："秀慧，这幅字你还保存着？"柳秀慧说："是啊。"随后沏了一杯茶放到了古宫臣面前。古宫臣拿起茶杯喝了一口后问道："秀慧啊，我看你这几天心神不宁的，究竟有啥事情，能和我说说吗？"柳秀慧装出若无其事的样子说："没有什么啊。""秀慧啊，你别瞒着我了，咱们在一起多少年了，你的性格我还不知道？要不然你也不会说要走的，有什么事情你就说说，说出来后也许会好些。"

"嗨——"，柳秀慧长叹了一声，原原本本地向古宫臣说出了她的感觉。古宫臣听了后淡然地笑了笑说："秀慧啊，你放心，事情没有你想象得那么严重，放心吧，过几天就会好的。只要你不去想它了，它就自然消失了。身子正了咱不怕影子斜，没事的，没事的。"

李思瑶最近确实够累的。除了工地上的事情外，还要办理政府里的一些有关文化教育上的事情。但是只要一有时间，他就秘密监视着柳秀慧的动向，无论白天黑夜，都监视了半年多了。他对柳秀慧就是孔瑾瑶已经有六成的把握了，但还是不敢确定。过去他们毕竟才见过两次面，第二次见面就闹翻了，不是很熟悉。向城里人打听吧，人们只知道她叫柳秀慧，是古宫臣收留的一个妓女，可孔瑾瑶一个大家闺秀怎么会当了妓女？从这一点来说，她肯定不是孔瑾瑶。可她长得实在是太像了，就跟一个人一样。

她没有与古宫臣结婚，这也是明摆着的事儿，城里的人们都知道。至于在暗地里嘛……也不像有什么不正当的关系。通过这么长时间的跟踪，基本能够确认这一点。孔瑾瑶是否知道他就是李汉卿呢？过去只见过两次面，来平鲁县后他们还没有正式见过面，她肯定不知道，这一点他是确定的。要是去固山书院问问她吧，又怕打草惊蛇，再让她跑了。等确定了她是孔瑾瑶再去见她也不迟。

自从新学校开工以后，李思瑶每天晚上都会在固山书院外面徘徊，等到柳秀慧的窗户上没有了灯光他才回去。每次他都紧紧地握着腰间别着的手枪手心都出汗了也不放开。有几次在月光下看到柳秀慧出来倒水，他迅速抽出手枪瞄准了她，先练习一下射击她的动作，免得到时候瞄不准。

这天，古宫臣到新学校的工地上转了转，看到新建的教室宽敞明亮，窗子上还装上了玻璃。食堂的桌子又圆又大，都已经摆好了，红色的桌面光亮照人。宿舍也盖好了，一进去，东西两铺大炕，每铺炕上能睡八九个人。两铺炕中间的地上有一个地炉子。太阳从玻璃窗子照进来，亮晃晃、暖洋洋的。古宫臣不由得赞叹着："这学校建得就是好啊。"他边走边看，把新学校的每一个地方都看完了才走出了大门，然后便向县政府走去。他有一个新的想法要找郑富贵或李思瑶谈谈。

李思瑶腋下夹着一叠纸走进了吴油子的家。吴油子认得他，看见他进来连忙说："呀呀，李副县长大驾光临，有失远迎，有失远迎啊。有什么事派个人来叫我去就行了嘛，还用您亲自登门？"李思瑶哈哈一笑说："吴先生，我是有事求您来的。""啊呀，赶紧坐，坐下说。"吴油子说着用袖子擦了擦炕边放着的椅子。

"吴先生，今天有两件事情想请您帮帮忙。"李思瑶点了一支烟，接着说道："第一件事情还是请你给看个好日子，咱们学校建好后，看看什么时候搬进去合适。这第二件事情呢是我个人的事情，请您给我开上一卦，看看我的前途怎么样。"

吴油子微微一笑，伸出左手掐算了一下说："这七月初十就是个好日子，你看怎么样？"李思瑶说道："好，好，就七月初十，还有六天就到了，正好准备一下。"吴油子拿起酒葫芦喝了一口说道："李副县长啊，给你开卦可得慎重些，请你把生辰八字写在纸上，我好好地推算一下。"李思瑶拿了一张纸写下了自己的生辰。吴油子接过来放到炕上的桌子上，脱了鞋盘腿坐在炕上接过了李思瑶递过来的毛笔，拿在手中一边思索一边写着。纸的正面写满了，又翻过背面继续写着。李思瑶在一旁看着，一会儿又走到门口看看，生怕有人进来打断了吴油子。

过了好一会儿吴油子才停了下来，看着纸上密密麻麻的字，皱了皱眉头说道："李副县长，俗话说'留情不算卦，算卦不留情'，你要听真话还是假话？"李思瑶心里一惊，一种不祥的感觉涌上了心头。

吴油子又抿了一口酒说道："你的生辰八字不好也不坏，通过后天的努力会有很好的结局。你的命是金命，是沙中金。东方属土，土生金，你应该往东方走，比如文庙方向。切忌往西走，比如固山书院方向，特别是在晚上，往西走会有血光之灾。你今年33岁，过了逢九之年36以后那是百事百顺啊。官运、财运、桃花运，那是百运亨通。要想这样，你要做好两件事情。第一件事是在你居住的东方，也就是县政府的东面，拿出你的个人积蓄做一件善事。例如修路啊、修庙啊等等。第二件事嘛……你好像改过名字，你原来的名字就很好，能旺你。李思瑶一听，脸色马上尴尬了起来，心里暗暗地佩服起吴油子来，随后说道："吴师傅，您真乃神人也，我确实改过名字，那是在万般无奈的情况下改的。本来……我是不想改的。"

吴油子点了点头说："你的名字必须要改一下了，本来你的命相不错，但是你的这个名字克着你的命相，会使你遭受血光之灾。你原来的名字很好，但你改了这个名字后，这对你很不好啊。"李思瑶频频点着头，眼睛直勾勾地盯着吴油子的嘴，生怕漏掉一个字。

吴油子继续说道："你本是善良之人，少年聪明伶俐，青年时期走错了路，而且为此付出了沉重的代价。身上时常携带凶煞之物，对身体、对行大运都极为不利。李，是你的姓。思，是想念、思考、挂念的意思。瑶，本意是美玉、美好的意思。你的名字应该理解为你日夜想念一个叫瑶的女子。可是你取这个名字时的想法是日夜想着要杀死这个女子，与这个名字的意思正好相反，多么可怕啊。"李思瑶抽出一支烟恭敬地递给了吴油子。吴油子接过烟往耳朵上面一夹，看着李思瑶说道："你的一生中会有两次血光之灾。第一次已经过去了，但是差点要了你的命。是你平时所积之德救了你。这第二次在新学校开学后的一个月左右就会发生。不过你又做了好事情，积了厚德，也会在不经意间过去的。比如，你在修建学校期间公款不够了，常常自掏腰包垫钱。你到平鲁县以后也没有做过什么坏事。吉人自有天相，一切都会过去的。不管发生什么事情，你都要放得下、想开点。切记！切记！"

新建的小学就要开学了，可是校长的人选还没有确定下来。县里开会研究，有人提议让班明宗去当校长。党部主任班义宗说："高小比初小重要，不能让他去，要是没有合适的人选，就让他兼任这个学校的校长，这不是更好吗！"县长郑富贵坚决不同意，他认为一个人当两个学校的校长会忙不过来，这新建的小学是平鲁县的门面，必须把它办好。沙锁提议让古宫臣去当校长，副县长李思瑶也是这个意思。郑县长一听，也同意沙锁的建议。班义宗也不好再说什么了，只好同意了。

李思瑶对吴油子的话似信非信。不信吧，对他以前的事情说得极准。

信吧，又觉得有些离谱。嗨，照着做吧，做了以后心里也就舒坦了。李思瑶就像变了一个人一样，他再也没有去跟踪柳秀慧，晚上也没有去固山书院周围转悠。

　　开完会以后，李思瑶心想会上定下了让古宫臣当校长，我何不亲自去给他送聘任书，借此机会见见孔瑾瑶，也好探个究竟。第二天，李思瑶拿着聘书大摇大摆地走进了固山书院，看到古宫臣和康二小正在打扫院子。古宫臣看见李思瑶走了进来，赶紧说道："李副县长来了，到窑里坐。"李思瑶哈哈一笑说："古先生，亲自打扫院子，难得！难得！"进到古宫臣住着的窑里后，古宫臣给李思瑶倒了一杯茶，笑着说道："李副县长大驾光临，有何见教？"李思瑶拿出那张聘书递给了古宫臣："古先生，喜事呀！"古宫臣接过来一看，面色变得凝重起来。只听李思瑶说道："古先生，千载难逢的好机会啊，你可要抓住！想当这个校长的人很多，还轮不上呐！"古宫臣说："李副县长，这里……我谢谢你的抬爱！但是这件事情嘛，我怕是不能接受！"

　　"什么？你不接受？为什么？"李思瑶吃惊地看着古宫臣问道。古宫臣慢悠悠地说道："我……活是固山书院的人，死是固山书院的鬼！哪儿也不去！""这话怎么讲？"李思瑶又问道。古宫臣说道："我也不知道是怎么回事，反正我是这么想的，就随口一说。新学校的校长我是不会去当的，你还是另请高明吧。柳秀慧，送客！"李思瑶一惊，马上站了起来，紧张地看着门口。古宫臣又喊道："柳秀慧，送客！"喊了好几声也不见柳秀慧过来开门。古宫臣只好自己把门拉开，又拿起了桌子上的聘任书叠好后递给李思瑶。李思瑶接过来后摇了摇头，看着古宫臣说道："古先生，你不再考虑考虑？"古宫臣说："不考虑了，我意已决。"

　　李思瑶走到门外四下看了看说："你刚才说的那个柳秀慧怎么不见出

来？"古宫臣说："可能睡着了吧，我去叫她。"说着就转身走到柳秀慧的门口敲了敲门，窑里没有任何动静。这时，他才看清楚门上挂着一把锁，人不知道去了哪里。古宫臣回头说道："她出去了，门也锁着。"说着用手指了指门锁。李思瑶心里想："无缘就是无缘！天意，天意。"然后便失望地走出了固山书院，他的妙计落空了。这趟固山书院算是白来了，两件事情一件也没有办成。

固|山|书|院

第二十九章

　　最后，在郑富贵和沙锁的推荐下，把萧乐道从警察局调了出来，让他担任新学校的校长。新学校开学以后，李思瑶就拿出自己的积蓄把县政府东面的文庙修葺一新，高小的老师和学生都赞叹不已。班明宗有些不理解了，他认为这个李思瑶纯粹是个神经不正常的人，但想想他来平鲁县干的一系列事情，又觉得挺正常的。可对他无缘无故地修葺文庙，班明宗实在不知道李思瑶葫芦里究竟卖的什么药。李思瑶看着修葺一新的文庙和高高兴兴的老师、学生，心里舒坦极了，好像完成了他生命中一件最伟大的事情。他还到三名元饭庄请班义宗、郑富贵、沙锁、萧乐道、田斌、班明宗等人喝了一顿酒。吃完饭后在回县政府的路上，他情不自禁地唱了起来：

"万岁稳坐你听臣讲，臣已看破这世态凉，请臣把心病奏君王，明日就辞朝回家乡……"

李思瑶修葺文庙的事情在平鲁县引起了轰动，人们都说李副县长是个大善人，做了一件大好事。还有一个特别高兴的人是本城的叫花子胡大，他接连三天叫上叫花子们到县政府门口唱莲花落："平鲁县修文庙，要数县长李思瑶，拿出积蓄不心疼，方圆百里是善人……"

李思瑶听见了，对胡大说："错了错了，我改名字了，不叫李思瑶了。""那你叫什么？"胡大着急地问道。"叫李元初。""李元除……""是李元初，一元复始，万象更新的意思。""哦，哦，万象更新，万象更新……万象……"胡大似懂非懂，又和一群叫花子编了一个晚上，第二天新词出来了，又到县政府门口连唱了七天。自从李思瑶改名叫李元初后，班明宗认为这个人确实是个神经不正常的人，今后可得注意着点！

这天下午下班后，李元初来文庙里把里里外外打扫了一遍。放下扫帚后想："这下好了，积蓄花光了，宿舍里就剩下一些旧衣服、三套被褥和一些书籍，这些东西算不上财产了吧，该不会让我连这点东西都捐了吧？不管怎么说，自己今后注意点就行了。"

李元初拖着疲惫的身子回到了县政府的宿舍。他从办公桌的抽屉里拿出了一盒纸烟，点燃一支吸了几口，脱了鞋上了炕，躺下舒展了一下身子。忽然，腰间被什么东西硌了一下。他伸手一摸，是腰间带着的手枪。他把手枪抽了出来，拿起来瞄了瞄，又在手里掂了掂，放在了枕头下面。他感觉有点瞌睡，躺在炕上迷迷糊糊地睡着了。他做梦了，梦见自己和孔瑾瑶结婚了。烛光下，孔瑾瑶像仙女一样漂亮，一双妩媚的眼睛含情脉脉地看着他，双手勾着他的脖子，对他百般温柔。忽然一声枪响，孔瑾瑶一下变成了一具僵尸，一股刺鼻的味道钻进了他的鼻孔，呛得他一阵咳嗽，随即醒了过来。

这时，一股刺鼻的焦味呛得他又咳嗽起来。他一激灵坐了起来。屋子里烟雾弥漫，旁边的被子已经窜起了火苗。他跳下炕来向门口冲去，慌乱中打翻了炕桌上的煤油灯，把煤油溅到了燃烧着的被子上面。真是火上浇油，"呼"的一声，火苗腾起了三四尺高。他鞋也顾不上穿，拉开门就往外面跑。门一开，火焰见了风燃烧得更急了。一下子，整个屋子里都燃烧了起来。

周围的人们都赶来救火，七手八脚地往火里浇水。半个多时辰后才把火浇灭了。天明了，大家看着这间被烧塌的房子，真是不幸当中的万幸啊，幸亏人多，救火救得及时，没有把周围的房子引燃，要不然又会变成卢占魁焚城了。

李元初站在那里看着眼前的这一切反倒高兴起来。烧了好，烧了好，烧了好啊！这下解脱了，这下解脱了！他不由得放声大笑起来："哈哈哈……哈哈哈……"人们以为他被气疯了。班明宗看到这些后进一步确认了这个李元初绝对是个神经病。

那天，古宫臣进了县政府找郑富贵没有找到，找李思瑶也没有找到，却碰到了沙锁。沙锁一看到古宫臣就像看到了救星一样："古先生，你到我的办公室一下，有一男一女两个洋人和我生气呢，我躲了出来，他们要在城里修建教堂，让我批准。我说让他们找郑县长，可郑县长说是让我做决定，他躲得没有影儿了，可是我……你说说，啥是教堂？"古宫臣想了想说道："就和咱们北固山上的寺庙、道观差不多。"沙锁说："要是这样的话，也是一件好事儿，走走走，你给说一下，让他们修吧。"

进了沙锁的办公室，杨拴柱正在满头大汗地和两个洋人说着话，可洋人一个劲地摇头，表示听不懂他的话。古宫臣一听，两个洋人说着不甚流利的官话，还夹杂着一些英语。古宫臣学过英语，虽然好几年不说了，但还能听懂一些。他看着两个洋人，马上用英语与他们交流起来。两个洋人马上面露微笑，与古宫臣交谈起来。古宫臣弄明白了他们的意思，他们要修教堂，让县政府给他们批一块地方，还要给他们雇劳工，钱全部由他们出。沙锁一听，连声说道："行行行，这好办，就把南关二道街的旧教堂交给他们不就行了嘛！"古宫臣和洋人一说，两个洋人高兴了起来，那个女的还在古宫臣的脸上亲吻了一下，看的沙锁和杨拴柱目瞪口呆，愣在那里半天没有反应过来。

那两个洋人走了后，沙锁才问道："古先生，你来政府有事吗？"古宫臣说："我找郑县长有个事情和他说一下，看看能不能做。"沙锁说："他怕洋人找他，也不知道躲哪里去了，你过几天再来吧。"古宫臣走出了县政府的大门回书院去了。沙锁送走古宫臣后转身回来，看见杨拴柱还站在那里发愣，就拍了一下他的肩膀说："想啥呢？"杨拴柱说道："看那洋婆子的嘴唇那么红，牙齿那么白，让她亲一下也不知道是啥滋味。"沙锁哈哈笑了一阵说："你去问问古宫臣不就知道了吗，哈哈哈！"

古宫臣坐在王甘承窑里的炕沿上，手里端着王甘承给他倒的一杯茶水，只喝了两口就不再喝了。王甘承不光是他的父辈，还是他的老师。这种双重关系使古宫臣对王甘承分外崇敬和尊重。

只听王甘承说道："古宫臣，听说你经常往那个洋婆子那里跑……这个……也不知是真是假，今天你能不能和我交个底？"

古宫臣一听这话赶紧低下头看着手中的茶杯，一时间不知道怎么回答才好。想了想后抬起头说道："您……听谁说的？"王甘承又说道："年轻人嘛，总喜欢干一些出格的事情，这也不足为奇，关键是不能越过那个界限。你看那个沙锁，50多岁的人了，还让几个毛头小子鼓动着尽干傻事，那警察局长不是谁也能干得了的，是他一个大师傅干的吗？还有那个吴油子，让那个神经病李元初鼓动着收什么卫生费，得罪了好多人。那是他干的事儿吗？县政府就是再缺钱，也不能靠那几个卫生费维持吧。"

古宫臣看着王甘承不知说什么好。王甘承摇了摇头，又说道："我觉得，人啊不能见异思迁，更不能吃着碗里的看着锅里的。柳秀慧是个好姑娘，她投奔了你，遭了多大的难，唉……"王甘承喝了一口茶继续说道："固山书院目前的这个样子，我知道你心里难过。那天的事情是郑富贵给了你最大的面子。"古宫臣想起了那天新学校开学的事情。

那天，固山书院的学生就要全部搬到新学校，别人不敢来书院带走学生，怕和古宫臣发生冲突。郑富贵是一县之长，只好亲自来了。事情办得很顺利，古宫臣一点也没有为难郑富贵。郑富贵有些不忍心了，看着一脸沮丧的古宫臣，想了想说道："古先生，给你留两个老师和 10 个学生吧。看看他们谁愿意继续留在固山书院，要是老师和学生谁也不愿意留下，那我也没有办法了。"古宫臣说："谢谢郑县长的好意，我一个也不想留了，我也要去别的学校教书了……"

"郑县长，别听他瞎说，就照你说的办吧！"柳秀慧说话了。一旁的王甘承也说道："柳老师说得对，就按照县长说的办！"柳秀慧现在已经是固山书院的音乐和美术老师了。郑县长对几个老师说："你们谁愿意留下？"柳秀慧第一个说道："我就不用算老师了吧？"郑富贵看着柳秀慧说道："我发现你是平鲁县最好的音乐和美术老师，你不能留下，新学校缺的就是你这样的老师！"王甘承说："我愿意留下。"任武行也说道："我也愿意留下。"郑富贵说："好了，你们两个留下，其他的老师统统到新学校去。"说完转身走到了吵吵闹闹的学生们面前，大声说道："这里要留下 10 个学生，你们谁愿意留下，报一下名。"学生们一听，马上就有十几个走了出来。郑富贵数了一下，有 13 个。他看了看古宫臣说道："这些学生都愿意留下，13 个就 13 个吧！"说完后就要走了。柳秀慧着急地说道："郑县长，我也要留下，要不我就不当老师了！"郑富贵神秘地一笑，挥了挥手说道："好好好，留下留下。"说完后便带着要走的老师和学生走进了新学校的大门。李元初站在学校的大门里面一边鼓掌一边喊道："欢迎新老师，欢迎新学生……"

固|山|书|院

第三十章

古宫臣从回忆中回过神来，对王甘承说："王先生，教堂那边成立了一个崇实小学，安娜牧师想让我教英文课，我没有答应，我只是帮助她做了一些招聘教师的事情，别的事情啥也没有做。这个我可以向您发誓！"

王甘承听了后微微点了点头说："那就好，那就好。我今年已经 69 岁了，要是你父亲活着，他还比我还小 1 岁呢。我看啊，你要是和柳姑娘成了夫妻……也是天作之美……"

古宫臣正要说话，只听外面有人喊道："古先生，古先生，沙锁要砸固山书院的牌子。"王甘承对古宫臣说道："你看看，还是有人惦记着这块牌子，走吧，去看看是怎么回事。"说完后推门走了出去，一股凉风吹了进来，古宫臣才感觉到屋子里是如此冰冷，王甘承还没有生炉子。

王甘承走出来一看，是康二小在喊。康二小看见王甘承后说道："您赶紧到大门口看看吧。"说着就转身向大门口走去。王甘承紧随其后，来到了大门口。只见沙锁站在一只凳子上，手中举着一把斧头，正要往下撬门头上的铆钉。王甘承喊道："沙锁，你这是干啥？"沙锁只顾看着"固山书院"牌匾下面的铆钉，听见王甘承在说话，吓得手一抖，斧头掉了下来。

随后，他从凳子上跳了下来，有些紧张地说道："固山书院办不成了，还要这个牌匾干啥。"王甘承看着沙锁，又生气又好笑："固山书院办成办不成与这牌匾有啥关系？你摘下来又能干啥？"沙锁看了看身后站着的两个穿着警察制服的人说道："他们说……把上面的金箔刮下来能卖很多钱……能买我们使用的枪支弹药！县里不给我们费用，让我们自己想办法。"

"沙锁啊沙锁，看看你现在变成啥样子了，你还是以前的沙锁吗？你要买枪支弹药没有人拦着你。可你要毁了这块牌子，那是万万不行的！"王甘承有些气愤了，指着沙锁的鼻子说道。这时，站在沙锁身后的一个年轻后生说道："一块烂牌子有啥不能砸的！"王甘承一听，瞪起眼睛说道："啥？你们知道它的价值吗？"年轻人又说道："除了上面的鎏金字值几个钱还有啥价值？"年轻人话还没说完，上去就推了王甘承一把。王甘承上了年纪，加之又是读书之人，身体不甚强壮，被年轻人一推，一连向后退了几步，摔了个仰面朝天，后脑勺碰到了地上，一下昏了过去。

这时，古宫臣和柳秀慧、任武行等几个人走了过来，赶紧扶着王甘承喊道："王先生，王先生，王先生！"见王甘承没有反应，古宫臣着急地说道："我去叫李郎中！"说完后撒腿就向李郎中的药铺跑去。

几个年轻警察一看闯了祸，转身走了，只有沙锁愣愣地站在那里一动不动。过了一会儿，他好像才明白过来什么，转身就跑，眨眼间就没有了踪影。

古宫臣和李郎中急急忙忙来到了书院，王甘承已经被几位先生抬到了他窑里的炕上。李郎中拿出针在王甘承的人中穴上扎了一针，王甘承的嗓子里哼了一声醒了过来。接着，李郎中检查了王甘承的后脑勺，又号了半天脉，说道："估计问题不大，吃几服药，静养几天。"说完后背着药箱走了。古宫臣说："我去药铺拿药。"

晚上，沙锁没有回县政府的警察局去住，与那两个年轻后生住到了西大街的中陵客栈，与他一起的年轻人推倒了王甘承，还把他摔伤了，他心里有些愧疚，不好意思回警察局住了，怕古宫臣再找上门来。他看着呼呼大睡的两个愣头青有些迷茫了，心里想："他们从太原来平鲁县警察局当警察，这警察哪儿不能当，非要来平鲁县当？今天也是一时糊涂，上了这两个后生的当。人家是外地人，有啥事情了拍拍屁股走人了，自己是本地人，往哪里走？"沙锁越想越睡不着。这可怎么办呀！眼看着窗户渐渐亮了，也没有想出一个好主意来。

眼看就要过年了，李郎中药铺里的病人忽然多了起来，把他忙得满头大汗。他就有些奇怪了："是气候引起的？还是另有原因？"这天，他连续看了好几个病人，发现他们的症状一模一样。李郎中号脉的手有些发抖了，他不由得心里一惊："传染病，怕是要死人了！"他赶紧让两个徒弟在屋子里点燃了艾草，自己做了几副口罩，和两个徒弟戴了起来。他让大徒弟赶紧到县政府报告，说可能是发生了传染病，怕是要死人了！

郑县长一听问道："啥传染病，有那么严重吗？"班义宗却有些恐惧了，他念过书，学问高，知道传染病就是疫病，要是不能及时控制，后果是很严重的。他马上起草了一封电报给省政府发了过去。电报发出去的第二天就传来了死人的消息。症状都是开始发热，全身浮肿，然后发展为吐血，最后全身剧烈疼痛而死。班义宗接连发了好几封电报，省里有回话了，说要派一个医疗队来控制疫情。省里根据班义宗的描述认为这是"鼠疫"。

两天后，一辆汽车开进了平鲁县城的南城门，直接开到了县政府的大门口。车门一开，从副驾驶的座位上跳下一个人来。班义宗一看，惊叫一声："古宫廷，老同学，是你呀！"古宫廷笑着说："省里说我熟悉情况，又把我派了回来。这是医疗队的王队长。"古宫廷指了指从车里跳下来的一个人说道。班义宗连忙走过去说道："欢迎你，王队长！"王队长说："我带来了 9 个医生和一些药品。走，进去说说情况吧。"

大家走进会议室坐了下来，王队长听完了班义宗的情况介绍后说道："大家听明白了吧，情况很严重，咱们吃过饭后马上开始行动，进一步确定一下疫情的性质，明天开始整治。"原来，据不完全统计，城里和村里已经在同一症状下死了 43 个人了，分布在在县城周边的 14 个村庄，看样子还有蔓延的趋势，后果很严重。

晚饭后，医疗队分为三个组，一组从县政府开始喷洒苯酚消毒溶液，一组到李郎中的药铺检查病人，一组负责检验尸体。警察队全部出动，除了封锁城门外，连夜下到几个村子里禁止人们走村串户，以防传染。古宫廷、班义宗、郑富贵和王队长在县政府值班，汇总各方面的情况，坐镇指挥。半夜时分，三个小组全部回来了，经过认真分析和药物试验，确定是鼠疫。古宫廷马上给省里发去了电报，省里回电：

第一，明天就用汽车给你们发送药品。

第二，禁止人员流动。

第三，死人最好焚烧，不能焚烧的要深埋。生前用过的物品一律焚烧。

第四，病人集中治疗。

李元初躺在炕上闻着满屋子苯酚消毒液的味道翻来覆去睡不着，这疫情来势凶猛，搞不好会把小命丢在这里。他开始反思自己的行为究竟值不值得。那天，他无意中听到了一个消息："柳秀慧被卢占魁的匪兵轮奸，差点死掉！"他的身体一下从头凉到了脚，好几天缓不过来。最后借酒消愁，大醉了一次才稍微好了一些。这样一个女子还值得追吗？李元初接连吸了好几支烟，他又想起了吴油子。这个吴油子是在耍我啊，要不然为什么人们在背后都叫我"神经病"？一盒烟抽完了，苯酚消毒液的味道才闻不到了。此时，他似乎想明白了，下定了最后的决心："明天我就走，去他的柳秀慧！去他的副县长！对了，我走前要把那个吴油子干掉。柳秀慧……我以前那么爱她，就让她留在这里自生自灭吧，就当我做了一个恶梦。"他习惯性地摸向了腰间，腰间空荡荡的，那支手枪也在那次失火中丢失了。李元初一晚上都没有睡着。

黎明时分，门外传来了汽车的发动声。他马上下地点燃一支蜡烛，迅速写好一张纸条，简单地收拾了一下，推开门走了出去。汽车发动机的声音更响亮了，也更亲切了。李元初拉开了汽车副驾驶的车门，一屁股坐了上去。昨晚送医疗队的这辆汽车今天要回太原去。司机看到了李元初正想问话，李元初把一盒烟递给了他："我是县里的副县长，叫李元初，今天搭你的车回太原去。"司机一听高兴地说道："好啊，这么长的路我正愁没有伴儿呢。"

汽车直奔南门而去，警察一看里面还坐着副县长，根本就不阻拦，还主动打开了城门。出了城门后，李元初回头看了一下，黑黢黢的啥也看不见。似乎有一种伤感涌上心头，但很快又被一种悔恨替代：去他的李元初，我还是叫李汉卿！东方渐渐发白，汽车上了大路，车速快了起来。再也不见了，柳秀慧！再也不见了，平鲁县！还有那个倒霉的李思瑶和那个愚蠢的李元初！

太阳升起来后，汽车已经过了朔县，司机点了一支烟说道："李副县长，平鲁有三件宝，你听说过没有？"本来昏昏欲睡的李汉卿一下清醒了许多，疑惑地问道："三件宝？没有呀，你知道？"司机嘿嘿一笑说："我在太原都听说了，你在平鲁当副县长还不知道？"李汉卿也点了一支烟，吸了几口饶有兴趣地问道："什么宝？"司机说道："金砖、冥钟、羊皮袄。"

李汉卿奇怪地问道："还有这事？你给说说。"司机一边开车一边给李汉卿讲起了平鲁"三件宝"的故事来："金砖藏在固山书院里，足有20多斤，上面刻着嘉靖皇帝的名字；冥钟在北固山上的千佛寺里，听说冥钟一响，在地狱里受煎熬的小鬼就会消停一些。至于那件羊皮袄就更神奇了，还会"咩咩"叫呢，声音很是悦耳，很好听！"

李汉卿感觉到很奇怪，就问道："会叫的羊皮袄？这件皮袄藏在哪里？"司机说道："听说藏在一个姓水的皮货铺老板手里，卢占魁把他的天灵盖都劈了，他都没有说出藏皮袄的地方！"

李汉卿听了司机的话后心里想："原来这平鲁啊……是个好地方，也不知道还有啥宝贝呢，怪不得那个……孔瑾瑶冒死往平鲁跑，原来……"

固|山|书|院

第三十一章

　　古宫廷来到了固山书院，还没有等他把话说完，古宫臣就说道："二弟，你啥也别说了，哥全知道。在这灾难当头的时候，不同于当年你的兵要住在这里，现在你想怎么住就怎么住，哪怕是让我搬出去也行！"

　　古宫廷说道："哥，你们老师和你的'十三太保'就住到西北面的小花园那里。为了安全，我用篱笆给你们做一道墙。前院的食堂、学生教室和后院的客房我们全部占用，要把病人全部带到这里集中治疗，防止扩大传染。"

　　"十三太保？谁是十三太保？"古宫臣不解地问道。"就是洪殊、墨仁、蓝宪、水生和黄存财他们 13 个留到固山书院的学生啊，城里的人们说他们是你的十三太保！"古宫臣一听，哈哈大笑着说："人们还真会瞎编，不过这倒不是什么坏事。二弟，你的安排我全接受，你需要我们帮忙的话言语一声，我们义不容辞。""哥，暂时还用不着。先这样吧，我还有事情要去忙！"

古宫廷从固山书院出来后松了一口气，没想到哥哥这么痛快就答应了，来以前班义宗还不抱任何希望，看来哥哥在大是大非面前一点不含糊。古宫臣他们 18 个人住在这里还算宽松，柳秀慧还住在她的窑里，古宫臣的窑里住着他和王甘承、任武行。康二小住在最西面的一间窑里，临时盘了一个灶台来做饭，这间窑里还存放了一些米面和山药、白菜等。13 个学生也不能回家了，全部住在另外两间窑里。这两间窑的其中一间还作为教室使用。虽然发生了鼠疫，但他们的教学一直没有停下来。

年后，死亡的人数一直在上升，到了正月十八这天已经达到了 86 人，恐惧的阴云笼罩在平鲁县的上空，焚烧衣物的焦糊味和艾草味混合在一起，人们的嗅觉似乎出了问题，闻什么都是这个味，吃什么都是这个味。王甘承的身体还没有完全恢复，成了人们重点照顾的对象，生怕他一旦染病就会扛不过去发生意外。而他自己反倒是一身轻松，啥也不怕。这天，他忽然感到浑身发烫，不想吃饭。又过了一天，身体开始浮肿起来。到了晚上，他感觉身体开始疼痛了，胸口发闷，一股血腥味直冲鼻腔，他压了好久还是压不下去，感觉一些液体就要从口中喷出来了。王甘承的脑子急速地思考着："我肯定是外出买东西被传染上了，要是把血吐在地上也会传染给别人的。我死了不要紧，还有古宫臣、任武行、柳秀慧和一群学生呢，他们还年轻着呢。"想到这里，他扎挣着起身拉开炉灶盖子，一口鲜血全部吐到了炉灶里。古宫臣看到情况有些不妙，跳出篱笆墙就到前院去请医生。医生来了后检查了一番说："他不能和你们住在一起了，需要马上抬走，到对面去治疗。"第二天下午，传来了王甘承去世的消息，享年 70 岁。

正月二十五这天，一个医生站在篱笆墙外面喊古宫臣的名字。古宫臣赶紧跑了过来，医生说那边有人要见他。古宫臣跳出了篱笆墙，跟着医生来到了对面的临时医院，走到一间窑门口时，医生给古宫臣的身上喷了许多药水，呛得他快要咳嗽起来，医生这才推开门让他走了进去。古宫臣一看，炕上半躺着一个人，那人也戴着口罩，看见古宫臣进来后有气无力地说道："别往前走了，就站在那里吧，离我远一些，我和你说几句话你就赶紧走！"古宫臣这才认出来是沙锁。一个医生站在古宫臣的身旁，一只手还拉着他的胳膊，生怕他再往沙锁跟前走。

沙锁说："我自从 16 岁来到固山书院做饭，一直到 46 岁那年闹革命离开，整整 30 年啊……没想到最后还得回到这里，还要死在这里。宫臣啊……我做了一些对不起固山书院的事情，做了一些对不起平鲁人的事情，现在想起来很后悔，可又有什么办法呢？你是我的救命恩人，我的后事只有托付给你才放心！我还有些积蓄，埋在中陵河南面的老榆树下面，就是新学校墙背后的那棵老榆树，你把那些钱取出来，看看书院啥地方要用钱就用了吧，就当我赎罪了……"沙锁说完后挥了挥手，再也没有了声音。古宫臣要过去查看，旁边的医生一把拽住他把他拉到了门外："你赶紧回去吧，小心些！"

二月二以后再没有死人，从这天开始疫情控制住了。二月十八这天，城里也不知是谁放起了炮仗，一声接一声，足足放了一袋烟的工夫。不一会儿，古宫廷走了进来："哥，你们可以自由活动了！"人们一听一阵欢呼，任武行带头把篱笆墙拆了。当天中午，康二小又露了一手，做了一桌席，备了 2 斤烧酒，以此庆祝"鼠疫"消灭、百姓安康。

中午，除了古宫臣、古宫廷、柳秀慧、任武行之外，郑富贵、萧乐道和田斌也参加了宴席，正好郑富贵带着萧乐道和田斌来给古宫臣送感谢信，感谢古宫臣和固山书院在疫情当中做出的贡献。席间，郑富贵指着田斌说：

"这是咱们县新任的公安局长，他也是从咱固山书院出来的嘛。"大家都举杯祝贺。萧乐道也激动地说："我也是从固山书院走出来的人，当年来平鲁闹革命，是这里给了我立足之地才有了我的今天，我提议，为了固山书院，为了大家身体健康，干杯！"

散席后，郑富贵他们走了，古宫廷拿出一封信来交给柳秀慧说："这是你爹给你的信。"柳秀慧一惊，接过来装了起来，帮康二小收拾了一下碗筷后，转身回窑里去了。古宫臣和古宫廷一起来到了古宫臣的窑里，坐下后哥俩一边喝茶一边聊了起来。古宫廷说道："哥，桃桃找到了。"古宫臣听了后心里一阵高兴："哦，她在干啥？"古宫廷说："在国民师范念书。""哦，终于念上书了，这也了却了她的心愿！"古宫臣说道。古宫廷又说道："哥，我看见咱家的院子还没有修，你是不是把钱用在书院里了？要是钱不够了，我这里还有。"说着掏出一张银票放到了桌子上。古宫臣一看，赶紧说道："有钱哩，只是腾不出时间来，你上次给的钱还在呢，我一分也没有动。二弟，你把银票装起来，你也要攒些钱了，以备将来用。再说了，你在城市里生活，城里费钱。"

"哥，你和那个孔……究竟是怎么回事？"古宫廷用手指了指隔壁，接着又说道："他爹很想念她，我这次回来给她的信就是他爹写的。"古宫臣听了后心里很不是滋味，想说些什么一时又没有合适的话回答弟弟。直到弟弟起身要走了，他才说道："我要娶她。上次这句话是一激动说出来的，这次是经过深思熟虑后说出来的。"古宫廷说："哥，这是你个人的事情，我没有任何意见。我后天就要回太原了，你抽时间把房子盖起来，娘的生活环境会好一些。"他们两个说着话已经走到了通往前院的甬道上了。这时，柳秀慧从后面追了上来，手里拿着一封信交给古宫廷说："你把它交给我爹。"

送走古宫廷以后，古宫臣就来到了柳秀慧的窑里："秀慧，你爹来信了？”

“来了。”

“信上说什么？”

“没说什么。”

“那总该有个具体的内容吧。”古宫臣有些着急了。

“就是一些问候的话。”柳秀慧说道。

“别的没有？”

“有。”

“还有什么？”

“让我回去。”

“你不能回去！”

“还让我教音乐和美术？”

“这……当然，不完全是这个……”

“还有什么？”

“还有……我们……是不是应该……”古宫臣有些结巴了，脸也红了起来，不知道应该怎么表达自己的意思才好。

柳秀慧呵呵一笑：“我知道你要说什么，不过……现在还不是时候。古先生，我觉得再过上一段时间……”

“还叫我古先生？”古宫臣说道。“那叫你什么？”柳秀慧问道。古宫臣伸手拉住了柳秀慧的手，柳秀慧抽了一下没有抽脱，就任凭他拉着了：“叫……叫……唉，你看叫啥合适就叫啥。”

“那……那……就叫‘合适’呗！”

哈哈哈……

呵呵呵……

第三十二章

　　第二天中午，县政府在三名元饭庄也摆了酒席，欢送古宫廷和王队长一行回太原。酒过三巡，班义宗端着一杯酒走到了古宫廷的面前，当胸就给了他一拳："你小子，回来这多天只顾着工作，也不抽空找我坐会儿，难道你忘了咱们的情分，忘了我们一起在讲武堂念书？忘了我们到日本留学了？"班义宗显然喝得有些高了。古宫廷也喝了不少酒，但还没有到了喝醉的程度："义宗啊，你也可以找我嘛。""我找你？看你忙乱的样子，又闹着疫情，我不敢给你添乱啊。今天咱们来个一醉方休……一醉方休。"古宫廷说道："我哪能喝得过你，还是少喝点吧。"

　　"啥？少喝点？难道你忘了在日本，只要咱们在一起喝酒，你就把我灌醉，你的酒量我还不知道？来来来，喝喝喝，干了这一杯……"班义宗说道。

班义宗的话勾起了古宫廷的回忆。是啊，这都过去多少年了，过去的事情还历历在目。

那天，古宫廷来书院把自己的东西收拾好了装在一个白布袋子里，恋恋不舍地走出了固山书院那用石头券成的大门，转回身向送他出来的王甘承先生深深鞠了一躬。过了许久才抬起头来，眼里热热的，似乎有眼泪就要流出来。他赶忙转过身快步离开。身后，王甘承看着古宫廷离去的背影像是失去了什么，又像是得到了什么。惋惜、留恋、苦涩、甜蜜，反正有一种说不出的情感交织在心头。

一辆套着两匹马的马车停在了贴过红榜的墙下，赶车的人在用麻绳绑着放在车后辕上的行李。古宫廷、班义宗已经坐在了马车的车厢里，看着周围送行的人们一句话也说不出来。古怀阆和班步轩站在马车旁边也不知道该说些啥好。其实，该对孩子说的话早就在家里说过无数遍了，当着这么多人的面，无须再说什么了。

车倌一声吆喝，马车开始走了。向西走了一截，转了个弯儿又向南走。走过北大街，穿过十字街，通过大南街后径直出了南门，又向西走了一段路，往南一拐就上了官道。古怀阆、班步轩和一些人一直把这辆马车送到官道上，直到走得看不见了才转身往回走。

第一次坐这样的马车，古宫廷感觉很新鲜，不时与车倌说着话，班义宗却显得忧心忡忡。马车在过雁门关的时候天空飘起了雪花，落到脸上凉凉的，马脖子上挂着的铃铛"哗啦哗啦"地响着，声音回荡在山岭之间，显得空旷而幽深。

第五天傍晚，古宫廷和班义宗到了太原北乐门马车站，晚上住下后才知道全省选拔的有 40 人，今天已经到了 36 人。他们在这里住了两天，到了第三天，40人也没有全部到齐，还差两个。临行前，一个官员给他们训话，看样子级别不小，他们在县城里从来没有见过这样穿戴的官儿。那人说："山西讲武堂在今年四月初八已经成立了，教官十分短缺，巡抚下令从全省选拔40名15岁左右的童生送往保定讲武堂学习，然后再送去日本留学，费用全部由省公费承担，学成回国后在山西讲武堂执教。"孩子们听了后一阵欢呼，似乎忘记了该有的沉稳与礼数。训话的官员皱起了眉头，但随即又舒展开了，本来想训斥几句，转念一想："这些童生将来说不定会成为我的顶头上司，要给他们留下一个好的印象才对！"

第二天黎明吃过饭后，他们又坐上了好几辆马车向保定走去。走了六天才到了保定。安顿下来后，就开始了严格的军事训练和学习。两年后，他们又坐上了三辆汽车，只一天时间就到了天津。在天津又等了四天，坐上了去日本的轮船。望着茫茫大海，古宫廷也有些忧心忡忡了："这……要是轮船坏了该怎么办？要是不小心掉下去了该怎么办？"以至于后来古宫廷都不敢到甲板上眺望大海了，除了吃饭整天待在船舱里看书，班义宗拉他都拉不出去。

古宫廷感觉轮船走得真慢，有的时候像是停在大海上一样，有的时候还没有马车快呢，更别说汽车了，都第七天了连日本的影子也看不到，他的心里慌了起来，看到别人有说有笑他才放心下来。不过，他在吃饭的时候也看到了班义宗在悄悄地抹眼泪。

也不知道又过了多少天，古宫廷也不去记了，反正走了好多天才到了一个叫横滨的港口。船靠岸后，还没有下船，就看见码头上有20多个穿白色制服的人排着整齐的队伍，手里拿着一些金色的喇叭，还有人挎着一些闪着白色亮光的铁皮鼓，一起演奏着他从来没有听过的乐曲。古宫廷仔细看了半天也没有看见他熟悉的唢呐、笙和管子。"咦——？这是在做啥呢？是在欢迎我们？"

古宫廷他们下了船，搬运工把他们的行李搬上了一辆有四个辘轳的马车上，他跟在马车后面，边走边看着那些吹奏乐曲的人，直到走出码头，又上了也是四个辘轳的马车，那些人还在吹奏着。后来他才知道，那叫军乐队，那天也不是在欢迎他们，人家是在欢迎两位从天津到日本的英国公使。英国？英国在哪里？日本还没有搞清楚，还有个英国？

在日本的横滨陆军军官学校，古宫廷他们开始了全新的学习与生活。开始的三个月主要是学日语，同学们称为"鸟语"，后来学了科学、体育、美术、音乐、数学、哲学、历史等课程。两年后，多数人转入东京军事学院学习，少数人转入了其他大学深造。

在东京军事学院学习的最后一年，古宫廷结识了他的日本女友栗源惠子。他本不想这样做，但他已经到了谈婚论嫁的年龄，也扛不住栗源惠子的热烈追求。好在他还有清醒的时候，圆满完成了学业，登上了回国的轮船。

还是在横滨港口，还是开往中国的轮船，也有一支穿着白色衣服的军乐队，这又是在迎接谁呢？给他们送行的东京军事学院的老师三本岸田说道："这是咱们学校的军乐队，不是在迎接什么人，是在给你们送行！祝贺你们圆满毕业！"这时，满脸泪水的栗源惠子跑了过来，以一种不可动摇的口气说道："我要与你一起回中国！"

古宫廷说："惠子，我还没有与我的父母说好，他们一下不能接受你！等我回国后想办法让他们接受你，然后你再去中国。啊……最多半年，最多半年……"古宫廷说着从袖筒里拿出了他那心爱的口琴说："惠子，我把它送给你，就当是我留在了你的身边。啊……听话。"

古宫廷说完后看了看惠子，又用恳求的目光看着三本岸田。三本岸田似乎理解了古宫廷的意思，就对栗源惠子说："惠子，听话，先让他回国。明年我陪你去中国。好吗？"古宫廷慢慢地向登船口走去。上了船后，他看到栗源惠子和三本岸田还站在那里望着徐徐离开码头的轮船，心里不知道在想着什么。古宫廷看见栗源惠子举起手中的口琴不断地向他挥动着。他转过了头，不忍心再看下去。

古宫廷多次写信给父亲，说了他与栗源惠子的关系，父亲回信坚决不同意，他也实在没有其他办法了，只好自己先回国，等到与父亲沟通好了，再让栗源惠子到中国，这样做会更稳妥一些。父亲也算是平鲁县有头有脸的人物，古家也是平鲁县的大户，不能给家族丢脸。

海上起风了，古宫廷走进船舱躺到了床上。咦，怎么这船的床铺这么窄小，还是来日本时的那条邮轮，怎么会变小了呢？忽然，古宫廷笑了起来，不是船上的床铺变小了，而是自己长大了，足足长高了 20 厘米，从毛头小子变成了如今的大小伙子。

古宫廷和班义宗终于踏上了中国的土地，这次他记得很清楚，在海上整整航行了 28 天。从天津辗转回到了太原，当天就住到了山西讲武堂的宿舍里。第一件事就是给栗源惠子和平鲁县的父亲各写了一封信。第二天，学校就召开了欢迎大会。当年从这里起程的 38 位学生回来了 27 位，其中有 19 位同学到山西讲武堂当了教官。

"咳咳咳，想啥呢？是不是又想你的栗源惠子？哎，宫廷啊，多会儿娶她呀，我还等着喝喜酒呢！"古宫廷被班义宗推了几下才从回忆中回过神来，他笑了笑说道："以前我爹管着我，他不同意我娶栗源惠子。如今我爹没了，没有人阻拦这件事了，可我又和惠子联系不上了，写了无数封信也没有任何消息……唉……"班义宗喝了一口酒说道："我觉得日本女子也没啥好的，还不如在太原找一个，太原的女子好啊！"

古宫廷听了后说道："看样子你是在太原找下意中人了？谁啊？长得漂亮吗？"班义宗舔了舔嘴唇说："她叫……陆妙霞，长相没得说，可就是……无论我怎么追求，人家就是不理我！"古宫廷一听，好奇地问道："陆妙霞？你追求陆妙霞了？"班义宗说："是啊，我们还一起吃过饭，逛过公园呢！"古宫臣看着满脸通红的班义宗说道："义宗，你是真不知道还是假不知道，人家早就有主儿了，那个男的叫什么……孙谦，是一个团级军官，从英国学军事回来的。"

班义宗挠了挠头说道："原来是这样……怪不得她不理睬我，原来是有了相好的。看来这平鲁县不是我应该来的地方，我还得回太原去。"古宫廷笑了笑说道："谁让你来的，你这是自找苦吃，怨不得别人。"班义宗又挠了挠头说道："宫廷，你能不能带着我去你哥那里……看看那疙瘩金砖？"古宫廷一听此话，说道："班义宗，你喝多了吧？"

第三十三章

　　古宫廷带着医疗队圆满地完成了任务，就要起身回太原了。班义宗和郑富贵等一些政府的官员出来送行，郑富贵一脸真诚地对古宫廷说道："古团长，我郑富贵能有今天全靠你照应，我心里有数。我离家来到平鲁这一晃已经是第十二个年头了，还没有回过家呢,过几天想回家看看,到时候咱们太原见！"

　　汽车开走了，人们不停地挥着手。郑富贵和班义宗不停地擦着眼睛，不知道是汽车扬起的灰尘眯了眼,还是心中有所感慨,反正他们两个都在抹眼泪,送行的人都看到了。

　　随着汽车的颠簸，古宫廷又想起了栗源惠子："惠子啊，你怎么不回我的信呢！"那是即将回国的前三个月，栗源惠子拿着一瓶清酒和一些点心找到古宫廷说："古君，你的论文通过了，再有一个月你就要毕业了，我们出去庆祝一下，好吗？"古宫廷看着楚楚动人的栗源惠子，也不好意思拒绝她，可以看得出，她是经过一番精心打扮的。

他们来到郊外的一处山坡上，看着眼前的景色心情爽朗极了。这里到处都是樱花树，要是春天就好了，漫山遍野的樱花一定姹紫嫣红，一定美丽无比。就像……就像栗源惠子的脸庞，还有眉毛、眼睛、嘴唇……

"古君，来这里坐吧。"栗源惠子在一棵樱花树下铺开一块毯子，上面摆好了两个杯子和一些精致的点心。古宫廷走过去坐了下来，栗源惠子举起一只倒满清酒的酒杯，笑眯眯地说道："古君，祝贺你完成学业，干杯！"古宫廷也拿起酒杯说："惠子，谢谢你！"碰了一下栗源惠子的酒杯后，仰头喝了一口。栗源惠子一仰头，把一杯酒全喝完了，然后看着古宫廷。

他们海阔天空地聊了很多，一瓶清酒也喝完了，栗源惠子面若桃花，显得更好看了："古君，你能带我去中国吗？""我已经给父亲写了好几封信，等他同意了，我就会带你回国的。你放心……放心。"栗源惠子听了后，一下扑到了古宫廷的怀里，古宫廷迟疑了一下，伸出双手紧紧地搂住了栗源惠子。

晚饭后，郑富贵在屋子里不停地抽烟，他想了很多事儿。忽然，他似乎想起了什么，用劲掐灭烟头，转身打开抽屉，拿了两支白蜡烛向外走去。他来到师批和田家农的宿舍门前敲了敲门走了进去。

进门后，郑富贵看见他俩躺在床上睡觉，就小声说道："喂，醒醒，你们两个到门房里拿上两张铁锹跟我走一趟，事成之后亏待不了你们，赶紧跟我走。"师批和田家农迷迷糊糊地起来到门房里一人拿了一张铁锹，跟着郑富贵出了县政府的大门，向固山书院走去。

固山书院已经关门了，郑富贵敲了敲门，说道："任先生，开门，我有要事去见古宫臣。"任武行打开大门一看，见是郑富贵，就说道："哦，是郑县长，请进。"随后一看，后面还有两个人，都扛着铁锹。任武行心里"咯噔"了一下，啥也没有说，紧跟在他们后面，向古宫臣住着的窑洞走去。

古宫臣正在灯下看书，一抬头看到郑富贵推门走了进来，像是有什么重要的事情，便问道："郑县长，你有事？"郑富贵咳嗽了一下说道："固山书院已经卖给你了，但是那块金砖不能卖给你，今晚我要把它刨出来充公！"古宫臣一听，脑子里"嗡"的一声，站起来说道："郑县长，这恐怕不合适吧！金砖是固山书院的，属于全体平鲁人民，不属于我个人，你怎么能说刨就刨呢？还是埋在那里比较合适，你不能刨走！再说了，我也不知道真的有没有金砖，是传说还是真有金砖，我确实不知道！"

郑富贵一听，有点不高兴了："我是一县之长，有权决定平鲁的事情。现在财政这么困难，我不能拿着金碗讨饭吃。把金砖充公以后，换成钱，用来办教育，不比埋在地下强？这件事情就这么定了，你要是不配合，我们自己也能干，走，到大成殿里刨去！"说完后，带着师玭和田家农转身走了出去，向大成殿走去。

古宫臣气得浑身发抖，他正要扑上去和郑富贵拼命，站在一旁的任武行伸手拉了拉他说道："你别管了，让他们刨去！"古宫臣看到任武行意味深长地微微一笑，一时也没有明白他的意思，就说道："任先生，您？"任武行摇了摇头说道："你不要管了，这事儿迟早要发生的，来来来，咱爷俩喝茶，喝茶。"

郑富贵他们三人来到了大成殿里，点亮两支白蜡烛，拿在手中走到了供桌前面，郑富贵撩起桌幔，举着蜡烛查看着。他看到供桌的后面有一个碗口大小的黑洞"嗖嗖嗖"地在冒着凉气，把蜡烛的火苗吹得摇摆不定。郑富贵说道："你们把这个板子撬开，估计金砖就在里面。"师玭和田家农一看，吓得直往后退："听说这里面有暗器……这……"

郑富贵一看，把手中的蜡烛往地上一栽，嘴里骂道："胆小鬼，多会也成不了气候！"随后一把夺过师批手中的铁锹，对着那个黑洞的周围连续砍了好几下，啥动静也没有。郑富贵说道："看见了吧，不要站在正面，站在旁边，往开撬。你们两个，一个站在右边，一个站在左边，用劲往开撬，撬开了给你们每人 500 块大洋，这总行了吧！"

师批和田家农一听，500 块大洋，他俩对视了一下，一边站着一个，举着铁锹"噼里啪啦"一阵捣鼓，还是没有把黑洞周围的木头板子撬开。郑富贵开始挠头了，看来这个触发暗器的机关不在木头板子上面，那在哪里呢？难道在正对面地上的这几块方砖下面？郑富贵拿着铁锹又在方砖上挨个戳着，还是没有动静。他又对师批和田家农说道："你俩继续往开撬那个木头板子，一定要撬开。"

任武行端起茶杯笑嘻嘻地对古宫臣说："宫臣，来来来，喝茶，喝茶！"古宫臣听着隔壁"叮叮咣咣"的声音，心不在焉地说："任先生，这茶……还能喝得下去吗？""怎么喝不下去，你不要着急，这喝茶嘛，要细细品才有味儿，要是一口全喝了，那还叫喝茶？那叫饮水！来来来，喝。"

忽然，古宫臣听到院子里吵吵嚷嚷的，有火光映照在窑洞的窗户纸上。又听到有人大声喊道："抓盗贼！抓盗贼！"外面的人越来越多，喊声越来越亮。古宫臣和任武行对视了一下，赶紧开门走了出来，一眼就看见吴油子举着火把站在大成殿门口叫骂着："原来是你们这伙盗贼！郑富贵，你还像个县长吗？"在吴油子的身后站着洪拐子、胡大和 20 多个年轻后生，有的手里提着灯笼，有的拿着棍棒，还有的拿着麻绳。田斌和萧乐道也站在人们身后看着眼前发生的事情。

郑富贵的脸色一阵红一阵白，不知道该说什么，只听人们齐声喊道："拿盗贼！拿盗贼！拿盗贼！"看样子，郑富贵就是有十张嘴也说不清楚了，师批和田家农站在那里瑟瑟发抖。几个年轻人早就不耐烦了，举着手中的棍棒就要上去揍他们。古宫臣眼看着一场打斗一触即发，连忙分开人们挤了进去："大家安静，听我说。郑县长是来检查工作的，他看看金砖安全不安全，大家千万不要误会。"这时，人们安静了下来，都在听古宫臣说话。古宫臣又说道："郑县长，金砖很安全，你可以走了！"郑富贵一看，赶紧转身挤出人群慌慌张张地走了。师玭和田家农紧随其后，也趁机溜了出去。人们的愤怒情绪没有得到释放，"哗啦"一下，举着火把，打着灯笼，也跟着郑富贵他们三人走出了固山书院。康二小走在最后，还不停地喊着："不能就这样便宜了他们，在外面修理狗日的！"

古宫臣看到康二小一下明白了什么，看着远去的人们，对任武行说道："是康二小把人们喊来的？"任武行搓着双手说道："这事儿……我也不清楚……"

郑富贵一晚上没有睡着，早上五点多就起床了，划了一根火柴，点燃了煤油灯，放好灯罩子，屋子里顿时一片光亮。他洗了一把脸后拿起几张银票看了看，该做的都已经做了，只剩一件事还没有安排好。他计划今天早饭后把这件事情交代一下就回太原去。吃过早饭，郑富贵把萧乐道和田斌叫到了办公室，拿起灶台上的一个黄色铜壶倒了两碗水放到了桌子上："你们俩喝口水吧。"萧乐道和田斌坐在放着水碗的桌子旁看着郑富贵。郑富贵说："我要回太原去了，可能半月二十天回不来，这是……我积攒的一些钱，给你们每人 300 块，今后应个急。你俩如果遇到什么困难了可以找书院的古宫臣商量，或者是找他帮忙，在平鲁县，只有这个人可以信得过。"萧乐道皱着眉头，心里思谋着："这是唱的什么戏，难道……"

"报告县长，出发的马车准备好了，您什么么时候动身？"县警察局的秦二小在外面喊道。郑富贵说道："进来帮我把东西拿一下。"秦二小进来后，郑富贵指了指放在地上的皮箱，秦二小赶紧拿着皮箱走了出去，放到了停在县政府大门口的马车上。郑富贵坐上马车后，接过赶车人递过来的一件大皮袄裹在了身上。赶车人一声吆喝，马车移动了，车轱辘压在地上发出了咯吱咯吱的响声。马车很快出了县城，向朔县走去。一阵风吹来，卷起了一些黄土粒，打在脸上，生疼生疼的。

萧乐道和田斌看着逐渐走远的马车，心里泛起一丝伤感，是啊，毕竟是一同来平鲁闹革命的伙伴，今后是不是还能在一起共事，还能不能见到，这都很难说。

固山书院虽然只有 13 个学生，但是一切还是照常进行，各种课程开设齐全，没有因为老师的短缺而少开一门课。任武行教着国文，古宫臣代着算数和体育，柳秀慧教着音乐和美术。乡下的学校时不时还要来这里参观，都夸赞古宫臣的'十三太保'学习用功，懂礼貌、明大理，将来必定成才。

这天，安娜牧师走进了固山书院。一进大门就睁着一双蓝色的眼睛好奇地左看右看，还不时地自言自语，说着一些别人听不懂的话。康二小从食堂的门口看见有一个穿着裙子的洋女人走了进来，正要问话，认出了是教堂里的安娜牧师，就不去管了，任由她自己随便走吧。这肯定是找古先生的，看样子他们的关系不错，古先生经常往教堂里跑，还在她那里吃饭呢。安娜提着一些苹果和点心边走边看，穿过前院向后院走去。她看见小花园里的一排柳树已经长出了嫩绿的叶子，路两旁的小草长出了有二三寸高了，草地上的野花在微风中摇晃着，散发着阵阵清香，一股春天的气息扑面而来。她不由地赞叹道："这真是一个好地方！"

古宫臣正在和柳秀慧校对古琴谱，悠扬的古琴声飘出了他住的窑洞，老远就能听到。循着琴声，安娜推开了门："古先生，你好！柳秀慧，你好！"说着把点心和水果放到了古宫臣的书桌上。古宫臣回头一看，见是安娜牧师。他放下了手中拿着的古琴谱，看了看桌子上的东西说："哦，是安娜牧师，你带这些东西干啥，我承受不起。"边说边示意柳秀慧给安娜沏茶。

柳秀慧极不情愿地倒了一杯茶放到了桌上，看了一眼安娜后走了出去。安娜牧师说："先生，这些东西不成敬意，我早就应该来看你，你帮了我那么多忙，我要感谢你。还有，郑县长已经批准，同意我再修建一座新教堂，原来的那个太小了。我已经发动了捐款，人们真是积极，捐了不少钱。再加上我自己带来的钱，足够修建一所功能齐全的教堂了。"古宫臣一听，也挺兴奋，这教堂修好了可以容纳更多的信徒，也是一件好事。

安娜牧师又说道："古先生，今天我来有三件事情求你帮忙。第一件事情是想让你给定个动工的好日子。"古宫臣一听，马上说道："我不会看日子，你还是去找吴先生看吧。"安娜忽闪了几下眼睛，看着古宫臣说道："是那个吴油子吗，我找过他了，他不懂西历，不会看。他说你懂西历，你能看。他还很有礼节地吻了我的手，他说我的手很白，是不是用牛奶洗的。我说牛奶是喝的，不是用来洗手的。呵呵呵……太有意思了。"古宫臣差点笑出声来："那第二件事呢？"安娜喝了一口茶说道："第二件事是想让你给我找几个老师，我的崇实小学需要，你以前推荐的老师走了好几个，他们对我不友好，还经常偷看我洗澡！洗澡……你懂吗？"

古宫臣继续问道："那第三件事呢？"安娜说："让你给我编一本《劝世箴言》，你看如何？"古宫臣说："我说安娜牧师，这第一件事情好办，马上就办。第二件事情也能办，我尽力就是了。第三件事情恐怕办不成，我才疏学浅，难以胜任啊。再说了，平鲁县有好多人可以帮你编写的。"安娜牧师一听，放下了手中的茶杯，恭敬地说道："古先生，在平鲁县你的学识水平也是出了名的，编《劝世箴言》非你莫属，我给你钱。"古宫臣笑了笑说道："你真是有点强人所难啊。"

固|山|书|院

第三十四章

　　动工修建教堂的日子看好了，就定在西历 4 月 15 日，还是一个礼拜日，安娜张开双臂拥抱了一下古宫臣，还在他的脸颊上吻了一下。门外传来了柳秀慧响亮的咳嗽声，羞得古宫臣满脸通红，安娜却咯咯咯地笑着走了出去。古宫臣也没有出门去送她，在地上站了半天，忽然看到安娜茶杯里的茶叶完全没有泡开，还全部浮在上面。他用手指伸到茶水里面试了试："哦，原来是冷水！"古宫臣心想："这个柳秀慧真是粗心，怎么能用冷水沏茶呢？"可他转念一想，似乎明白了什么，心里一阵慌乱。

　　西历 4 月 15 日这天，红日高照，晴空万里，是一个少有的好天气。新教堂的地址选在了城里东南方向的一块地上。这里的地是南关洪拐子的，有十多亩。洪拐子听说要修新教堂，经不起安娜牧师的劝说就捐了出来，另外还捐了一百块大洋。

这天，来了很多人看热闹。警察局的田局长派了十多个警察来维持秩序，他们都穿着黑色的制服，分外引人注目。开工仪式由安娜牧师主持，那个男牧师还讲了话，有的话用汉语，有的话用英语。说了半天，好多人也没有听懂他说了些啥。人们都是奔着安娜来的，都想看看这个漂亮的洋婆子。有的说安娜还没有 20 岁，有的说 30 多岁了，还有的说 40 多岁了。参加仪式的以及周围看热闹的群众黑压压的一大片，有一千多人。麻炮响了好一阵子，纸屑落得满地都是。

安娜牧师拿起系着红布条的铁锹铲了第一锹土，然后工匠开始挖地基，很多人都是自愿来工地干活的。洪拐子走到安娜身边说："安娜牧师，修建教堂开工了，我想问一下，这犒工的事情安排了没有啊？"安娜一看是洪拐子，连忙问道："什么是犒工？"洪拐子比画了半天也说不清楚。安娜就向着人群那边喊了起来："古先生——古先生，你过来……"喊了半天也没有看到古宫臣。古宫臣今天根本就没来，安娜的请柬算是白给他发了。

吴油子从安娜的身后闪了出来，他对着安娜说道："犒工就是给他们好吃的。"边说边指着挖地基的工匠们。安娜对着洪拐子竖起了大拇指："好，很好！你想给就给吧。"洪拐子说："开工前，我和几家商量过，他们都愿意犒工，就看你怎么安排了。"吴油子说："洪掌柜，这修教堂和修学校一样，是我们县里的大事情。你先拉一个名单出来，我看看一共有几家，几天犒工一次，要不怕接续不上。"说完掏出一盒纸烟来抽出一支递给了洪拐子。洪拐子本来想呛吴油子一句："你算老几，给人家安娜主事！"话到嘴边又咽了回去，接过吴油子递过来的纸烟放在鼻子底下闻了闻："这纸烟真香。"

　　洪拐子虽然富有，但他还是抽不起纸烟。在平鲁县抽纸烟的一般有两种人，一种是政府官员或是在政府工作的人员，一种是军队的军人或者警察。本地人一般都是抽旱烟，家境好点的富裕户都抽水烟。

　　第二天，洪拐子就拉出了一个犒工的名单送到了安娜的教堂里。第一家是他自己，第二家是班明宗，第三家是……安娜一家一家地看下去，一共是十三家。"怎么没有古先生呢？"安娜问道。洪拐子说："因为这事儿，那个柳秀慧还和我红了脸呢。她说修教堂又不是修学校，古宫臣一分钱也不会出的。安娜说："洪掌柜，你要知道，古先生是平鲁县的名流，不能和他发生任何冲突，还是算了吧。"安娜接着问道："这胡大是怎么回事？一个要饭的也要犒工？这不是瞎起哄吗？"洪拐子说道："这胡大最僵了，要拿上一百个白面馍馍给工地送去，还外加五只烧鸡呢。我要是不给他上这犒工的名单，他还要打我呢。"

　　安娜被逗得笑了起来，她拿起笔来从犒工名单上把胡大划去了，对洪拐子说："你别怕，有什么事儿我担着。"

　　胡大听洪拐子说犒工的名单里没有他，火气一下就上来了，指着洪拐子的鼻子骂道："洪拐子，你就是个忘恩负义之人，你忘了我是怎么帮你的？你丢了骡子不是我给你寻回来的？你丢了牛不是我给你寻回来的？那年你老婆生孩子昏迷了，不是我给你背到李郎中家里看病的？我去犒个工，你就这么绝情，把我给划掉了？你就这么看不起我？你就料定我会讨一辈子饭？"

　　洪拐子一听，知道胡大是真生气了，赶紧给胡大作揖。一边作揖，一边说道："我的胡大，我的胡爷爷，你听我说好不好！我怎么能划去你呢？是人家安娜划去的，我再三求情人家也不答应！你要是不信，可以亲自去问问，可不能这样冤枉我啊！"胡大一听："得得得，我还真要去问问那个洋婆子，别以为我不敢去！"说完后夹着讨吃棍，把那个脏兮兮的布袋子往肩头上一摔，转身走了。

胡大还真来到修建教堂的工地上找到了安娜，张口便问道："洋婆子，你为啥不让我犒工？是我长得不好看没有入了你的眼，还是看我是个讨吃要饭的看不起我？"安娜忽闪着那双蓝色的眼睛，呵呵一笑说道："胡先生，我们基督教一视同仁，没有高低贵贱之分。你不要多心，他们犒工的都是入了教的人，你还没有入教，我们不能麻烦你！你明白吗？"

胡大挠了挠乱蓬蓬的头发说道："原来是这样……那……我也要入教。"安娜一听，高兴地说："欢迎你，胡先生。"说着张开双臂就把胡大搂在怀里给了他一个拥抱。胡大一下紧张起来，闻着安娜身上的味道，呼吸都困难起来。安娜的一缕头发飘到了胡大的鼻孔边，就在安娜放开手臂的一瞬间，胡大一连打了好几个喷嚏。胡大的鼻涕也流出来了，哈喇子也流出来了，连腰也直不起来了，讨吃棍扔在了一边，肩头上的布袋子也滑落到了地上。工地上干活的人们看见了，都嘻嘻哈哈地笑了起来。

工地上的匠人分成三伙在干活，每一伙有十几个人。大礼堂、食堂、宿舍同时开工。垒院墙的和平整广场的是当地帮工的人们，只管饭，不给工钱。吴油子每天都在工地上跑，脸也晒黑了，头发上沾满了黄土。他常常因为工程的事情和工头争得面红耳赤。有一天，和一个满脸横肉的工头争执了起来，人们怎么劝也劝不开。工头蛮横地拿起一张铁锹骂道："你个老不死的，不就是个算卦的吗，看老子劈死你。"举起铁锹就扑了过来。这时，吴油子从腰间拔出了一支手枪，"哗啦"一声拉上了枪栓，对准了扑过来的工头。工头一看黑洞洞的枪口对着自己，吓得僵在了那里，一动也不敢动了。在场的人们都惊呆了。几个泥匠跑过来赶紧拿走了工头高举着的铁锹，随即把他拉走了。又过来几个人七嘴八舌地劝着吴油子。吴油子气喘吁吁地把枪收了起来，嘴里骂道："工程干不好，看老子崩了你。"从那以后，工地上再也没有人敢和吴油子顶牛了，工程进展得很顺利。

发生这件事情以后，工地上的人们就议论开了。有人说吴油子的枪是沙锁给的，也有人说是张捕快给的。其实，吴油子的枪是那天救火后从副县长李元初的屋子里偶然捡到的，谁也不知道那枪里根本没有子弹。

黎明，本该是霞光万道的时候，可今天却是阴云密布，书院的老师和学生都开始晨读了，古宫臣还没有醒来。"古先生，古先生，起床了，起床了！"柳秀慧站在门外面一边敲门一边喊着。

这段时间古宫臣看到人们对修建教堂的热情非常高，这种热情一方面源于安娜牧师极强的动员能力和个人魅力，另一方面源于人们对于自身当下利益和死后升天的追求。人们习惯了道教的修仙、佛教的修行，忽然冒出一个基督教来，加入这个教会死后还能升天，一下子感觉很新鲜，于是便纷纷去修建教堂的工地参加劳动。古宫臣觉得固山书院也应该整修一下了，自从那年卢占魁祸害了书院，他雇人整修后到现在又过去了几年。门窗倒是没啥破损的，可有些窑里墙壁上的泥皮掉了不少，好多都露出石头茬，一副要塌下来的样子，看着挺吓人的。还有那三个殿，还有院墙和路面等，古宫臣拿起笔来一一记了下来。如今王甘承不在了，这些事情需要他自己干了。现在材料和工钱都涨价了，古宫臣大体算了一下，需要1200块大洋。他想了想后，找了一把铁锹，挖开了地下埋着的缸，揭开了上面的石板盖子，第一眼就看见里面放着一个红布包。古宫臣把红布包拿了出来，放到炕上打开一看，是一本手写书和一个账本。他翻开账本看了一下，上面写着上次修书院的花销，密密麻麻写了好几页。这是王甘承先生的笔迹，一想起王先生，古宫臣的心里伤感起来。他放下账本，又拿起书来看了一下，是一本《固山书院志》，古宫臣心里想："怎么会有一本《固山书院志》？这么多年了没有见过不说，连听都没有听过，这……"

古宫臣赶紧取了1500块大洋，把石板盖子盖好，填好了上面的土，又把方砖照原样铺好，把地打扫了一下，拿起那本书看了起来。这是一册手写本，小楷写得非常漂亮，由于保存得不太好，有的地方破损严重，有的地方字迹也模糊不清。封面上写着"固山书院志"，下面的落款是："光绪十五年冬，典史署周侃。"古宫臣如获至宝，一页一页看了下去。

固山书院建立于明朝嘉靖五年（1526）秋。那年正是十年九旱的平鲁少有的丰收年。当时平鲁县称"平虏卫"，由于边关战事吃紧，少有念书的学童，但考虑到平虏卫毕竟是县级机构，没有学堂怎么能行？遂开始设置"卫学"，称"平虏书院"，令适龄儿童入学念书。讲学的教室叫"明伦堂"。"哦，那块'明伦堂'的牌子原来是这么来的。"古宫臣继续往下看。书院一开始建在东门口的北面，嘉靖三十七年（1558）又移建在卫署东面，崇祯十三年（1640）又改建在卫署西面，也就是现在的这个地方，可是一直没有完工。清朝雍正二年（1724）继续修建。雍正三年（1725），岳钟琪担任了朝廷的兵部尚书，同时还担任着陕甘总督的职务，他经常往返于京城和陕甘之间。一次，在路过平鲁县时停留一天，在县城内视察。看到这个"平虏书院"后心里很不舒服。"平虏卫"都改成平鲁县了，怎么这里还保留了一个"平虏书院"？

明朝的时候，中原的汉民族把北方的少数民族统称为"鞑虏"。清朝建立后，很忌讳这个"虏"字。岳钟琪虽然是汉人，可他毕竟是清廷的兵部尚书，既然看见了，就不能不管。他站在北固山上俯瞰着全城，一切尽收眼底。他忽然想起平鲁八景中有个"固山巍焕"，随即对身边陪着他视察的知县杜奉文说道："把你们的'平虏书院'改为'固山书院'！"知县遂请岳钟琪题字。岳钟琪欣然应允，挥笔写下"固山书院"四个大字。杜奉文欢喜不已，命人刻制了一块牌匾，还贴上了金箔，挂在了书院的大门上，从此"平虏书院"就改为了"固山书院"。看到这里，古宫臣心里才知道这块牌子的来历，原来牌子落款的"东美"就是岳钟琪啊，他有些吃惊了。后来经过三次扩建，到光绪十二年（1886）全部建完，就是现在的这个样子。唉……要不是我把书院买下，这里早已经养了羊了。看来修葺书院是很有必要了，不能让它塌毁了，还要继续办下去！

古宫臣看了整整一晚上书，黎明时才靠着被子睡着，怨不得没有早起。他刚刚睡着一会儿就听到了柳秀慧在喊他。他爬起来，打开门，把手中的书递给了柳秀慧说："你也看看这本书！"

第三十五章

　　修建教堂的工程进展得很快，今天是大礼堂上梁的日子。一大早，工地上就热闹了起来。小孩子也早早地起了床，要到工地上去看响炮。他们跑来跑去，玩得很是起劲。胡大也早早地来了，坐在一摞砖头上。讨吃棍和一个脏兮兮的布袋子放在一旁也不去理会，嘴里含着一根纸烟。在他的周围围了不少人，像是在听他说着什么。他吸了一口烟，放声说道："看见没有，教堂盖房子都是用的砖头，垒砌的墙壁光溜溜的多好看啊。你看那窗口上垒的砖，那都是用洋灰做浆砌成的，很结实的，炮弹都打不塌。"平鲁县的人们没有见过什么是"洋灰"，听胡大一说，觉得很新鲜。有人问道："哪里有洋灰啊，我看看。"胡大用手一指："那面草帘子盖着的就是。"人们便跑过去看"洋灰"去了。

胡大一看人们都跑了，没有人听他说话了。他拿起袋子，夹着讨吃棍向工地伙房的方向去了。别看胡大脏兮兮的，胡子拉碴，整日蓬头垢面的。其实，他的年龄还不到三十岁呢。胡大的记性好，又四处讨饭，去过很多地方，也算是见多识广的一个人。在平鲁县，不管是大人小孩，只要见到他，都愿意和他说上几句话。

好几根中间拴着红布条的房梁在木匠、泥匠们的吆喝声中平稳地放到了房子的山墙上。快中午了，最后一根梁也放了上去。这时，鞭炮、麻炮一起响了起来。从声音里就可以辨别出是哪种炮在响。各种炮声交织在一起，震耳欲聋，场面极其震撼。有的女人和孩子还用手捂住了耳朵。

上梁的日子人多，伙房里人手不够，来了许多帮忙做饭的女人。一只只黑色的二号盔里放满了金黄色的油炸糕，香气四溢。几口大锅里烩着的猪肉、豆腐、粉条、山药片子还没有出锅，咕嘟咕嘟地冒着热气。一个大师傅模样的人搬出了一只黝黑瓦亮的酒坛子往碗里舀酒，酒的香味、炸油糕的香味、烩片子的香味弥漫在工地上。

吴油子可吃上劲儿了，他满脸通红，举着一只酒碗频频向人们敬酒。"我代表降县长，感谢父老乡亲对我县修建教堂的支持，感谢大家。"人们说道："吴油子，你说醉话哩吧，哪有降县长，是郑县长吧！"吴油子高声说道："你们还不知道吧，郑富贵早就跑了，昨天来了一个降县长，今天我去请他来，他说让我代表他敬大家一杯酒。"人们说："哦，原来如此。"

古宫臣也接到了安娜的邀请，但这种热闹他是不会去凑的。柳秀慧说："这种场合你还是去吧，借此机会与大家沟通沟通也是一件好事，积攒点人气，对书院也是有好处的。"古宫臣一想到为了书院，又看到柳秀慧那双真诚的眼睛，就说道："好吧，我去。"

古宫臣看到萧乐道、田斌、高二、班明宗、齐富、师批、田家农、蔓金仙、蔓金雀都来了，还有班步轩老爷子也来了，坐在了正面的桌子旁。来的人除了小孩子，大人们他都认识，可就是没有看见班义宗。他忽然看见母亲和小翠也在和一些女人坐在一桌，正在边吃边说笑着，一副很开心的样子。古宫臣没有喝酒，也没有上桌子坐。他端了一碗烩片子，夹了两个油炸糕坐在靠墙的一个角落里边吃边看。安娜牧师远远地就喊上了："古先生，你好，我敬你一杯。"说着走到古宫臣的面前，把手中的酒碗递了过来。古宫臣说："我不会喝酒。"安娜微微笑着说道："我也不会喝酒。再说了，今天的日子我也不能喝酒。"古宫臣说道："好啊，那就谁也别喝了。"

"喝，喝，怎么不喝！"班明宗走了过来。他看着安娜，伸手拍了拍安娜的肩头说道："安娜，我也入了教，是不是啊？"安娜点了点头。班明宗喝了一口酒又说道："我能主下教堂的一多半事儿呢，是吧安娜？"安娜又点了点头。班明宗又说道："古宫臣，你看到没有，哥哥我走到哪里都是一把好手！"说完后拿着酒碗走了。古宫臣望着他的背影，略有所思地摇了摇头。安娜忽闪着眼睛看着古宫臣说道："他是个好人，捐了500块大洋！"

晚上，一阵大风刮来，泥土味直往鼻子里钻。过了一会儿天空阴云密布，下起了小雨。洪拐子坐在炕上刚刚吃完饭，装上一锅旱烟有滋有味地吸了起来。洪嫂一边洗锅一边说道："这雨来的真是时候啊，春播才完了就下一场雨，老天爷还真是照顾我们。"洪拐子推开窗子看了看外面，黑咕隆咚的，啥也看不见。忽然，雨中传来了说话的声音，时有时无的，听不大清楚。他关上窗子问道："我听到咱们院子里有人在说话，你听到了吗？"洪嫂嘿嘿一笑："哎呀，忘了告诉你，咱们东下房里今天住着从太原来的公家人，说是省政府的干部，是县公安局田局长来号的房子。""哦，是吗，他们来干啥呢？"洪拐子吸了一口烟问道。洪嫂吞吞吐吐地想说，又咽了回去。洪拐子好像感觉到了什么，提高声音问道："究竟有啥事情，赶紧说。"洪嫂看了看洪拐子，小声说道："听他们说要整顿村制和改革村政，听说还要抓人哩。""是吗，那为啥住到咱的院子里？"洪拐子说完后一副心事重重的样子。洪嫂说："他们说是为了了解民情。"洪拐子看了看窗子，回头对洪嫂说道："你可不敢瞎说，免得带来祸事！"

外面的雨越下越大，洪拐子躺在炕上翻来覆去怎么也睡不着。他从来不失眠，特别是在夜里，一躺下就打呼噜。今天是怎么了，以前从来没有过啊。

人们修建教堂时表现出了前所未有的积极性，班义宗实在是看不下去了："修建学校时人人都成了缩头乌龟，建个洋人的教堂就这么积极，我可悲的父老乡亲啊，你们怎么这么不明事理！"说完后长叹一声，收拾了东西后连夜去了太原。

修葺固山书院的工程也开工了。首先把所有窑头上的杂草清除掉，然后用黄土和石灰拌在一起摊在了上面，有二尺多厚，再用木板打结实了，这样可以确保五六年不漏水，如果打好了，十多年也没有问题。康二小除了做饭以外，还负责收料监工，虽然比往常忙了许多，但他心里却美滋滋的，一口一个"慧姐"。柳秀慧管着钱，康二小负责花钱。一担黄土多少钱，一担石灰多少钱，一个工人每天多少钱，全由他说了算。人们每天都会看见一高一矮的两个人时不时地出现在工地上。高的是柳秀慧，矮的是康二小。风大的时候，人们真担心站在窑头上监工的康二小会被大风刮走。

降县长来了后，抓教育的第一件事就是成立了女子小学。校址设在了城里钟楼东街的财神庙里，从高小里派了齐富去当校长，第一次招生就有30多个女孩子去念书。人们都夸赞降县长又做了一件大好事。可洪拐子却恼怒了："哎呀呀，败了兴了，这还了得，一伙女娃在财神庙里念书？冲的啥运气也没了，这不是断了人们的财路？"洪拐子约了几家富户去见降县长，要求把女子小学从财神庙搬到别的地方去，最好是固山书院，那里还能放下许多学生。降县长一听火气就上来了："固山书院是古宫臣的，那是私人的地方，我们又不给人家拨款。我上任的头一件事你们就反对，这还能行？财神庙的女子小学是官办小学，你说搬就搬？你算老几？"

洪拐子讨了个没趣，回到家里正在生闷气，他的女儿洪嘻嘻吵闹着要去女子小学念书。洪拐子一听就火了："不能去！咱家的财路不能让你去财神庙给搅了！你都16岁了还念啥书！"洪嘻嘻非要去："人家蓝四的女儿19岁了还去念书，我为啥不能去！"洪拐子更火了："你死了也不能去！"

吃过午饭后，洪殊抹着眼泪来到了古宫臣的窑里："古先生，下午我要回家去。"古宫臣问道："有事么？"洪殊说："我妹妹死了，我回去给她烧张纸去。"古宫臣一惊："因为啥？"洪殊说："因为念书的事。"

"又出了一个烈女！这城里是怎么了，上吊的上吊，跳井的跳井，要不找吴油子给算算吧！这是洪拐子的二女儿。这娃平时也是气性大，遇事想不开，走了这条路了。上次，古宫桃在书院里上吊被救过来了，没有死成，这洪嘻嘻可是没救了。""李郎中都救了半天了，没有救活啊，听说已经许配给人了。""为啥要寻死呢？""还不是因为念书的事情。洪拐子供儿子念书，不供女儿念书，可这二女儿非要念书，这不一气之下跑到南门外跳井了。还不都是政府弄的，说要搞什么义务教育、强制教育，人人都要念书识字。""那也得看看家庭情况嘛，洪拐子一个庄稼户，哪有钱供女儿上学呢，能够供儿子上学就不赖了。""那洪拐子可一点不穷，他的钱都装了好几大缸，埋在牛圈里。不说这些了，待会儿看啊，看老洪怎么收场，不让女儿念书，逼死了女儿，这要是让政府知道了，这可是大罪啊。"人们七嘴八舌地议论着。

洪拐子草草埋葬了女儿，第二天就夹着连枷、叉子、扫帚到打麦场去了，那里还有没有打完的六垛子莜麦。他把捆着的莜麦解开，仔细铺在了地上，把整个打麦场都占满了，等到晒上一个时辰后，再翻一遍，再晒上半个时辰，就要套上骡子拉上碌碡碾场了。莜麦铺好后，洪拐子蹲在一旁装了一锅烟丝，"吧嗒、吧嗒"地抽了起来。他望着从嘴里吐出的青烟，想起了惨死的二女儿，想起了儿子洪殊，感觉自己有些过分了，后悔也来不及了。想到这里，他呜呜地哭了起来。

"老洪，别哭了。这人都死了还能哭活？"洪拐子擦了一把眼泪，抬头一看，是警察局长田斌。他吓了一跳，哆嗦着嘴唇说："是……是……田局长……这？"田斌说："你不让女儿念书、逼死女儿的事情降县长都知道了，现在不做处理，等省里的干部走了以后再说。听说你和他们说了不少县里的坏话，什么不重视教育，什么卖了老祖宗传下来的固山书院，什么破坏财神庙等等，这些降县长都知道了，要不是安娜牧师给你说情，这会儿就把你抓起来了。"洪拐子说："我没有……没有说这些啊，这是谁告的状？全是诬告……全是……"呜呜呜，洪拐子万般无奈地又哭了起来。

田斌拍了拍洪拐子的背说道："我说老洪啊，你的儿子念书那么好，为啥不让女儿念书呢？我就不明白了。你重男轻女的封建思想要好好改改了嘛！"其实，洪拐子心里清楚，自己不是重男轻女，确实是那天火气太大，没想到洪嘻嘻比他的火气更大，连命都豁出去了！唉……

这天，降县长问田斌："你说说，你们平鲁是不是有三宝？"田斌说："我也不是平鲁的，这个事情我也不知道，只是听他们当地人说过，究竟有没有我确实不知道。"降县长又说道："金砖、冥钟、羊皮袄……这三件宝，我就见过那口冥钟，金砖和那件羊皮袄还没有见过。听说……那件羊皮袄挺神奇的，还会说话，你知道吗？"田斌点了点头，随后又摇了摇头。降县长见也问不出个什么，只好作罢。

固|山|书|院

第三十六章

　　固山书院的修葺工程和教堂的新建工程在同一天竣工了。新建的叫"大教堂"，原来的叫"小教堂"。小教堂完全变成了崇实小学的专用场地，也有 30 多个学生在那里念书。古宫臣又收到了安娜让他参加竣工典礼的邀请函，这回他以固山书院也要举行竣工典礼为由拒绝了。

　　固山书院这边根本就没有举行什么竣工典礼，只是给全体工匠吃了一顿油炸糕。除了油炸糕外，还有康二小做的烩菜和凉粉，可以敞开了吃。还有瓶装汾酒，也管够。饭后，另外多给了每人 5 块大洋的工钱，师傅和小工们感激不尽。像这样的东家，十年也遇不到一次。

　　康二小看着修葺一新的固山书院，心里很是高兴，他前前后后看了个遍。当他走到财神殿、大成殿和释迦殿前的时候，不由地推开大成殿的门走了进去。他先给供桌上的香炉里上了一炷香，然后拜了三拜，口中念念有词。他想起了任武行和他说过的事儿，每天要到大成殿里检查一下，看看供桌旁边的那个暗器开关打开没有。要是关了，暗器就不会发射了。那天郑富贵来刨金砖时不知道是怎么搞的，暗器开关是关着的。这个暗器开关就连古宫臣也不知道，只有任武行和他两个人知道。

康二小拜完以后，走到供桌旁边撩起桌幔看了看那个暗器开关，是开着的，他又用手往上推了推，确保没有问题。他放下桌幔，放心地长出了一口气，笑眯眯地走了出来。康二小看着修葺一新的固山书院，感到心里无比畅快，就像看到自家的院子一样高兴，背着双手慢慢地走向厨房走去。

教堂那边去了很多人，吵吵闹闹的很是热闹。县政府也去了不少官员，但降县长没有去。他觉得他是代表政府的，不能随随便便地去参加一个洋人教堂的竣工典礼。"要是书院……请我去，我肯定去。听说书院今天也把工程做完了，可他们为啥不办一个竣工仪式呢？这个古宫臣，性格还挺别扭的！也有像我的地方，可又不像。"从心里讲，他很不情愿来平鲁当县长，很多同僚也劝他活动活动，可以到富庶之地当县长。他不愿意那样做，既然上面让他来平鲁县当县长，就有一定的理由，要是不想来就找上面活动，那不是给上司添麻烦吗？富庶之地有富庶之地的好处，贫瘠之地也有贫瘠之地的好处。这平鲁县除了收税之外就是个教育了。这里农业薄弱、工业没有、水利建设没有，工作比较单一。前半年的税收已经完成，接下来就该研究一下教育工作了。

半个月后在县政府会议室里，降县长主持召开了全县教育工作会议。参加会议的有40多人，满满地挤了一屋子。古宫臣也来了，他现在被降县长聘请为县政府劝学所的视学员，手下还有 3 名劝学员。降县长清了清嗓子问道："《人民须知》大家都有吧，都学习过了吧。从现在看，大家对义务教育的理解还不深，更不透彻。义务教育是个新鲜事物，在《人民须知》这本书里有很明确的解释和规定。"降县长翻开书看了看，抬起头来朗声说道："凡是山西百姓，不论贫富贵贱的小孩子，七岁到十三岁，这七年内须要有四年上学这就叫国民教育。凡上过学的人，知识就高了，身体也壮了。作为父母的，无论如何贫穷，总要让子女上学。供养子女上学是父母对于子女的义务，又叫义务教育。国家法律规定，人民若不上学，就要罚，罚了还得上学，这叫强迫教育。"

降县长讲得很激动，喝了一口水又说道："民众无知识，政权就会被少数人控制，用来为他们牟利，所以要提高民众的文化知识。"他的声音铿锵有力，从屋里传到了屋外，还惊飞了杨树上落着的几只麻雀。"降县长，我们学校缺先生，啥时给我们派上几位先生呀。"坐在屋角的一个戴着草帽的人说道。降县长看了那人一眼说："你看你，民国都建立多少年了，你还叫先生，现在应该叫老师。有关县里的教育情况让县政府劝学所的视学员古宫臣给大家说说。"

古宫臣清了清嗓子说："我给大家把咱平鲁县办教育的情况讲一讲。我们县有初小，有高小，还有女子小学，大一些的村子也办起了小学。从目前来看，师资短缺的问题短时间内很难解决。明年正月太原国民师范学校就来我县招收学生，两年后，这些学生回来就能派上用场了。他们回来后，我们办一个短训班，从全县招收念过五年以上私塾的有文化的人参加培训，三个月一期，我们就可以在短时间内给大一些的村子派去一些老师，以解燃眉之急。另外，我们还要在井坪办第二高小。"古宫臣的话引起了一阵热烈的掌声。

降县长四下看了看参加会议的人们："我还要宣布我县对教育工作的一项优惠政策。"说完从中山服的口袋里掏出了一张纸，展开后念道："平鲁县政府对学校办学之专用经费明……"

班明宗坐在会议室的角落里不断地抽着烟，时不时地看上古宫臣一眼，眼里满是羡慕与嫉妒。羡慕的是古宫臣不管干什么事都能收放自如，嫉妒的是他怎么会进入了降县长的"眼里"，很快就成了降县长的"二道扣门子"。班明宗对降县长的做法极为不满，特别是听说县里要派人来清查他的账目，这使他坐卧不宁。班明宗挪用了高小的三笔办学经费给了安娜，让她修教堂，这要是让降县长查出来……还不是吃不了兜着走！

班明宗在吴油子的忽悠下对安娜产生了浓厚的兴趣，给了安娜很多钱，来博取她的信任与欢心，还想和她上床。没想到安娜是个见多识广的女人，能从英国来到中国，又从上海来到太原，又从太原来到这偏僻的小小的平鲁县，她什么没有经见过？作为对班明宗的回报，安娜送了他一件十分"珍贵"的礼物，一个榆木做成的"十字架"，还亲自给他挂在了脖子上，最后还在他的左脸颊上亲了一口。为此，班明宗激动了好几天，就连回家看老婆和儿子的眼神也变得不耐烦起来。他以为安娜要顺从他了，几次想动手，可安娜指着教堂墙上挂着的耶稣像说："这里是圣洁的地方，你发过誓，这样做要下地狱的！"班明宗吓得赶紧缩回了手，不敢再放肆了。

不过，对于班明宗来说，他还是有"收获"的。蔓金仙信佛，只来过教堂两三次就不来了。蔓金雀没有信佛，在墨吉顺死后也没有找下个合适的人家。自从安娜来到平鲁后，她就加入了安娜的教会。除了礼拜日必到教堂外，平时也是有事没事就往教堂里跑，这引起了班明宗的注意。一天，班明宗仔细打量了一下蔓金雀。啊呀，这蔓金雀原来是个大美人啊！可以说和柳秀慧有一拼，只是在气质上略输一筹。眼睛、嘴唇、眉毛、脸盘以及身段都不相上下……这……

那天，蔓金雀刚从教堂里走了出来，班明宗就迎上去说："金雀儿，做礼拜了？"蔓金雀一看是班明宗，就说道："还没到礼拜日，我来打扫打扫教堂。"班明宗说："我这里有几个苹果，你拿回去吃吧。""不不不，我不要！"蔓金雀连忙说道。班明宗扬了扬手里的纸盒子，一股苹果的香味扑面而来："哎，这是教堂里的圣果，不拿是有罪过的！"蔓金雀迟疑了一下，接过了班明宗手里的苹果盒子，道了谢转身就要走。班明宗又说道："你是个信教的信徒，这就很好嘛，改天我还给你送家里去，你就放心吃吧。"

只隔了一天，班明宗就把苹果送到蔓金雀家里了。蔓金雀闲来无事正在一方手绢上绣花，她看见班明宗进来了，就说道："班先生，你坐呀！"说完后给班明宗倒了一杯茶，班明宗也不客气，放下了手中的苹果，接过茶就喝："金雀儿，我给你送圣果来了……"

班明宗看着蔓金雀婀娜的身体和粉嘟嘟的脸盘儿，心"砰砰砰"地跳个不停，快要从嘴里蹦出来了。蔓金雀说："你还真送呀……谢谢你……""你怎么谢我啊？"班明宗说着话，眼睛火辣辣地盯着蔓金雀的眼睛，蔓金雀害羞地低下了头："这……还没有想好……怎么谢！"班明宗伸出手来，一下拉住了蔓金雀的手："看看这手，啊呀呀真巧，还会绣花……"班明宗摸着蔓金雀的手，顺势把她拉到了怀里，坐在了他的腿上。蔓金雀的脸更红了，呼吸也急促了起来，班明宗伸手一阵乱摸，蔓金雀浑身瘫软下来，班明宗把她抱到了炕上……

散会后，班明宗回到家里向老爷子班步轩借钱，谎称高小的经费下不来，想暂时用一下，等经费下来后立马还上。老爷子也听到了一些风声，感觉儿子不走正路，死活不借。班明宗软硬兼施，最后班老爷子答应只借给 50 块大洋。这……这不是杯水车薪吗？班明宗转念一想，有了总比没有强，50 就 50 吧。别看班步轩上了年纪，但他还是很精明的，知道儿子借了也还不上，有借无还，还是少给他一些吧！

西北风把北固山上的积雪不断地吹到固山书院的院子里，怎么扫都扫不完。中陵河一如既往地结了冰，古宫臣在正对书院大门的冰面上凿开了一个大口子，让康二小到这里挑水。书院离城里最近的水井也有一里多远，每年冬天中陵河结冰后古宫臣都会这么做，这给康二小省了不少的路。康二小有些不解地问道："那其他季节为啥不能挑河里的水吃？"古宫臣说："河面上不结冰了，各种牲畜都在河里喝水，河水被弄脏了，人就不能吃河里的水了。河面结冰后，牲畜们喝不上河里的水了，水就不会被弄脏，所以人才能喝。"康二小嘿嘿一笑说："原来是这个道理啊，还是古先生有学问。"

礼拜日，古宫臣第一次推开大教堂的门走了进去。安娜坐在牧师的位置上，披着一条羊毛披肩，鼻尖微红，显得脸色更白了，双手不停地举到嘴边呵一口热气，然后放到面前的经书上，她念一句，坐在下面的教徒念一句。宽敞的礼堂里零零散散地坐着一些人，显得礼堂更加宽敞，也更加寒冷了。

安娜牧师："天哪，要听！地啊，侧耳而听！"

教徒："天哪，要听！地啊，侧耳而听！"

安娜牧师："因为耶和华说。"

教徒："因为耶和华说。"

安娜牧师："我养儿育女，将他们养大。"

教徒："我养儿育女，将他们养大。"

安娜牧师："他们竟悖逆我。"

教徒："他们竟悖逆我。"

……

安娜对古宫臣的到来显然有些吃惊，她虽然看到了坐在最后的古宫臣，但还是继续诵经，直到结束后教徒们全部走出了教堂，她才缓缓走到古宫臣面前说："你好！"然后伸出手来要和古宫臣握手。古宫臣回到平鲁后对握手的礼节几乎全忘了，全部以作揖代替。他迟疑了一下，还是伸手握住了安娜的手，然后赶紧放开了。

安娜说："到我房间里坐吧，这里太冷了。"古宫臣说："就一句话，在这里说吧。"安娜忽闪了一下眼睛，把抱在胸前的圣经放到了面前的桌子上，又伸出手来放在嘴边呵了一口气说："你说！"

"我想让你给我的学生上英语课。"古宫臣说道。

安娜又是一惊："你不是开玩笑？"

古宫臣说："年后我的学生要考国民师范，很可能要加试英语，所以今年就要开始学习，到明年恐怕就晚了。"

安娜笑了笑问道："我的《劝世箴言》……"

古宫臣说："明天你到书院上课时我就交给你。"安娜又伸出手来说："一言为定！"古宫臣握住安娜的手说："一言为定！"这次，他没有迟疑。

第三十七章

省立国民师范在平鲁县的考试一直拖到了秋后才开始进行，这给了古宫臣充分的准备时间，他的"十三太保"全部上场参加考试。

县政府门口靠东的一面砖墙上贴着一张布告，雪白的麻纸上写着漆黑的字，鲜红的大印清晰可见。蓝四站在那里断断续续地念着："……我县决定选拔十名学生到省城太原参加省立国民师范学校的招生考试。凡被选上者，县政府拨出专款供其去太原参加考试。凡考上国民师范学校者，县政府每年奖励学生二十块大洋，以资鼓励……民国十四年八月二十五。"

"哦，咱们县里对教育这么重视啊。""可不是吗，这几年政府对教育看得紧呢，省政府每年都要督查县里的教育，要是教育搞不上去，县长要被罚款的，严重的还要被免职呢。""有这么严重吗？""有啊，你看看咱们县的郑县长不就是被免了吗。这降县长来了还敢怠慢啊。"人们站在那里七嘴八舌地议论着。

　　发榜的日子终于到了，洪拐子赶忙去看。还是在县政府门口靠东的那面砖墙上贴着一张纸，纸上写着漆黑的字。洪拐子不认识字，赶忙问了问身边的人们。"有我儿子吗？""有啊，有啊。那不是吗，洪殊，第三个就是啊。第一名墨仁，第二名水生，第三名洪殊，第四名蓝宪，第五名黄存财……"一个学生摸样的青年人说道。洪拐子长长地舒了一口气，急急忙忙往家里走去。一边走一边想，这下好了，对于嘻嘻的死降县长不会追究我的责任了吧？洪殊考上了，考得还不赖，是第三名。

　　过了几天，县政府派人正式通知了学生的家长。蓝四也接到了通知，是田斌来和他说的。"你的儿子蓝宪通过了县政府的选拔考试，过了十月初一要到太原参加国民师范的招生考试了，你准备一下吧。"蓝四又高兴又犯愁。高兴的是儿子考上了，念书后一定会有出息的。愁的是到哪里去借钱呢？得给儿子凑学费吧。没有学费怎么到太原念书呢？正在愁眉不展之际，降县长派人送来了二十块大洋，说是县政府给的资助。还说到太原国民师范念书，伙食费都是免费的，不用自己掏钱。蓝四一下高兴了起来，天下还有这样的好事情让自己碰上了。感谢老天啊，感谢老天啊。

　　洪殊偷偷地来到了妹妹嘻嘻的坟前，他想在去太原之前给妹妹上个坟。太阳升得老高了，野地里的白霜还没有融化。地里割完莜麦的茬子上、杂草上和新耕过的土地上全都挂着霜，白茫茫的一片，就像刚刚下过雪。

　　洪殊呵了呵冻红了的双手，泪光闪闪地看着眼前这座新坟，想要说些什么，嘴唇动了动却什么也没有说出来。平鲁县有个乡俗，未嫁出去的女孩子非正常死亡的是不能埋进祖坟的。洪殊想到这些，看着妹妹孤零零的这座坟，心里难过极了。他伸手抓了一把坟上的土用劲握着，像是在紧紧地抓着妹妹的手，生怕一松手妹妹就会消失了似的。他暗暗发誓："妹妹啊，等哥哥我有出息了一定给你补办一个隆重的葬礼，给你烧很多书，让你在阴间读个够。还要给你裱糊一座漂亮的学校，让你安安心心地在里面读书。妹妹啊，你安息吧！"

一阵风吹来，他放眼望去，大地上的白霜全被太阳晒得融化了。土地变成了黄褐色，莜麦的茬子、杂草都变成了金黄色，在太阳的照射下光亮亮的，直刺人的眼睛。

转眼十月初五也过了。古宫臣受县政府的委托要送这些学生去太原参加考试，他通知选拔上的学生们十月初九出发。只有三天时间了，他让大家赶紧准备，十月初九早晨八点到县政府集合，一起走。

天刚蒙蒙亮，洪拐子就起了床，赶紧让老婆起来给洪殊做饭。他只念过三年书，还是王甘承硬让去的。因为没有好好念书，吃过大亏。如今儿子能够去太原参加考试，这真是几辈子修来的福分啊。他激动得好几天睡不着觉。儿子的铺盖两天前他就给捆好了，放在堂屋里。另外在一个用毛绳编织的兜子里装了五个白面馍馍、炒熟了的两碗大豆，还有二斤多豌豆炒面，还有一双新做的棉鞋和一双袜子，鼓鼓囊囊装得满满的。吃过早饭后，他赶着骡子车把儿子和行李送到了县政府的门口。

县政府的大门外已经来了不少学生和家长。等了一会儿，古宫臣从里面走了出来。他大声喊道："都到了吗，我点点名。墨仁、水生、洪殊、蓝宪、黄存财……"古宫臣一个一个叫着，不时地抬头看看。十个学生都到齐了，他宣布了几条注意事项：

一、路上无论大小事情必须统一行动，不允许单独行动。

二、个人有事情必须和我说明，不允许擅自决定。

三、坐车不许打瞌睡，小心掉下来……

他的话还没有说完学生们就发出了一阵笑声。"好了，我不多啰唆了，上车出发。"古宫臣说着挥了一下手，学生们向停在一旁的马车走去。

这辆大马车是县政府雇来的，专门为了送这些学生。大多数学生都没有坐过大马车，也没有出过远门，更不用说是到省城太原了。这是一辆新式的大马车，车辐辘是橡胶的，车辕上还装着一个铁制的手闸。整个车架子用绿色的油漆刷了一遍，显得整洁大气。围观的人们说这是一辆军用马车。车夫把铺盖卷装到了车上，用绳子绑好，然后安排大家坐了上去。车前面有三匹马，驾辕的一匹，拉车的两匹，属于一辆两套马的马车。是雇一辆两套大马车还是三套大马车，古宫臣还动过一番脑筋呢。他做了精确的计算，一共要坐十三个人。十个学生，一个赶车的，一个跟车的，再加上自己。平均每个人按照一百二十斤计算，一共是一千五百六十斤，加上铺盖和行李，每卷按照三十多斤计算，一共是三百多斤，加起来不到两千斤，正好是一辆两套马车拉的重量。如果雇一辆三套马车，那要拉三千多斤呢，车费贵了许多，不合算。他去平鲁县城东八道街的大车店里跑了好几趟才雇下了这辆两套马车。车夫吆喝着，马车开始走了。赶车的车夫坐在车的左前方，古宫臣坐在车的右前方。跟车的坐在车的右后方，便于照看车的后面。学生们就随便坐了，十三个人坐上去还显得很宽松。像这样的大马车可以坐二十多个人。平鲁县城每天有一趟跑朔县城的马车，也是一辆两套马的马车。每天早上六点多从平鲁县城东八道街的大车店里出发，到朔县城里东关街的车马大店里。坐一趟车要花五枚铜钱，如果行李多了，还要另外加钱。朔县城里东关街的车马大店里每天也有一趟跑平鲁县的大马车，终点站是平鲁县城东八道街的大车店。一般人们去朔县或者是回平鲁都是步行，有公差或是做买卖的才能坐得起车。赶车的车夫看上去很有见识，黑红的脸膛，浓眉小眼睛，腰间扎一条白灰色的布腰带。跟车的是一个二十多岁的后生，虎背熊腰，看上去要比车夫老实许多。马车拐了个弯儿向南门走去，人们直到看不见车了才三三两两地说着话走开了。

半个月后，古宫臣风尘仆仆地从太原回来了。他先去县政府向降县长汇报了考试情况，十个人全部考上了。消息很快传遍了县城的大街小巷。"是啊，多不容易啊，咱们县里的十个娃都考上了，这真是平鲁县的一大喜事啊。赶紧去庙里烧香，赶紧去庙里烧香，洪拐子催促着老伴。"不一会儿，文庙里聚集了不少人。蔓金仙和蓝四也来了。蓝四挎着个篮子，里面放着三把檀木香、两支红蜡烛、四个白面馍馍，还有黑枣、柿饼、核桃等。蔓金仙恭恭敬敬地上了三炷香，默默念叨着："祝福儿子墨仁学业有成。"蓝四点着红蜡烛放在了供桌上，也跪在那里不停地祷告着。除了考上国民师范学生的家长外，还来了许多人，烧香的、上供的、点灯的，文庙里热闹了起来。直到过了晌午人们才渐渐少了。在一旁的胡大高兴起来了，他看着供桌上堆积如山的供品，心里思谋着这些供品够他今年冬天吃了。哈哈……胡大不由得笑了起来。

最不高兴的是萧乐道和班明宗，他们两个学校的考生在参加县里选拔考试的时候就全部被刷下去了。古宫臣的"十三太保"考上了十个，要不是只要十个，恐怕那三个也会考上的。班明宗说："我们两个公办学校就考不过一个私塾？他固山书院不就是一个私塾吗？这都民国了，还允许它存在？我明天上县政府告他去！"萧乐道说道："你告啥呢？告人家比你考得好？我看还是算了吧。"班明宗又说道："他以前靠着郑富贵给他撑腰，这回郑富贵跑了，我看那个降县长还会给他撑腰？还会批准他办私塾？县里不行，我上省里告他私办私塾，看看有没有人管。"

那天，古宫臣的学生们在太原参加了国文和算术两门考试后，下午，来自运城、临汾、忻州等地的考生都考了音乐（乐器和唱歌）、美术（绘画和书法）、体育，有的还考了武术，包括太原的考生也都是这些项目。来自平鲁的考生考的却是英文。他们不仅用英文写作文，写完后还当着考官的面朗读了一遍。这一下惊呆了所有的考官，他们都不相信眼前的事实："你们是怎么学会英语的？"古宫臣说道："我们有英国的老师。"

没想到这句话传到了省里陆乾的耳朵里，他有些吃惊了："平鲁不是个穷县吗？怎么会请得起英国的老师？听女儿陆妙霞说过，他有一个先生是平鲁县的，在山西大学堂读书。看来这个平鲁县也不像人们说的那样一无是处。"他忽然想起了那个李思瑶，马上拿起笔来给李思瑶写了一封信。信中说让他好好工作，一定要把平鲁的教育搞好，万万不可懈怠。他不知道李思瑶再也不会收到这封信了。

第三十八章

柳秀慧吃过午饭帮康二小收拾了桌子后，对古宫臣说："我也到庙里去烧一炷香吧，那十个学生全是咱们固山书院的学生。"古宫臣喝了一口茶，说道："去吧，你也拿上些供品，一定要用上好的檀香。你平时也不出去，顺便去散散心也好。"柳秀慧到书院的大成殿里取了一把檀香，又到西街口的水果铺里买了些水果，放到篮子里用左手提着向文庙走去。文庙只有正殿了，两厢的殿房做了学校的教室。柳秀慧进了文庙的大门，径直向正殿走去。

正殿供桌上原来的供品早就让胡大给搬走了，自从文庙改为高小以后，庙祝也撒手不管了，全由胡大折腾。柳秀慧把供品摆好后，点燃三炷檀香插在了香炉上，恭恭敬敬地跪了下来磕了三个头，双掌合十，嘴里虔诚地念念有词。胡大睡在大殿的东南角，一阵檀香味儿窜入了他的鼻子。他一闻到这种香味就知道有贵客来了，连忙爬了起来，睡意朦胧地看着柳秀慧。哦，好像在哪儿见过呢。哦，对了，是固山书院的柳秀慧老师。身上穿的这身衣服……红色的呢子大衣，蓝色的帆布裤子，翻毛女士皮鞋……特别是这帽子，八角白色呢子帽，上面还有几条红丝带。他想起李元初副县长刚刚来平鲁县上任时找他打听过一个女人。他描述过那个女人的长相，说是叫孔瑾瑶，可是这名字不对啊！别看胡大是个要饭的，可他的记性特别好。他走南闯北，到处要饭，消息极为灵通。想到这里，他悄悄地出了门，一路小跑到了县政府门口。进了大门，赶紧打问李元初副县长在哪里。秦二小一听，差点笑得肚子疼了："哈哈哈……好你个胡大，还消息灵通呢！那个李元初早就溜了，你还找他？"胡大悻悻地走出了县政府的大门。

墨吉顺与冯裁缝死了以后，墨吉顺的长工蓝四接手了他的绸缎庄。蓝四不怕吃苦，直接从石家庄进货。他还养起了 5 匹骆驼，搞起了自己的运输驼队，不光给自己运送货物，还运送别人的货物。起先的货站在城里的西五道街，养起了驼队后，货站显得狭小了。他又租了固山书院隔壁的一处地，建起了一个小货站。因为靠近固山书院，所以取名固山货站。有伙房、客房、牲口棚、库房、草料房等，占地有十五六亩，四面围起了一些篱笆墙，白天黑夜都有人看守。和蓝四做生意的朋友有到平鲁县的，或是路过平鲁县的，都愿意到他这里住宿歇脚。蓝四交代过了，凡是他的朋友全都免费住宿，至于饭钱和牲口的草料钱，愿意给几个钱就给几个，随他们的意。

满喜子这几天忙得够呛，除了做一些班家的日常营生外，大部分时间都用在了给班明宗寻找小妾的事情上。他每天怀里揣上些钱满世界地跑。本来想瞒着人们，结果传得人们都知道了。后来县政府派了公安局田局长亲自到班明宗家里和班明宗谈话。"现在是民国了，你还是高小的校长，还敢纳妾？"对田局长的到来，班明宗一点也不害怕，他深知其中的奥妙。嘿嘿一笑，说："局长大人，我有我的苦衷啊，您高抬贵手不就行了吗？"说完给满喜子使了个眼色。满喜子出去了一会儿，拿着一个红布包着的卷儿进来放在了班明宗和田局长之间的桌子上。班明宗笑了笑说道："局长大人，您为了我们地方治安很是辛苦啊，本来早就该去警察局慰问弟兄们的，可就是抽不出时间。现在正好，您来了，代弟兄们收下这些，不成敬意，不成敬意啊。"田局长说："怎么，想行贿啊。"班明宗急忙站了起来："不，不，局长大人啊，这不是给您的，是给弟兄们的，请您代收。县警察局不是正缺少经费吗。"说着拿起桌子上的红布卷儿装在了田局长的衣服口袋里。田局长感觉沉甸甸的，用手摸了摸，足有五十块大洋，脸上露出了笑容，拿起茶杯喝了一口茶说："好吧，我代弟兄们谢过班先生了。不过你纳妾的事情要做得隐秘些，千万不要让降县长知道。"说着起身向门口走去。班明宗连忙说道："那是，那是。"

田局长出了大门，回过头来问道："是哪家姑娘，定了没有？"班明宗说："先后看了几家，估计最后要定蔓金雀了。八字很合，是上上婚。"田局长呵呵一笑："原来是个寡妇，不过，到时候别忘了请兄弟喝杯喜酒啊！哈哈哈哈……"班明宗站在那里愣了好半天没有回过神来，感觉田局长的笑声有点不对劲儿。是讽刺，还是挖苦，还是……总感觉有那么一点不吉祥。警察上门总是没好事啊，带来了邪气，得赶紧找吴油子给破破！

蓝四回到家里掏出一摞银元交给了老婆。他老婆一看，说道："这是哪里来的钱？"蓝四说："到绸缎庄看看，买上些好绸缎，给蔓金雀做一身新衣裳。尺寸嘛，照她的身材做，宁愿做大些，可别做小了，她好像是有身孕了。"蓝四老婆掂了掂手中的银元说："就做一身啊，这钱可用不了说啊。"蓝四说："剩下的是给你的工钱，一定给做好啊。班明宗说你的针线活做得好，你又有儿有女，你给做新衣裳，很吉利。"

蓝四虽然是墨吉顺家的长工，墨吉顺在世时像家人一样对待他，这使得蓝四对墨吉顺忠心耿耿，多少年了一直这样。这几年，蓝四的光景越过越好，儿子也考上了太原的国民师范，也算是个蓝家的读书人了。这也要感谢古宫臣，要不是古宫臣硬逼着他送儿子读书，恐怕儿子蓝宪也没有今天的境况。再过几年给儿子娶上一个媳妇，生上几个孙子，自己也可以安享晚年了。每每想到这些，他就乐得合不上嘴了。

考上国民师范的几个孩子学习都很用功，得到了老师们的一致好评。洪殊、蓝宪、墨仁、水生都得到了奖状，是全校公认的好学生。这天，水生找到洪殊说："快放寒假了，假期准备干什么？"洪殊说："完成学校布置的寒假调查报告，再找古先生学习一些古文。你呢，准备干些啥？"水生说："咱俩搭个伴如何，我也和你一样。"洪殊高兴地拍了拍水生的肩膀说："好吧，放假一回去就做这些。"

就要放寒假了，他们在做着回家的准备。学校教务处统一给他们平鲁县的十个学生买了马车票。听说要修北同蒲铁路了，啥时候修到朔县城就好了，回家时就可以坐火车到朔县了。他们盼望着什么时候把铁路修到平鲁县，那就方便多了。

班明宗正在文庙的正殿里和胡大喝酒，田斌和秦二小走了进来。班明宗看到他们后有些满不在乎："来来来，田局长，和哥哥喝一杯如何？"田斌皱了皱眉头说道："班校长，你怎么和胡大喝酒？你这……"

班明宗呵呵一笑："这有啥？四海之内皆兄弟，来来来，你也坐下喝一口。""班校长，我是奉命行事，来查你的账，赶紧把账本拿出来吧！"田斌一本正经地说道。班明宗一听，转身走出了正殿，走到偏殿的窗子外面对着里面喊道："师玭、田家农，你们收拾一下账本，让田局长查账。"说完后下了台阶穿过院子，直接走出了庙门。田斌望着班明宗的背影不住地摇着头："唉，这个人怎么变成了这样？这还能当校长吗？"

班明宗出了文庙后在街上溜达起来，心里虽然有些慌，但还是强装镇静，是福不是祸，是祸躲不过，管他呢，先让他们查，查出了问题再说。他走着走着，一抬头，看到了固山书院的大门。班明宗信步走了进去，看到两边的菜园子被雪覆盖着，白晃晃的一片，有些刺眼。他舔了一下嘴唇，似乎想起了这里水萝卜的味道。班明宗想了想便向后院走去。

正在打扫院子的古宫臣看到班明宗走了过来，就说道："是班兄，真是稀客，走，到家里坐。"班明宗走进了古宫臣的窑里，也不去坐地上的太师椅，脱了鞋后就盘腿坐在了炕上："啊呀，到底是古老弟的炕，看这热乎乎的，多舒服啊！"古宫臣倒了一杯茶水放到了炕桌上："班兄喝点水。"班明宗拿起茶杯，喝了一口说道："古老弟，那个降县长不是个东西，他要查学校的账，先从我那里开始了，然后是萧乐道和齐富，最后还要查你！"

古宫臣有些奇怪了："查我？这固山书院我买下都好几年了，我没有花政府的一分钱，他查什么？""这个……这个……查以前的账，以前不是官办的吗？"班明宗喝了一口茶说道。班明宗看古宫臣在想着什么，就又说道："古老弟，你得借给我几个钱，我去打点打点，这对我、对你都有好处。我顺便给降县长说说，不用查你的账了，我的话他还是听的。你看……"

"我看啊，就让他来查吧，我的账清清楚楚，明明白白，我以前的账不仅没有问题，我还垫出去好多钱，这一查啊，怕他还要给我补钱哩！哈哈哈。"古宫臣说道。班明宗说道："你不怕查？"古宫臣回答道："不怕！"班明宗一时无语了。想了想又说道："那你也得借我些钱，我……肯定能让他们找出毛病来，磨道里寻驴蹄印哩，那还能寻不见？"古宫臣嘿嘿一笑："你要借多少？"班明宗脱口而出："一千，一千大洋就够了。"他看到古宫臣有些为难，马上改口道："我知道你也不富裕，没有一千五百也行。"古宫臣说："好吧，你容我筹备一下，过个三五天你来取。"班明宗乐得呵呵直笑，双腿伸下炕穿上了鞋，出门时悄悄说道："听说你得了沙锁的一笔横财，你可要小心点，最起码也得堵堵我的嘴……嘿嘿嘿……你是个明白人。"

古宫臣一听这话，心里很不高兴，马上拉下脸说道："沙锁的钱是他自愿捐给固山书院办学用的，这笔钱谁也不能动！我为啥要堵你的嘴？你想怎样？"班明宗见古宫臣生气了，就笑嘻嘻地说道："古老弟呀，哥哥这不是跟你开个玩笑嘛，你还当真了？别这么小气，你一贯是个大度量的人，今天怎么……不过……你今天答应借我的钱可不能反悔！"

固|山|书|院

第三十九章

　　"这钱不能借给他，班明宗是个什么人你又不是不知道！"柳秀慧说道。古宫臣说："我已经答应了人家，说出去的话，泼出去的水，怎么能收回？"柳秀慧说道："那也得看看对方是什么人，像班明宗这样的人你借给他钱，那才是泼出去的水呢，这辈子就别想要回来了。他借钱也不会去做什么好事，为啥要借给他？"

　　古宫臣确实为难了，借吧，很明显班明宗是还不了的，也不知道他借钱要干什么。不借吧，已经说好了，到时候人家上门来取钱了怎么办？三天了，古宫臣也想不出一个好的办法来。五天了，也不见班明宗来取钱。一直过了正月十五才传来了消息：班明宗因为贪污办学经费被抓了起来，究竟怎么处理还要等省里的批复。

省里的陆乾写给李思瑶的信落到了降县长的手里，他看了信后琢磨开了："原来那个李思瑶是攀上了陆乾的关系才来到平鲁的，信中还说了平鲁雇英国老师的事儿，这是谁干的呢？估计是古宫臣，我得去书院看看，实地了解一下这雇英国老师是谁出的钱。"

降县长走进了固山书院，看着打扫得干干净净的路和堆在菜园子里的积雪，不由地啧啧称赞："没有见过，雪堆还大小一致，排列整齐，这古宫臣做什么事儿也要个样子，让人看了心情非常舒畅，真是个人才。"降县长看到任武行、康二小、柳秀慧和那三个学生在小花园里扫雪，就走过去问道："古宫臣在吗？"大家一看是降县长来了，都停下了手中的活儿，抬起头来看着他。柳秀慧说："古宫臣一大早就出去了，是那个满喜子把他叫走的。"降县长说："他回来后让他到县政府去一趟，我找他有事儿。"说完后转身走了。

班步轩一边吸着水烟一边说道："大侄子，现在只有你能救他了。听田斌说，班明宗的案子交到了省里，是你的一个学生的丈夫管着呢，劳驾你亲自去太原跑一趟，花多少钱我全出。"古宫臣说道："老伯，您为啥不去找找班义宗，他不是在省政府吗？"站在一旁的满喜子连忙把一封信递给了古宫臣，古宫臣疑惑地接了过来，还没有看，班步轩又说道："这就是班义宗写回来的信，就是他让我找你的。信上说就是那个陆妙霞的丈夫……叫什么孙谦，就是他直接管的。俗话说'县官不如现管'，班义宗的为人我是知道的，也求不上什么正经人，不顶事。"说完后便擦起了眼泪。满喜子把一张银票递给了古宫臣，说道："古先生，这些钱您先拿上，等办完事情后，老爷还有酬谢。"

古宫臣说道："老伯，钱就不用了，我试试看吧。"班步轩挥了挥手说：

"唉，你拿上吧，这年月办啥事都得花钱，不花钱哪能办成事情。这一千块大洋要是不够了，你言语一声，我还有……还有……"

古宫臣从班家出来回到了固山书院。柳秀慧看到古宫臣回来了，就告诉他说降县长来过，找他有事儿，要他去县政府一趟。古宫臣想了想，就和柳秀慧说了班步轩求他的事情，柳秀慧说："古先生，这件事情你最好不要插手，他那叫自作自受！你去救这样的人，那叫善恶不分！"古宫臣想了想说道："你说的有道理，可这乡里乡亲的总不能袖手旁观吧，班老伯出面求我了，我也是于心不忍。"柳秀慧说道："古先生，不是我说你，你的心太软，谁张开口了你也不会拒绝，这凡事也得分个青红皂白……"

"秀慧，你别说了，这件事情我自有分寸。"古宫臣说完后走出了固山书院，向县政府走去。他一边走一边想，这事儿确实不好办，可是一想起班老爷子的可怜样，就有些于心不忍了。

古宫臣从班家走后，满喜子对班步轩说："老爷，我看这事儿没戏。"班步轩一惊："怎么回事？"满喜子说："您看他的眼神游移不定，拿银票时看也不看一下，他要是诚心给咱办事，还不看看银票？再说了，他和咱大少爷争着一个小寡妇呢！"班步轩更惊奇了："啥？还有这事？"

"老爷，这事儿我最清楚了，当初大少爷想娶蔓金雀为姜，可蔓金雀看上了古宫臣，他们都钻进一个被窝了，大少爷说不嫌弃这些，非要娶她不可。最后，大少爷和蔓金雀都过到一起了，那个古宫臣还不死心，过年的时候，还让康二小给蔓金雀送了2斤烧猪肉。"满喜子边说边比画着。班步轩听了此话后也担心起来："要不是班义宗来信让咱找古宫臣，我是不会找他的。再说了，从眼下看，不找他找谁呢？总不能眼巴巴地看着班明宗被判了刑吧？"满喜子摸着后脑勺说道："倒也是……可我总觉得不放心。"

古宫臣还是坐上了去太原的马车，动身前他到电报局给弟弟拍了一封电报，告诉弟弟他要到太原办事。到了太原后，古宫廷接上他直接来到了一家旅店。古宫臣和弟弟说了要办的事情，古宫廷想了想说道："那个孙谦我认识，你路上走了四五天，先休息一下，我约好他后通知你，你和他见个面，看看情况如何。"

第三天，古宫廷来旅店接上了哥哥，他们提前来到晋阳酒楼坐了下来，等着孙谦的到来。古宫廷说："哥，我有女朋友了，她一会儿也要来，和你见见面。"古宫臣一听，高兴地说："好啊，你早就应该找个媳妇了，咱爹去世得早，我这做兄长的对你关心不够，这回我就放心了。"

古宫廷说："哥，我准备退出部队去做生意。"古宫臣说道："好，这年月部队不安全，还是改行好。你……准备做什么生意？"古宫廷回答道："从英国进口机器，给国内办厂的人使用。"古宫臣说道："哦，这个嘛哥不太懂，只要安全就行。"这时，楼梯上传来了脚步声，听这声音应该是一个女的穿着高跟皮鞋。古宫廷看着哥哥说道："她来了！"

一个女人出现在他们包间的门口，古宫廷站起来说道："来，进来，这是我哥。哥，我给你们介绍一下，她叫欧阳文菊。文菊，这是我哥……"当欧阳文菊和古宫臣四目相对时，双方都愣住了。时间就像凝固了，仿佛一切都停止了，就连酒楼窗户外面挂着的鸟笼子里的鸟也不叫了，像是在静静地等待着什么。

古宫廷看了看哥哥，又看了看欧阳文菊："你们……认识？"只听欧阳文菊说："古宫臣，是你呀！"听到欧阳文菊的说话声，古宫臣才从惊愕中缓了过来，连忙说道："哦，真巧，在这里碰上了！"欧阳文菊对古宫廷说："宫廷，我们是同学。"古宫廷哈哈笑着说："文菊，你怎么不早说，居然与我哥是同学！"欧阳文菊也呵呵一笑："你也没有问过我啊。"这时，楼梯上又响起了脚步声。这回是两个人的声音，一定是孙谦来了，那另一个人又是谁?

没一会儿，孙谦和陆妙霞走到了包间门口，古宫廷赶紧往里面让。陆妙霞一见古宫臣就说道："古先生，你好，塞北的黄风还没有把你吹老，还是这么……"还没等陆妙霞把话说完，孙谦就插嘴说道："还是这么英俊潇洒，古先生，平鲁的黄风果真像陆妙霞说的那样可怕? 一刮起来遮天蔽日，大白天还要点灯? 她以前跟我说过好多次，好像她见过一样。"陆妙霞坐下说道："这还用见吗，古先生给我们上课时讲过好多次，古宫廷，你说说，你们那里的黄风是不是这样啊。"

菜端了上来，酒也斟满了，古宫廷说道："今天由我做东把大家请来小聚一下，感谢你们的光临，来，干了这一杯。"古宫臣一口喝完了杯子里的酒，脸一下就红了，他感觉这酒像一支烧红了的铁签子从喉咙里捅了下去，一直捅到胃里，疼得他直打哆嗦，吃了好几口菜还是缓不过来。古宫廷和孙谦喝的很起劲，一看就知道他们是很要好的朋友。

我还是和他把我的事儿说了吧，待会儿他喝醉了就啥也说不成了。想到这里，古宫臣端起酒杯说："孙谦，我有一事相求，看看你能不能帮帮忙。"孙谦说："古先生，你说，只要我能办到的，绝不推辞!"两人碰了一下酒杯，喝了一口。古宫臣说："听说班明宗的案子在你的手上，不知办的怎么样了。"孙谦想了想说道："古先生说的是班明宗的贪污案? 是有这么个案子，他贪污办学经费数额不少，已经结案了，判了 8 年。这个案子作为教育界的典型案例还要在全省通报。"

古宫臣一听，连忙问道："多会儿判的?"孙谦说道："有八九天了吧。"古宫臣一想，也就是在自己从平鲁动身的那天就判了。唉，看来啊，时也、运也，时运也! 还是没有赶上，班明宗啊班明宗，这怪谁呢!

只听孙谦说道："古先生，这是个典型的案子，恐怕是不好翻了，要是在判决前你来太原找我，或许还有一线希望，可现在……"古宫臣说道："是啊，我来晚了，他也是自作自受，不去管他了，来来来，我们喝酒，吃菜！"

就在古宫臣动身后的第二天，县政府贴出了布告："班明宗贪污办学经费，判处有期徒刑 8 年！"人们看了后一片叫好声。班步轩听到后一口气没有上来，死了，享年 71 岁。最悲痛的是蔓金雀，她比班明宗的老婆哭的还伤心："我的命怎么这样苦啊……呜呜呜……"

班步轩的丧事办的还算风光，但遗憾的是两个儿子班明宗和班义宗一个也不在，只有两个孙子给他披麻戴孝。满喜子起了很大的作用，整个丧事都是由他出面办理的，蔓金雀只负责出钱，其他的事情全部由满喜子办理。办完丧事后，人们都说死了一个班步轩，富了一个满喜子。人们看到，第二年满喜子就不在班家当长工了，回村后买下了几垧地，盖起了三间窑，还娶上了一房媳妇，过起了自己的小光景。当然，这是后话了。

古宫臣晕晕乎乎地被弟弟送回了旅店，睡了一个晚上，第二天早早地起了床向国民师范走去，他想见见妹妹古宫桃。到了学校一打听，才知道古宫桃已经毕业了，去向不明。古宫臣很是沮丧，出了国民师范的大门后，他忽然又想起应该去看看洪殊他们。可转念一想还是不去打扰他们了，哪里也不去了，谁也不看了，回平鲁吧！

他坐上了回平鲁的马车，啥也不去想了……什么欧阳文菊……什么古宫桃……什么洪殊……回平鲁吧……回平鲁吧……还是平鲁的饭香、水甜，还有那遮天蔽日的大黄风也是温馨的！就连那黄土味儿……梦里头都忘不了……

这雪下得还真是时候，把入冬后的黄土地给盖了个严严实实。又要刮大风了，可没有了黄土的风还能叫大黄风吗？大风很不情愿地刮了少半天就停了。哦，像个冬天了。

三个瑟瑟发抖的孩子走进了固山书院，康二小问道："你们要念书吗？"孩子们摇了摇头。"你们要喝水吗？"孩子们又摇了摇头。"你们要吃饭吗？"孩子们又摇起了头。康二小看着三个叫花子一样的孩子说道："不念书，不喝水，也不吃饭，你们究竟要干啥？"三个孩子当中大一点的说道："我们家里的大人都去世了，没有住的地方了，要住在这里。"康二小看到最小的孩子和他当年差不多，就生出了同情心："你们先在这里暖和暖和，我去问问古先生。"

古宫臣走进了食堂，看见三个孩子蹲在地上正在啃着窝头。古宫臣问道："你们是谁家的孩子？"大一点的孩子说出了家长的姓名后，催促那两个小的赶紧说。两个小的也说出了家长的姓名。古宫臣一听，他都知道，毕竟是一个城里的，县城不大，人们相互都有些印象。古宫臣说道："你们在这里生活居住是可以的，但你们要答应我一个条件，那就是必须要念书，否则我绝不收留你们。"三个孩子都挠起了头，还是那个大一点的先说道："好吧，我们试试看能不能念下去。"三个孩子最大的 13 岁，最小的 9 岁，还有一个 11 岁。

古宫臣收留流浪儿童的事情传出去后，接连好几个月都有流浪儿童来固山书院，到过年的时候，一共收留了 22 个孩子，其中还有 6 个女孩。柳秀慧有点心慌了："古先生，我们这样下去能行吗？"古宫臣说道："怎么不行，教堂里还收留孤儿呢，我们不比教堂强？有沙锁留下的那笔钱，够把他们抚养大的，你不必担心。"

正月初一上午，墨仁、水生、洪殊、蓝宪、黄存财一起来固山书院给古宫臣拜年来了。这 5 个孩子都长高了，去年过年见过一次，今年过年又见面了，变化还挺大的。古宫臣很是高兴，中午还留他们吃了饭。洪殊说道：
"古老师，本来我们就要毕业了，可学校把我们的毕业推迟了半年，说是
要进行 120 天的军事训练，然后才能领到毕业证。"蓝宪说道："我听到
一些小道消息，说是军事训练后要选拔一批军官充实到队伍中。"古宫臣说：
"这是好事，选上了去军队，选不上了回来教书。降县长都说了好几次了，
让我给你们写信，劝你们回来呢。"

固|山|书|院

第四十章

军事训练虽然很苦，但对于洪殊他们几个在平鲁长大的孩子来说根本算不上什么，反而觉得还挺有意思。特别是那个美国教官对他们几个分外严格，就因为他们几个会说英语。

天黑了下来，洪殊回到宿舍点亮了油灯，从床头拿起日记本默默地翻开，拧开了水笔帽，郑重地写下了一行字："人各有志，道不同不相为谋！"写完后合上日记本长长地舒了一口气，然后拿起饭碗和筷子向食堂走去。食堂门口围了很多人在看一张墙上贴着的大纸，纸上用毛笔工整地写满了正楷字。洪殊挤上前去看了一下，大意是抗议政府镇压学生运动，号召广大学生行动起来，为争取民主和自由而斗争。

洪殊买了饭，心情很不好，想起了那个美国教官对他的态度。是啊，也许是好心，也许是故意刁难。可教官说在训练场上多流汗才能在战场上少流血。他开始还不理解这句话的意思，直到一次训练后见到了古宫廷才理解了这句话的含义。那天，古宫廷前来看望他们几个，与他们交流了一番："我就是训练时不认真，认为训练无所谓。可是在剿匪战斗中由于不注重平时的训练，拔枪慢了一秒，就那么一秒差点要了命。是旁边的一个老战士眼疾手快，一枪干掉了那个土匪，我只受了点轻伤。这不，一到变天气伤口就疼，我只能改行去做生意，要不然我可舍不得离开部队。"

"啪"的一声，有人在洪殊的肩头拍了一下，洪殊吓了一跳，回头一看，原来是水生。水生神秘地说："洪哥，你过来，我有话和你说。"说着和洪殊走出食堂，来到了不远处的柳树下。树下有很多石条凳子，有的学生正坐在这里吃饭。他们挑了一个僻静的地方坐了下来。水生把饭碗放在了石凳上，也顾不上吃饭，神情凝重地说："洪哥，你知道吗，咱们国民师范学校要解散了。"

"啥，学校要解散了？你听谁说的？"洪殊问道。"我听那个美国教官说的，他没有和你说吗？"水生说。"怕什么，解散了才好呢！"随着说话声从他们身后转出一个人来，接着又说道："我早就不想在这里训练了，要不是陪着墨仁在这里，我早就回家了。"洪殊一看，原来是蓝宪。水生看了看洪殊，又看了看蓝宪，啥也没说，端起饭碗吃了起来。洪殊说："看来形势很严重，你们赶紧吃饭，蓝宪，你吃完饭后叫上墨仁和黄存财到我宿舍里会合，咱们商量一下下一步该怎么办。"

墨仁吃完饭后坐在宿舍门前的木条椅上，手里拿着一把竹子编的扇子不停地扇着，显得心不在焉。他想起了上个星期学生上街游行时和警察发生了严重的冲突，直到今天还有十多个学生在医院住着呢。在省城太原，省立国民师范闹得最凶，引起了省政府的高度重视，解散学校会不会和游行的事情有关呢？墨仁和蓝宪参加了学校的社团"社会科学联合会"，洪殊和水生也参加了学校的社团"山西互济会"。"墨仁"，蓝宪喊了一声走了过来，"洪哥说有事情和咱们商量，叫咱们到他宿舍去呢。"

墨仁和蓝宪还没有走到洪殊的宿舍门口就看见洪殊、水生和黄存财站在那里等着他们。"宿舍里太热，咱们到操场上去，那里凉快。"洪殊说着转身向操场走去。一只蚊子落在了墨仁的脸上，他用巴掌拍了一下，蚊子没有打着，倒是自己的脸上结结实实地挨了一下。

"学校要解散看来是真的，我想起了昨天那个同学和我说的话了。他爸爸在省督军处工作，消息一定是真的。要是学校解散了，你们准备怎么办？"洪殊边说边往前走着。墨仁、蓝宪、水生和黄存财好像没有听见洪殊说的话，谁也不吭声。他们当中，洪殊年龄最大，大家都称他洪哥。墨仁和蓝宪同岁，蓝宪比墨仁大一个月，水生和黄存财年龄最小。在国民师范念书，他们5个人相处得很好，再加上他们都是来自平鲁县的，出门在外的，平时都很团结。

"如果学校解散了，咱们就回平鲁去，这有啥难为的。"水生说道。水生的话打破了沉闷的气氛。蓝宪看了看墨仁，大声说道："是啊，学校解散了，还是回家好。""我觉得水生的话有道理，平鲁县能有几个出来念书的，咱们不能白白辜负了爹娘的期望，也别忘了咱们当初出来念书的目的，你说呢，墨仁。"洪殊说完后转身看着墨仁。墨仁看了看大家说："如果学校解散了，我同意回去。我娘给我来信了，信上说咱们县里要办师范学校，今年秋后就要开学，咱们就能到师范教书了。""好，就这么定了。"洪殊说着看了看大家。也不知道蔓金仙从哪里得到了消息，居然给墨仁提前写了信。

　　"好消息，好消息，秀慧，你看看这是什么？"古宫臣高兴得像一个孩子，拿着一张纸放到了柳秀慧面前的桌子上。柳秀慧拿起来看了一下，笑着说："固山书院又派上用场了。"古宫臣见过降县长了，拿回了县政府的一个文件。文件上说今年秋后要在固山书院办平鲁县国民师范，学制2年，招收高小毕业生，为县里培养小学教师，毕业后全部分派到乡村小学当教师。国民师范的校长还要让古宫臣当，让他们抓紧时间筹备。

　　原计划四个月的军事训练不到三个月就结束了，可能是由于学生游行引起的。美国教官瞪着眼睛耸了耸肩，遗憾地摇着头说道："你们几个太可惜了，本来能够成为一名合格的军官，如今看来，是不可能了……我的努力也白费了！拜拜！"

　　平鲁县考上太原国民师范的10个学生中，有两个留到了太原，跟着古宫廷做生意去了。两个考上了山西大学堂，又念书去了，还有1个不知道怎么找到了班义宗，跟着他也不知道干啥去了。只有洪殊他们5个人坐上马车踏上了回家的路。他们走了两天到了崞县，又从崞县坐上了到平鲁县的马车，在过雁门关的时候，一阵风刮了过来，天空下起了雨。大风夹着雨点直往脸上打，鼻子和面颊冻得通红，凛冽的寒风直往身子里钻，把身上的衣服裹紧了也不觉得暖和。雨越下越大，看样子一时半会也停不了，天地间白茫茫的一片，像要掩埋这辆马车似的。洪殊他们坐在车上冻得瑟瑟发抖。车夫见他们可怜，说道："娃们，下来走走吧，会暖和些。"车夫把车停住，他们一个个跳下车来，腿脚都麻木了，活动了好一阵子才有了感觉。踩着脚下的稀泥，鞋子里也灌满了雨水。走了有二三里地，身上稍微暖和了些。又走了五六里地，雨停了，太阳还没有出来，被雨水淋透了的衣服让风一吹，更冷了。车夫说："上车吧，不能走太久了。走太久了会全身出汗的，出汗后再坐车就会感冒的。"车夫经验老道，对啥时要走路、啥时要坐车了如指掌。蓝宪说道："没想到这四月初八都过了，还这么冷。"车夫笑了笑说道："小后生，咱们这边是'过了四月八，皮袄皮裤不敢脱'，你没有听说过吧！"

马车到了朔县城东关的车马大店。车夫在卸牲口，跟车的后生领着坐车的人们进到店里号了铺位。洪殊他们把自己的行李卸了下来，搬到了铺位上，好在行李外面湿了，里面还是干的。

店里有一种特殊的气味，这是车马大店特有的气味。柴草味儿、旱烟味儿、马粪味儿、脚汗味儿、酸菜味儿夹杂在一起，吸在鼻子里辣腻腻的，直想打喷嚏。朔县城离平鲁县城有 150 里地，今晚在这里住一晚，明天下午就能到家了。朔县的生活习惯、说话的口音以及习俗和平鲁县几乎一样，到了这里几乎就是到家了。只听蓝宪说道："大家闻闻，这就是家乡的味道，啊，好久没有闻到了。"说完后躺在铺开的褥子上哼起了"二人台"。可以看出，离家不远了，蓝宪很高兴。

店房里两铺炕上一共睡着 11 个人。西面的炕上睡着 6 个，东面的炕上睡着 5 个。这东西两铺炕上要是全睡满了，能睡下 20 个人，要是挤一挤，还能多睡几个。现在正是农忙季节，出门的人少了，他们住在这里还显得挺宽松。11 个人当中，有他们 5 个学生，两个生意人，两个军人，还有两个看不出是干什么的，好像是从口外过来的"刀客"。这 11 个人当中，最引人注目的是那两位军人。他们穿着黄色的军装，腰间扎着皮带，领章、肩章和帽徽闪闪发亮。大头皮鞋踩在地上，发出了"咚咚咚"的响声。铺盖也是黄色的，每人还有一条黄绿色的毛毯，看起来柔软、暖和。特别是他们用的毛巾，雪白雪白的。蓝宪用手摸了一下，绵绵的，厚敦敦的，比他们用的毛巾好多了。"喜欢吗？"一个军人问道。蓝宪赶紧缩回了手，不好意思地笑了笑说："军用的就是好。""喜欢就送给你一块。"那个军人说着就从行李包里拿出一块新毛巾扔到了蓝宪的怀里。蓝宪不好意思起来："这，这……""拿着吧，小兄弟，做个纪念。"军人爽快地说道。

车夫们不和坐车的客人一起住，这是规矩。开店的店掌柜为了做生意都和车夫们有个不成文的约定，只要车夫们把客人拉到他们的店里，都会给车夫们免费做一顿肉吃，并且还有二两酒。车夫们住的店房也只有客人们住的房子的一半大小，不用带铺盖，由掌柜提供。伙房也是另外的，吃的喝的全部免费，只收住店钱和牲口的草料钱。车夫们看哪家店掌柜对他们好就去哪家店里住。在朔县城里，东关的店最大，人流量大，生意做得也大，对车夫们也好。除了免费吃饭外，每次还送二两"小兰花"烟丝，一般情况下，车夫们都愿意到这里来。

"吃饭了，吃饭了。"跟车的后生撩起厚厚的门帘伸进头来喊道。人们跟着他到了伙房里。一进门，一股莜面的香味儿扑面而来。人们围坐在几张圆桌旁边，每张桌子上放着两只笼床，一只装着莜面饸饹，一只装着切成片状的山药。大家用一只黄铜勺子从桌子上的盔子里给自己的碗里舀上油花儿盐水，爱吃辣椒的还夹上一筷子辣椒放到碗里，用筷子搅一搅，盐水变成了红褐色了。夹上一筷子莜面饸饹，再夹上一两片山药，蘸着碗里的油花盐水，吃到嘴里香气四溢。吃完后，再就着"烂腌菜"喝上一碗滚烫的开水，肚子就鼓鼓的了，很是舒服。头上、身上都出了汗。蓝宪吃完后站起来打了个饱嗝，不由地赞叹道："好舒服啊，好久没有吃到这么香的饭了。"洪殊、水生、墨仁和黄存财也觉得这顿饭很香，还是家乡的莜面好吃啊。

晚上，一轮明月挂在天空，白晃晃的一片光亮，如同白昼一般。店院大门旁边挂着的油灯在方形的玻璃罩子里发出了暗黄色的光。在月光的映照下，显得无奈、懒散，全然失去了往日的神气。随着时有时无的微风晃来晃去，孤单而又无助。

降县长躺在炕上看着炉灶里的火照在墙壁上的影子，心里盘算开了。雇英国老师的事儿闹清楚了，原来是教堂里的那个洋婆子去书院里给教的英语，这个古宫臣也是个好脑筋，竟然能想到这个办法。那个洋婆子长得也怪好看的，是不是和古宫臣有染？也说不定！不过，这个平鲁县我是待不下去了，回省里想办法换一个地方……要不……去找一下那个陆乾？对对对，一定要找一下陆乾。

固|山|书|院

第四十一章

　　班明宗被判刑以后，降县长也受到了牵连，说他监管不力，一个小小的校长就贪污了3000多块大洋，这还了得？省里发来电报撤了他的职，让他回省城接受调查。降县长嘿嘿一笑："好啊，我正好瞌睡了，这不给了我一个枕头吗？此处不留爷，自有留爷处，我走就是了！"

　　第二天，降县长就开始收拾行李，准备离开平鲁。他一边收拾一边想："平鲁有三件宝，我能不能带走一件呢？那块金砖……估计是带不走，听说郑富贵想打那块金砖的主意，差点丢了性命。我看啊……金砖虽然值钱，还是算了吧！那口冥钟太大太重了，也拿不走。那么……那件羊皮袄呢……对了，就这么办！"降县长想好了一个主意，推门就出去了，向水掌柜的皮货店走去。

一进皮货店的门，看见一个小伙计趴在柜台上打瞌睡。降县长敲了敲柜台说道："有皮袄吗，我要买一件。"小伙计听见有人说话，抬起头来眯着眼睛说："有……有呢。要啥样子的？"降县长说："我就要那件会说话的。"小伙计一听，吓得一下清醒了过来，这时他才看清楚了："啊哟，原来是降县长。你……刚才说啥？要那件会说话的羊皮袄？"

降县长心里一喜，说道："对对对，就是那件！"小伙计一听，赶紧转身回里屋去了，过了好一会儿才出来，把手里的木箱子往柜台上一放说道："老掌柜为了这件皮袄……"

"对对对，我知道，老掌柜为了这件皮袄送了命……"降县长说道。

小伙计见降县长打断了他的话，就说道："要不是书院的古宫臣给……"

"什么什么，古宫臣要买？那也有个先来后到嘛，我买了！"降县长再一次打断了小伙计的话。

小伙计说道："不是这样的……"降县长说道："不是这样的，是啥样？我买了，你说吧，多少钱？"小伙计愣了一下，伸出手来摆了摆，心里想："要啥钱呢，送给你了！老掌柜生前为了这件皮袄差点愁死，多次和我说过，今后如果有人想买，送给他就算了。"

降县长一看，连忙说道："五千太贵了，我给你五百！"说着从怀里掏出一张银票放在了柜台上，拿起箱子连看也没有看就转身出门去了。小伙计被降县长的举动惊得目瞪口呆，半天没有反应过来。他颤颤巍巍地拿起柜台上的银票，果然是五百元。"师娘，我把那件不吉利的羊皮袄给卖了！五百块，五百块。"小伙计一边喊一边向后面跑去。

在降县长被调回省城的第七天头上，新的县长上任了，并且是党务政务一人干，全由他说了算。人们说这个人厉害，能够在平鲁县一手遮天，更让人们惊奇的是，这个人居然是张捕快。

　　这回，吴油子又来劲了，坐在肉铺的台阶上边喝酒边吃肉。人们围在他的周围问这问那，非常热闹。人们都想从吴油子嘴里得到最新的消息，解开心中的疑惑。他们只知道张捕快是城里东二道街张久和的三小子，小名叫张三，至于大名叫什么，很多人不知道。更不知道他多大岁数了，这几年去了哪里，消失了几年后怎么忽然就当上了县长。

　　吴油子喝了一口酒说道："这张捕快嘛，小名叫张三，大名叫张正和，闹义和团那年他当上了县衙门的捕快，那年他刚刚18岁，还没有成家哩！"杨拴柱也在人群里听吴油子说话，就随口说道："吴油子，你的记性真好，他现在多大岁数了你知道吗？"吴油子吃了一块肉没有说话。人们说："看看，这回让杨拴柱考住了，不知道了吧。"吴油子咽下了口中的肉，捋了一下胡子说道："这些小问题能考住我？光绪二十六年18岁，到今年是民国17年，你们说是多少岁？"人们算了半天，有人说是56岁，也有人说是66岁。吴油子喝了一口酒说道："光绪二十六年到现在整整过去了28年，再加上18年，他今年是46岁，正当年啊！"人们一声惊呼，又问道："那他有啥靠山呢，为啥能当上县长？"吴油子说道："你们还记得当年的王千总吗？张捕快当年与他结成了干弟兄，关系铁着呢！你们知道王千总的祖上是谁吗？说出来吓死你们！"人们更好奇了，催促道："吴油子，吴先生，您就别卖关子了，赶紧说吧。"吴油子呵呵一笑说："王千总的祖上就是明朝隆庆年间驻守宣大的总兵王崇古！"人们一阵大笑："明朝的王崇古能给现在的张捕快办了事情？太可笑了……"吴油子一听，站起来说："你们知道王崇古的后代是谁吗？就是现在山西省督军府里的督军王念慈，你们说顶事不顶事？"人们不说话了，停了好一会儿又问道："那张捕快是靠他当上县长的吗？"吴油子缓缓地坐了下来："这个嘛……天机不可泄露，呵呵呵……"吴油子光顾着说话，连身后胡大偷走了他的两块肥肉都没有察觉。

新上任的张县长走到了固山书院的大门口，抬头看了好一阵那块牌匾，不由地感叹道："还好，这块牌子还保存着，看样子完好无损。不容易……不容易！"他进了大门，林荫下的道路干净整洁，柳树后面的菜园子郁郁葱葱，长着不少蔬菜。右边的教室里传出了朗朗的读书声，他站在树荫下听了听，迈步向后院走去。上了台阶后，他看到左边小花园里的亭子里有一个女人在看书，右边的小操场上站着六七个人，像是在练武术。

古宫臣也在操场上站着，他正在看洪殊他们做着一套学生体操，准备教给学生们锻炼身体。古宫臣一抬头，看到张正和走了过来，虽然有些吃惊，但也在他的预料之中。等到张正和走到了面前，他才说道："张县长，欢迎您大驾光临。"张正和笑着说："看看，连老朋友都这么客气，我还是我，身份一变，人们的口气就变了，就连你都……""啊呀，这不是张捕快嘛，你从哪里冒出来的？"站在一旁的蓝四说道。

"这就对了嘛，蓝四，听说你的买卖做大了，发了大财，你来书院干啥？"张正和问道。此时的古宫臣虽然有点尴尬，但他还是说道："蓝四给书院捐了些款，正在和刚刚回来的这5个学生琢磨一套学生体操。"张正和说道："哦，年轻有为，我怎么一个也不认得，他们都是谁家的孩子？"古宫臣给张正和介绍道："这是洪殊，南关老洪的儿子；这是墨仁，绸缎庄墨吉顺的儿子；这个是水生，皮货店水掌柜的儿子；这个是黄存财，肉铺黄掌柜的儿子；还有蓝宪，蓝四的儿子。"张正和哈哈笑着说："嗯，你们的老子我全认识，过去关系还不错，今后有啥困难可以直接找我！"

张正和掏出一盒纸烟抽出一支来问道："你们谁抽烟？"大家都摇了摇头，他含在了嘴上，又掏出火柴点燃了纸烟，吸了几口说道："古先生，这办国民师范的事儿筹备的怎么样了？"古宫臣说道："这个事儿啊，我正要找你说呢，还办不办了？"张正和说道："办！怎么不办了。我们不仅要办，还要大办。县政府的文件我看过了，一年招收30人的一个班，还都要高小生。我们把它改一下，一年招收 40 人的两个班，只要考试合格就招收。我们要用 3 到 5 年的时间争取每个村都成立一个小学，都能够分派到一两名教师。你赶紧筹备，秋收后开学。"张正和说完后和墨仁他们挥了挥手，转身走了。古宫臣望着张正和远去的背影，心里想："这个张捕快还真是个痛快人，也是个为当地老百姓办事的人！"

柳秀慧说："平鲁的教育有希望了，100 个人里面只有两个识字的现象很快就会改变。用不了几年，文盲就会大大减少。"古宫臣说："一定会的！"

安娜牧师走进了固山书院，找到古宫臣后一脸奇怪地问道："你为啥把我的学生转到你的书院里？"古宫臣笑着说道："安娜牧师，这学生不是你的，也不是我的，是平鲁的。他们为了平鲁的教育事业来固山书院读书，这和你的普世精神是完全一致的，这有什么不对？你花了那么多钱在平鲁办教堂又是为了什么？"安娜一时哑口无言，忽闪着两只蓝眼睛半天说不出话来。一旁的柳秀慧用手捂着嘴笑了起来。

平鲁国民师范开学的日子马上就要到了，张正和看着大门上固山书院的牌子琢磨了起来。把这个牌子换下来吧，于心不忍，他也想保留这所百年书院。不换吧，这里是国民师范了，总不能还挂着固山书院的牌子吧。这该怎么办呢？张正和一时为难起来。正在做饭的康二小看见有人在大门外不停地徘徊着，出去一看，是张捕快，他正要说话，张正和先说了："康二小，你过来，你说……"张正和把他的为难之处与康二小说了，康二小嘿嘿一笑说："这有啥为难的，我给牌子上面裱上一张红纸，您在上面写上'平鲁县国民师范'不就行了吗，又不损坏原来的牌子，又有了新的牌子。要是一张红纸不行，裱上两张也行。"张正和一听："嗯，这个主意好，既不损坏固山书院的牌匾，又有了新的牌子，这红纸一裱糊，还能起到保护旧牌匾的作用。康二小，你小子好脑筋啊，都赶上县长了！让你当这个做饭的大师傅真是屈才了啊！"康二小说："也不屈才，把饭做好了将来有的是机会。"张正和一听，点了点头，心里想："是啊，这个固山书院的大师傅还真是了不得……就像以前的沙锁……"张正和想到这里看了看康二小。康二小的小眼睛里透出一种深邃的光芒，深不可测。张正和的心里"咯噔"了一下，这双眼睛好像在哪里见过，使他不寒而栗。"从他的眼睛里不难看出，这小子心硬着呢，今后可要提防着点！"想到这里，张正和说道："我那几个字拿不出手，还是让古先生来写吧！"

平鲁县国民师范开学了，前来参加开学典礼的人很多，会场放在了书院大门的外面。大门上红色的牌匾分外显眼，平鲁县的大小官员和县里的头面人物、知名人士等，加上80多名学生，黑压压地坐了一大片。前来围观的人比开会的人还多，这阵势要比教堂开工时的阵势大多了，可谓盛况空前。

会上，张县长还宣布了几件事情。把以前的劝学所改成了教育局，局长由樊烈文担任。改"壬戌学制"为"戊辰学制"，规定小学生6岁入学，四二分段，中学三三分段。即初小4年，高小2年，初中3年，高中3年。还宣布要在井坪成立第二高小。

过了两个月后，张正和领着本县的一些有钱人到文庙里参观。离文庙还有五六丈远就传来了朗朗的读书声，从声音中可以听出学生们念的是《庄农杂志》，"……五谷丰登，农工更强，地有千顷，粮有万仓……"这声音张正和听着非常入耳，心底不由得升腾起一种父母官的责任感。他大步流星地走进了院子，学生们的朗读声停止了，瞪着好奇的眼睛看着他们。教书的老师看到了张县长也不过去打一声招呼，站在那里傻看着。学校里有3个班在上课，东面有一个教室，有四十多个学生，教室没有门窗，墙皮斑斑点点，脱落了不少。西面有一个教室，有三十几个学生，教室没有门，只有窗户，房檐塌了一大块，教室中间的横梁上住着一窝燕子，时不时飞进飞出。和大门一排的南面也有一间教室，这间教室最小，坐着不到二十个学生，他们年龄最小，幼稚的脸上显得很是惊慌，大概从来没有见过这么多人来过学校。正面的大殿里还供着孔子的塑像，香烟袅袅，大概是为了迎接客人的到来刚刚上的香。大殿东面的房子是老师们的宿舍，大殿西面的房子是厨房和库房。大殿后面有一片菜地，看样子是种过大白菜的，地上的白菜根和菜叶子满地都是。这时，张县长说话了："大家都看到了吧，咱们的高小条件不好，自从那年李元初维修了文庙后再也没有修葺过，像这个样子今年冬天怎么过？我建议大家出点钱维修一下，好让这些孩子们过冬。"人们听了这些话，虽然心里不高兴，但表面上都应允着："那是应该的，应该的！"张正和说道："田局长，由你们警察局负责组织一下，让大家捐一点钱，你就负责在上冻前把这里修葺好，教育局就不插手这件事儿了。"田斌连声说道："好好好，保证完成任务！"

人们很快就捐了1200多块大洋，还没有开始维修就传来了一个不幸的消息：田斌带着钱跑了，好几天了都找不到人。张正和气得直拍桌子："给省里打电报，全省通缉！"田斌逃走后，张正和马上任命了秦二小为平鲁县警察局局长，让他继续抓捕田斌，一天也不能放松。腊月里，张正和从固山书院的"孤儿班"里招收了13名年龄大的学生，组成了"平鲁县稽查队"，驻守在边墙一带，负责查处鸦片走私和维护社会治安。

柳秀慧望着这些远去的学生有些伤心。古宫臣说："秀慧，你应该高兴才对，他们是孤儿，现在有了安身立命的地方，我们的责任也尽到了！"

固|山|书|院

第四十二章

正月十八这天学校就开学了。为了赶课程，开学的日子比以往提前了 5 天。

学校又来了不少学生，学生总数已经超过 200 人了，老师也增加到了 17 个。洪殊他们 5 个人除了担任老师以外，还负责一些其他的工作，这是古宫臣安排的。洪殊当上了教务主任，他觉得很紧张，有拿不准的事情经常问古宫臣。墨仁管起了财务，水生负责内务，蓝宪负责学生住宿和纪律，黄存财当起了保管和食堂管理员，他们每天从家里跑来跑去太辛苦了，后来干脆都住到了学校里。任武行年纪大了，当上了副校长，协助古宫臣的工作。

洪殊他们几个很快就熟悉了学校的工作流程，不管任何事情都做得有条不紊。他们的课也教得非常好，学生的成绩也很好。家长们议论纷纷，都说师范学校办得好，校长古宫臣手段高明着呢。

四月初八还没有过，就传来了有匪兵要进城的消息。古宫臣有些紧张了，他马上找到任武行说："任先生，您带上柳秀慧和那6名女学生到您的村里躲躲吧，匪兵一时半会儿去不了那里。有啥事情了，我会派人联系您的。"任武行说："好吧，你放心，只要我这条老命在她们就不会有事的！"临走时，柳秀慧眼泪汪汪地看着古宫臣说："你也要注意，看见势头不对了就躲一躲！"

土匪头子梁玉玺带着200余人从西门进了城，他们先占领了县政府，没有抓到有钱的官员就拿老百姓出气。匪兵到处抢劫掳掠，纵火烧了四家平鲁城里最大的商行，抢走了很多财物。最后在撤走时把蓝四的固山货站也给点了，要不是隔壁固山书院的学生和老师奋力救火，早就化为灰烬了。

梁玉玺撤走以后，书院很快就恢复了教学。可刚刚过去三个多月，人们还没有从梁玉玺抢劫掳掠的惊恐中缓过来，就又传来要打仗的消息。胡大在街上打着竹板边走边通知着人们："金粉军队要开战，父老乡亲藏好粮，收拾细软到深山，躲过灾难复如常。"吴油子听到后大声喝斥道："胡大，那是晋奉军队，不是金粉军队！"胡大也大声说道："金粉和晋奉不是一个音吗，只要大家能听懂就行，还是赶紧逃命去吧！"吴油子没话了，紧走几步回家去了。

警察局长秦二小急急忙忙地跑进了固山书院，找到了古宫臣后说道："古先生，张县长让我捎话给你，让你赶紧组织学生和老师撤到山里避一避，这回不比往常的匪兵，这是正规军，打起仗来怕会伤及无辜。"秦二小说完后就走了。古宫臣想了想，就把洪殊、墨仁、水生、蓝宪和黄存财叫到了一起紧急商量对策。水生说道："以前我和我爹收皮货时到过一个村子，叫阎笸箩，山大沟深，最好隐藏。离城不远，有30多里地。"蓝宪也听他爹说起过那个地方，就说道："我看行，听说那个村子还有好几座大庙，我们去了可以住到庙里，还能继续上课。"古宫臣听了后说道："就去阎笸箩村，抓紧时间收拾一下，明天五更就出发。"

学校全部师生加起来是234人，有60多个回自己村里去了，有40多个城里的学生不愿意和他们一起走，回家和家人一起走了。任武行以及10多个学生和两位老师不愿意走，主动留下看门。任武行说："我老了，哪里也不去了，你们赶紧走吧。"最后剩下他们102人，愿意一起去阎笸箩村。古宫臣雇了5辆大马车，拉着行李和粮食，车上还坐着一些年龄小的学生和身体虚弱的老师。剩下的学生和老师全都步行，一行人出了东城门向阎笸箩村走去。

在走出固山书院大门的时候，柳秀慧对古宫臣说："那块牌匾还是藏起来吧。"古宫臣看了看用红纸裱糊得严严实实的牌子说道："外面只能看到国民师范的名字，里面的金字看不到，一个红纸裱糊着的木头牌子没有人稀罕，不用藏。"康二小也说道："我裱糊了5层红纸呢。没事的，军队的兵全是外地的，他们不知道里面的秘密。"柳秀慧听他们这么说也就放心地走了。

马车在山路上颠簸着，车夫们累得满头大汗，不停地吆喝着牲口，生怕走偏了把车翻在沟里。路上，有些学生走不动了，古宫臣看着疲惫的他们大声喊道："加把劲儿啊，中午就到了，有炸油糕吃。"学生们听到了他的喊声，听说不远了，中午还有炸油糕吃，知道洪校长不会骗他们，都加紧了脚步。半后晌的时候就走完了30多里地，到了阎笸箩村。果然，村里村外全都是郁郁葱葱的树木，有柳树、榆树、杏树、沙枣树，最多的是杨树。树影间的窑洞时隐时现，远远望去，温暖而亲切。走进村子，平整的石板路磨得光滑如玉。大街两旁全都是石头券成的窑洞，人们惊奇地看着这些学生和老师，都不知道是怎么回事。

古宫臣找到了村长，村长是一位饱经风霜但很精明的老年人，看样子有 60 多岁。古宫臣递上一摞银元说："老伯，城里要打仗了，我们固山书院的学生和老师来您这里逃难了，您行个方便，让我们住下。"老村长一听是固山书院的老师和学生，就说道："好啊，你们是咱平鲁县念书人的牌子，我一定会帮忙的，你放心就是了。可有一个好住处呢，走走走，我这就带你们去。"

这是一处地主修建的院子，地主听说要打仗了，带着家人和财物逃得无影无踪。这座院子正窑有 8 间，东下窑有 5 间，西下窑有 5 间，南窑除了一间是大门外，还有东西共 4 间，一共是 22 间窑洞。古宫臣让洪殊给大家分配住处。他们一共是 102 个人，教师 12 人，学生 90 人。古宫臣、洪殊、蓝宪、墨仁、水生和黄存财住到了东下窑靠北的两间，4 位教师住到了东下窑靠南的两间。中间的 1 间是个单间，住了柳秀慧和 3 个女学生。还有 3 位教师随着学生住到了 8 间正窑和 5 间西下窑里。南窑做了伙房和库房，放着粮食等杂物。虽然拥挤了些，但总算先安顿了下来。

几位老师领着一些学生在打扫院子，会做饭的老师和康二小在伙房里生起了火，开始做饭了。不一会儿，几大盆油炸糕端了出来，黄存财在一旁喊道："开饭了……开饭了……"学生们听到喊声，一下便围了过来。水生喊道："排队，排队，每人 5 个，人人有份。"这时，墨仁抱着一捆细树枝走了过来，从中拿了一根递给了黄存财："拿这个把糕串上，要不然孩子们不好拿。"黄存财边串边递给学生们，5 个一串，很方便。学生们兴高采烈地领着油炸糕大口吃着，还不时地说："真好吃，真好吃，校长就是说话算数。"

柳秀慧拿着一根细树枝穿了一串糕递给了古宫臣："你也吃吧，老师和学生们都吃过了。"古宫臣接过了柳秀慧递过来的油炸糕，随口问道："明天早饭吃什么？"柳秀慧说："康二小已经定好了，明天的早饭是熬稀粥，还有点剩糕，每人一个。"古宫臣抬头看了看院子里吵吵嚷嚷的学生们说："他们正在长身体，你告诉康二小，稀粥要多放点米，要稠一些。"

晚上，古宫臣、洪殊、墨仁、水生、蓝宪和黄存财他们第一次住在一起，躺在炕上翻来覆去睡不着。古宫臣说："反正也睡不着，咱们商量一下今后的事情吧。""好的，好的。"大家附和着古宫臣的话。

经过商量，他们拟出了几条。第一，由墨仁和水生负责，从明天开始，组织老师和学生们开始上课。不管走到哪里都要以上课为主。第二，由洪殊负责，在院子外面规划一些地方，准备修整出一个操场，院子里做操施展不开。第三，由蓝宪负责购买一些必要的劳动工具。主要的事情商议完了以后，大家闲聊了起来，也不知道过了多久，蓝宪打起了鼾声……

洪拐子看着满地的谷子，黄澄澄的甚是喜爱。他又快步走到旁边的山药地里伸手拔起一苗山药蔓子，带出了两个直径有一寸多大小的紫皮山药，他蹲下来，用手在拔起蔓子的地方用劲掏了一下，一个巴掌大小的山药拿在了手上，在阳光下闪着紫褐色的亮光。

洪拐子抬头望了望眼前的山药蔓子，竟然"呜呜"地哭了起来。边哭边骂："那个什么晋奉军为啥要来我们这里打仗呢，不让我们过光景！"

"老洪，老洪。"洪拐子正哭着，忽然听见有人在身后喊他。他转过头去一看，看见庄稼地旁边的树林边上有个人探头探脑地向他招了招手。他急忙站了起来，拍了拍裤子上的土，又用袖子擦了擦眼角的泪痕，向那人走了过去。走近了才看清楚，原来是田斌。田斌说："老洪，你别害怕，我现在是晋军的侦察兵……就是探子，你明白吗？"洪拐子点了点头。田斌又说道："听说修教堂剩下一笔钱，是你帮那洋婆子给埋了，明天晋军就要进城了，后天就要开战了，教堂肯定会被炸毁的。你赶紧带着我把钱找出来，咱们一人一半，怎么样？"洪拐子想了想说道："我也记不清埋在了哪里……"田斌瞪着眼睛掏出一支手枪对准洪拐子的胸口，咬牙切齿地说道："现在不去找，等打完仗了再去找，教堂炸成灰了，去哪里找？嗯？还有，最重要的是到固山书院去把那块金砖刨出来，咱们也是一人一半，你听懂了没有？"洪拐子一听要去固山书院刨金砖，吓得直摇头："挖银元可以，刨金砖……我可不敢，那里有暗器，是要命的事情！"田斌一听，从怀里掏出一个铁疙瘩在洪拐子面前晃了晃，说道："你看看这是什么？"洪拐子摇了摇头。田斌又说道："这叫手雷，拉开保险栓后往那个藏暗器的窟窿里一扔，一下就会把暗器给炸毁了，咱们趁势把金砖刨走不就行了吗？"洪拐子看了看田斌手里的枪，摸着下巴转动着眼睛想了想说道："那咱就试试吧。"说完后，领着田斌向城里走去。

进了城后，大街上已经空无一人了。田斌说道："老洪，教堂在那边，你怎么往这边走？"洪拐子说："没有埋在教堂那边，好像是埋在了固山书院的西墙外，就是蓝四的货站里，过了前面的石头桥就到了。"田斌跟着洪拐子上了石头桥，洪拐子说："田局长，你看河里漂着啥东西？"田斌转身趴在石桥的栏杆上向河里看着。洪拐子迅速抓住田斌的双腿，用力往上一提，然后一推，田斌头朝下"扑通"一下栽进了河里。洪拐子撒腿就跑，不一会儿就没了踪影。

固|山|书|院

第四十三章

胡大在大街上打着竹板通知人们后的第三天，晋军大部队七八千人就涌进了平鲁县城，然后将城门紧闭，开始布防。还没有等晋军完成布防，城外的奉军就赶到了，他们架起重炮开始轰击。一时间地动山摇，硝烟弥漫。

北固山是全城的制高点，这里也成了奉军的重点进攻目标。重炮的炮弹带着呼啸声落了下来，山上的树木和寺庙被炸得七零八落，大火冲天而起，到处都是晋军的尸体。有几发炮弹落到了固山书院的窑头上和院子里，炸塌了五六间窑，还把小花园里的亭子也炸飞了。任武行看到情况不妙，赶紧带着两位老师和十几个学生进到地窖里躲了起来。又一发炮弹落到了院子里，"轰隆"一声，震得地窖里不停地往下掉土，吓得几个学生哭了起来。他们后悔没有跟上古先生撤走，要是再这样下去，恐怕是要被炸死了。

城墙被炸开了好几个口子，城门也被轰开了。枪声像炒豆子一样响了起来。晋军开始败退了，没有半天的时间奉军就攻占了县城，随后便开始烧杀抢掠，平鲁县城又一次沦为了人间地狱。

奉军在班明宗母亲的家里搜出了一坛子银元，班母拼死抵抗，抱着坛子死不松手，还大骂不止："你们这哪里像个军人，都是些土匪，都是些强盗。你们就没有母亲吗？都是从石头缝里蹦出来的？啊呀呀……"几个奉军被骂得面有愧色，似乎要放弃抢劫了。这时，好像是一个当官的从腰间拔出手枪照着班母的脑袋就是一枪，鲜血溅到了坛子上面。"哗啦"一声，坛子掉到了地上，银元滚了一地。那个当官的把手枪插回腰间，大喊一声："拿走！"

肉铺子门前也坐着一伙奉军，里面的熟肉被抢光了，他们点了一堆柴火烤着生肉吃。吃完后把没有燃烧完的柴火用刺刀挑到了铺子里面，不一会儿，铺子就被点着了，浓烟滚滚，直冲天空。里面的调料和荤油被烧得噼噼啪啪直响。这伙奉军看了一会儿，转身向教堂走去。

奉军好像对教堂不太感兴趣，反正是连教堂的大门都没有进去。县城里的大教堂和小教堂没有遭到抢劫，比较完整地保存了下来。安娜牧师坐在耶稣像的面前不断地划着十字，口中念念有词，听着外面不断传来的枪声和惨叫声，闻着不断钻进鼻孔的焦糊味，心里痛苦万分，但也无能为力，每天心惊肉跳地苦熬着。

幸好古宫臣在撤离前回家说服了母亲和小翠，她们躲到了五家沟村的佃户家中，没有受到任何伤害。墨吉顺留下的裕盛源绸缎庄被抢了不说，还被烧了个一干二净。好在蔓金仙和蔓金雀提前躲到了教堂里，也没有受到伤害，可是还没有过多久，奉军借口到教堂里例行检查，强行带走了长相较好的两名妇女，其中就有蔓金雀。安娜牧师强烈抗议，一个奉军对她说："你要是心疼她们两个，也行，你跟我们走！"一听此话，安娜吓得直往后退。

蔓金雀被带到了扎在县政府的师部。师长看到蔓金雀的长相后高兴了起来，下令勤务兵好生伺候。到了晚上，蔓金雀陪着师长睡觉。第二天，师长好像是看上了蔓金雀，走到哪里就把蔓金雀带到哪里，寸步不离。过了一个多月，蔓金雀心里想："这个师长还不错，对我这么好。人们都说当兵的都是禽兽不如，我看啊，他们都对当兵的不甚了解，瞎说呢！"过了几天，那位师长还把一对金镯子送给了蔓金雀，蔓金雀高兴得合不拢嘴。

太阳明晃晃地照在地上，天空居然飘下了雪花，正在阎筐箩村操场上做操的学生们惊奇不已，问领操的墨仁："墨老师，这是怎么回事？是好事还是坏事？"墨仁想了想说道："这叫太阳雪，当然是好事了。"可是坏消息还是不断传来，今天这家被烧了，明天那家的人被杀了，后天又有一家被洗劫一空……

大家的心情没有一天是好的。老师和学生们除了上课时暂时忘记了这些不幸的事情外，其余的时间都是闷闷不乐，生怕有一天听到自己家里有啥不幸的消息。要是在往常，腊月十八就要放假了，可现在这个样子怎么放假？古宫臣决定继续上课，除了上课外还要增加一些娱乐活动，排练一些节目，准备正月里演出。腊月二十三这天，村里开始"起秧歌"了，秧歌房就设在不远处的财神庙里。咚咚锵锵的锣鼓声不断地传了过来，虽然影响了上课，但大家都愿意听这种声音，就连晚上都是在这种声音里进入梦乡的。

昨天，康二小从村里买来了4颗猪头，精心煮好后把肉剥了下来，加了一些葱花，用石头压在了一起。除夕晚上，每人分到到三片猪头肉，主食是油炸糕。大家吃着香喷喷的猪头肉，不住地赞叹康二小的厨艺。虽然他连一片猪头肉也没有吃上，只啃了几块几乎没有肉的猪头骨，但心里还是很高兴。

大年初一这天，古宫臣让放一天假，康二小告诉大家中午吃饺子，每人 20 个，自己包，包好了来伙房里煮。这一下可把大家乐坏了，整个院子都热闹了起来。学生们三五成群到伙房里领上和好的面团和调好的肉馅，自己包去了。有的在窑里，有的在院子里，还有的到院子外面的台阶上或者是大树下面的石墩上说说笑笑地包着饺子，一时忘记了这苦难岁月给他们带来的创伤。

还没有到晌午就有学生来伙房里煮饺子了，康二小怕他们煮不好，就亲自上手给他们煮。他看着各式各样的饺子笑得嘴都合不拢了，有大的，有小的，有长的，有圆的，还有匾的、花边的、麦穗状的等等。一直煮到了半后晌，这顿饺子大餐才算结束。

柳秀慧走进古宫臣住着的窑里说："过年了，我给你洗洗衣服吧，自从出来后你也没有换过衣服。"古宫臣说："不用了吧，我也没有带换的衣服。"柳秀慧四下看了看，看见墙上挂着一件古宫臣的衬衣，伸手取了下来说："这件没有洗过吧？"古宫臣说："昨天刚刚换下来的，就这一件。那就劳驾你了！"柳秀慧拿着衬衣走了出来，到自己住着的窑里准备洗了。忽然看到衬衣的口袋里像是装着什么，她拿出来一看，好像是一封信，好奇地打开看了一下。哦，原来是欧阳文菊写给古宫臣的一封信。好奇心驱使她看了起来。一口气看完后，也没有一句暖昧的话，只是告诉他，她和古宫廷一起到了英国，做起了机器生意，还不错，让他放心。柳秀慧心里一阵高兴，看来古宫臣和欧阳文菊的关系已经断了。柳秀慧把信叠好后放在一边，心情愉快地洗起了衣服。

阎笪箩秧歌队的表演还真是好看。从正月初六开始，每天上午挨家挨户地给村里的人们拜年。等到给全村的人家拜完年了，最后来到了古宫臣他们居住的院子，秧歌队的班主说："必须给这些老师和学生们拜个年，否则心里过意不去。"当秧歌队走进院子里的时候，康二小还放起了鞭炮，"噼里啪啦"地响了一阵。秧歌队踢了一个大场子后，又踢了两个小场子。古宫臣把两块大洋给了班主，班主高兴地说："明年我给你们白踢三场。"水生说："明年我们可不来了，这辈子都不想来了！"班主一下愣在那里。洪殊赶紧说道："这与您没有关系，他不是说您，是指的城里的事，城里的事。"班主这才明白过来。

秧歌队走了后，洪殊对水生说："你可不敢说那样的话，常言说得好，这辈子指定不走的路还要走三趟呢！"水生长叹一声，蹲在地上不说话了。

二月十六这天终于得到了好消息：奉军全部撤走了，晋军接管了县城。古宫臣接到这个消息后，又专门派洪殊和墨仁回城查看了一番，确定了消息是真的后，开始收拾东西准备回城。他雇了一些骡子和驴，驮着剩余的粮食和大家的行李向县城走去。

进了县城的东门，古宫臣的眼睛湿润了，看着眼前的景象，他不知道该用什么样的语言来形容自己的心情。城门洞的顶子被烟熏得黑乎乎的一片，好像是进了炕洞，街上被炮弹炸塌的房屋到处都是。走到十字街时，他看到北固山没有了往日的秀丽和端庄，许多寺庙和道观都没有了踪影，只有零零散散的几处未被炸毁殿堂立在那里，尴尬地看着陆陆续续回城的人们。千佛寺的钟楼也被炸塌了，还好，那口冥钟没有被炸烂，歪斜在一堆砖瓦里面，失去了往日的神秘和庄严。

固山书院的大门还完好无损，红纸牌匾虽然失去了当初的颜色，但在塞上的春风当中还是熠熠生辉。它居然没有被战火摧毁。食堂被炸塌了一间，学生教室被炸塌了两间，大成殿、释迦殿和财神殿全被炸塌了。小花园更是没法看了，亭子不见了，到处都是烧焦的树木，院子里还有四个弹坑，被炮弹掀起的泥土和石块到处都是。书院里一个人也没有，也不知道任武行先生和那几个学生怎么样了。

固|山|书|院

第四十四章

古宫臣对回来的老师和学生说："放假 10 天，大家都回家去看看，第 11 天准时到校！"

柳秀慧理解古宫臣的意思，他是想利用这 10 天时间把书院维修一下，书院毕竟还担负着为平鲁县培养教师的重任，不能有半点松懈。柳秀慧说："10 天时间哪能修好？"古宫臣说："先把院子填平，把食堂修好，剩下的那几间窑慢慢修。"说完后就要到城里去雇匠人。康二小说道："古先生，你就不用去了，这些营生我去找几个学生的家长来做就行了，他们做得又快又好，不比匠人们差！"

第二天，蓝四领着 20 多个人走进了固山书院，10 多个人扛着木椽在修被炸塌了的食堂，10 多个人在往炮弹坑里垫土。石板路上有两个炮弹坑，垫好土以后，还得往上面铺石板。古宫臣看着干活的人们，对康二小说："二小，你中午割上10斤猪肉，给人们吃顿油炸糕。"康二小答应一声走了出去。晚上，古宫臣悄悄地挖开了窑里地下的缸，取出了2000块大洋，又把地上恢复了原样。他的窑里还没有顾上收拾，只是简单地打扫了一下，把砸烂了的桌椅板凳都搬到了院子里，等着木匠修理。他看着空荡荡的地上和光秃秃的墙壁，又看到炕上放着的那卷还没有铺开的被褥，心里难过极了，他真想放声大哭，可咬了咬嘴唇，还是忍住了。

在放假后的第5天，任武行领着两位教师和那十几个学生回来了。原来他们在奉军进城后瞅准机会跑了出去，到任武行的村子里躲了起来。在得到奉军撤走的消息后回到了学校。

任武行明显老了许多，连走路都显得很费劲。当他看到被炸塌了的三间殿后，像是忽然想起了什么，对古宫臣说道："宫臣，你来一下我的窑里，我有话对你说。"说完后，与古宫臣一起走进了书院大门的门房里。进门后，任武行转身把门关住，还把插关也插上了。古宫臣一看任武行这么慎重的样子，不由得紧张起来。

任武行指着铺在地上的一块方砖，压低了声音说道："金砖就埋在这里。从东数第7块，从南数也是第7块，你可要记住了。"古宫臣有些疑惑了，他小声问道："任先生，金砖不是埋在大成殿里吗？怎么会在这里？"任武行喘着气说道："宣统元年（1909）腊月初七晚上扎死那个盗贼后，我和王甘承觉得金砖埋在大成殿里很不安全，被盗是迟早的事情，我们两个当夜就偷偷地把金砖转移到了这里，殿里只留下了那件暗器。越是不起眼的地方越不会被盗贼惦记。"古宫臣看着地上的方砖点了点头。任武行又说道："我老了，过一天少一天了，应该把这件事告诉你了！"说完后两行眼泪流了下来。

在修不修财神殿、大成殿和释迦殿的问题上，古宫臣与任武行产生了分歧。任武行认为重修这三间殿比盖 6 间窑还要费钱，修好了后还要重新塑像，又要花上一笔钱。这年头，说不定啥时候又给毁坏了，还得重新修，这三间殿暂时不用修了。古宫臣认为这三间殿不修，整个书院就不是一个完整的书院，不管花多少钱都得修。

这天，柳秀慧走进了任武行住着的门房里对他说道："任先生，您说的话很有道理，重修那三间殿确实会花很多钱，可要是不修了，书院的后墙上就是一个豁口子，整个书院就会不完整的。我们再修的时候不用像以前那样出檐子了，就在原来的基础上券上三间窑就行了。至于塑像，也不用像以前那样，有个泥胎，上点颜色就行。要不然古宫臣的心里会一直有个疙瘩解不开。您是教过他的先生，他的性格您还不了解？您说是不是呀？"

任武行说道："我也是怕你们多花钱，你们要是有钱，还是修了好，这还用说？"柳秀慧一听，这老先生还是挺明白的，就把任武行的话转告给了古宫臣。古宫臣就让康二小到城里请了匠人，开始修那三间殿。

朱木匠一脸沮丧地拿着一个被砸坏了的木箱走进了古宫臣的窑里："古先生，这个我不会修。"古宫臣一看，问道："这是什么？"朱木匠说："我们从大成殿里供桌下面挖出来的，估计就是那个暗器吧……你看，还有这个。"古宫臣看到朱木匠从砸坏了的木箱里拿出一个一尺多长的像铁杵一样的东西，后面拴着一根牛筋绳。朱木匠拉了一下那根牛筋绳，"哗啦"一下，从铁杵的杆上伸出三个二寸多长的倒钩，使人不寒而栗。古宫臣想了想说道："朱师傅，您悄悄把它扔了吧，不要修了。这个东西害死好几个人了，早该扔了！"朱木匠点了点头，就把这些东西扔到了南城门外的垃圾堆里。

几天以后，洪拐子路过垃圾堆看到了这个烂木箱子，他翻开一看，大吃一惊："咦——这不是那个传说中的镔铁峨嵋倒钩吗？怎么会在这里？嗯，一定是古宫臣他们重修大成殿不要这东西了。这可是一件宝贝，不能就这么扔了。"洪拐子解下了那根牛筋绳，盘起来装到了怀里，拿着铁刺回到了家里。在铁刺的外面裹了一些破布后，随手就把它放到了茅房的墙缝里。

这天，墨仁慌慌张张地走进了固山书院，对正在监工的古宫臣说："古先生，我四妈说有急事，非要见您！"古宫臣疑惑地问道："为啥要见我？""她躺在县政府的大门洞里不回家，说是只要见到了你就回家。张县长让我来请您的。"古宫臣随着墨仁来到了县政府的大门口，门口围着一堆人在看热闹。古宫臣走过去一看，蔓金雀躺在大门洞里，披头散发，满脸污垢，身上还穿着棉衣棉裤，有好几处挂破了，露出了里面的棉花，棉衣外面全是尘土和污垢。脚上没有穿袜子，穿着一双黄色的军用男皮鞋。口里不停地说着："你们说我是个破鞋，我就穿一双破鞋让你们看……你们说我是个破鞋，我就穿一双破鞋让你们看……你们说我是个破鞋……"

古宫臣眼窝一热，差点掉出泪来："这……是蔓金雀！"古宫臣有些不相信自己的眼睛了。墨仁蹲下去说道："四妈，古先生来了。"蔓金雀理也不理，还是说着那句话。墨仁伸手抓住蔓金雀的肩膀摇了摇大声说道："四妈，古先生来了！"

过了好一阵，蔓金雀瞅见了站在那里的古宫臣，用手指着他说："墨老爷借给你 100 块大洋，你得还我，我要盖房子，我没有地方去了……我要盖房子……我要盖房子……我要盖房子……你还钱……还钱……"

这时，张县长走了出来，指着蔓金雀对古宫臣说："古先生，你看这……

她好像是疯了。"古宫臣问道："这是怎么回事？"张正和大体说了一下。原来，那个师长和蔓金雀混在一起混了三个多月后命令下来了，部队马上就要开拔了，把她带回去怎么向三个太太交代？怎么向上级交代？师长有些为难了。就在部队要出发的头一天晚上，师长一狠心，一脚把蔓金雀给蹬了出去。

张县长说道："我回来后，她就住在我的屋子里，好说歹说才把她哄了出来，可她又非要见你，说是你当年拿了他们家的钱，只要见到你，还了她的钱，她就走。你看这……"古宫臣一听说道："这好办，找几个人抬到书院去，我来照顾她！"柳秀慧一看古宫臣抬回来一个乞丐模样的疯婆子，吃惊地问道："古先生，这里是学校，不是收容所，这合适吗？"古宫臣说："总不能见死不救嘛，再说了还有墨仁呢，她是墨仁的四妈。"墨仁眼圈一红说道："我妈给了我一些钱，让我给她请个医生看病。"古宫臣说："先把她送到最东面的那间窑里，墨仁，你去请李郎中来。"这间窑就是原来墨吉顺和蔓金雀的洞房，蔓金雀今天又住了进去。

李郎中来了以后，蔓金雀又哭又闹，李郎中根本近不了她的跟前。墨仁说道："为了给她治病，我豁出去了。"随后叫来了水生和蓝宪帮忙，蔓金雀劲儿再大也抵不过这几个年轻后生，只几下就用绳子把蔓金雀给绑了起来。李郎中号了脉，开了药方子，又给她扎了针。药煎好后，蔓金雀死活不喝。墨仁伸手捏住她的鼻子就给灌了下去。过了一会儿，蔓金雀安静了下来。

晚上，蔓金雀撕心裂肺的号叫声传出去很远很远，闹得在书院住宿的几个学生和老师一晚上都没有睡好。古宫臣也感觉有些不妥，就和大家解释起来："坚持一下吧，她的病用不了几天就会好起来的。"

三天后，蔓金雀晚上的吼叫声就少了许多，到了第六天，她一点也不吼叫了，绳子也不用绑了，饭吃的很多，好像饿了几个月似的。但还是疯疯癫癫的，说话不着边际。这天中午，柳秀慧来给她送饭，发现她住的窑门敞开着，人不知道去了哪里。古宫臣让墨仁、水生、蓝宪和黄存财去找，傍晚时分，几个人陆陆续续地回来了，都说没有找到。问了许多人，都说没有看见。咦，这个蔓金雀，会跑到哪里呢？

张县长来了，平鲁国民师范举行了第一届学生的毕业典礼，原来的80名学生只剩下66名，学校给发了毕业证书。不同以往的是，毕业证书上还盖上了县政府的大印。张县长分派了学校，工资每人每月35元晋钞纸币。学生们高兴万分，终于能够教书了。35元晋钞纸币可以换29块大洋。啊呀，不少了，不少了。

会上，古宫臣宣布了第二届学生就要开始招生的决定，五月初十考试，五月二十开学，招生名额还是两个班、80人。张县长还宣布，从今天开始，古宫臣还要兼任高小的校长。高小也要从文庙搬到小教堂里，把崇实小学的学生合并到萧乐道的小学里。文庙太破旧了，没法继续办学。教育局局长樊烈文发表了讲话，他说："我们平鲁的教育从苦难中诞生，也要从苦难中崛起。只要我们大家共同努力，举全县之力办教育，我们一定会把文盲县这顶帽子扔到太平洋里去！"

文庙里的学生搬走以后，胡大用讨来的钱把正殿的窗子全部修好了，孔子的塑像也重新刷上了颜色，然后还上了两遍桐油。这样一来，上供的人也多了起来。这下，胡大不愁吃喝了。胡大还发誓说："我还要把东西偏殿也修好，你们等着瞧吧。"

这天傍晚，蔓金雀也不知道从哪里冒了出来，她跑到文庙里吃了些供品，翻到墙外晒太阳去了。人们都过起了夏天，穿着单衣都嫌热，她还穿着棉衣。一会儿工夫就浑身冒汗，她干脆脱了棉衣棉裤，赤身裸体地躺在衣服上睡着了。到了半夜，蔓金雀被冻醒了，她也不懂得去穿衣服，就又翻墙进了庙里，推开正殿的门走了进去。里面黑咕隆咚的，啥也看不见，影影绰绰地看见墙角里有一些棉被，她就钻了进去。

胡大喝了一些酒，睡得正香，迷迷糊糊地觉得有人撩起他的被子钻了进来，呼出的气喷到了他的后脖子上，一阵阵发痒。他伸手摸了摸，呀，滑滑腻腻的，冰凉冰凉的！这是什么呀？是人吗？怎么没有穿衣服啊。不是人吧，摸着又像个人。咦——像个女人，喘气的声音也像个女人啊。我是在做梦吧，哎，管他呢，睡觉吧。胡大今晚有些醉了，他想到这里又迷迷糊糊地睡着了。朦胧中，胡大感觉到有个女人在摸他，慢慢地给他脱了裤子，又给他脱了上衣，摸遍了他的全身。她的手又绵又软，手臂和腿缠绕在了他的身体上，胡大再也控制不住了，就和她缠绵在了一起。睡梦中，胡大感到幸福极了。他长这么大还没有和女人在一起睡过，怨不得男人们要娶女人呢，原来女人这么好啊。可是谁家的女子愿意嫁给一个要饭的呢？可今晚这个女人是谁呢？胡大想着想着又迷迷糊糊地睡着了。

第二天，胡大揉了揉眼睛一看："呀呀呀，这不是蔓金雀吗？她怎么跑到了我的被窝里？这可怎么办呀？"胡大看着睡得正香的蔓金雀，一时六神无主，抓耳挠腮起来。忽然，他想到了一个办法，去找吴油子算算命，看看这该怎么办。

固|山|书|院

第四十五章

　　平鲁的又一个秋天来了，沟壑间兀秃的山坡上种着的莜麦显然已经熟了，黄白黄白的。起过山药的地里露出了黄褐色的土壤，平地里的谷子黄澄澄地弯着腰，被风吹得东倒西歪，需要赶紧收割，要不然风再刮大一点就会全被刮倒，那就损失大了，一动镰刀，谷子粒会掉到地上，一年的辛苦就白费了。

　　县城和村里的学校都放秋假了，这是县里张县长根据上级的文件要求安排的。文件上规定，凡是中小学校都要放秋假，以便帮助家里搞秋收。田野里大人孩子齐上阵，一片秋收的繁忙景象。

　　一个月的秋假很快就过去了，学校按时开学。固山书院除了两个师范班，还有一个孤儿班和一个高小班。为了便于管理，经过县教育局樊烈文局长同意，把高小班并到了小教堂那边的高小里，把孤儿班并到了萧乐道的小学里，书院只留下了师范班，成了名副其实的"平鲁国民师范学校"。大门牌匾上的这几个字有些掉色了，康二小又买了几张红纸，让古宫臣又重新写了一遍，他又给裱糊了上去。牌子又变得亮起来，看着很是舒服。

吃完晚饭后，古宫臣和柳秀慧一起走出了书院的大门，到中陵河对岸去散步，还没有走多远，洪殊就追了过来。古宫臣站在那里听着洪殊说话："古先生，我妈让人给杀了，我要请几天假回家料理后事。"古宫臣一惊："谁干的？"洪殊说："可能是田斌，有人看到他了。""那你赶紧回去吧，你的课我安排别人去上。"古宫臣说道。

看着洪殊远去的背影，柳秀慧问道："是不是以前的公安局长田斌？"古宫臣说："估计是他。"他们两个一直走到了南门口，出了南门又转了好一会儿才往回走。过了中陵河便向书院的大门走去。正要进去，胡大从大门洞里走了出来："古先生，我有个事情和你商量，看你愿不愿意。"古宫臣有些疑惑地说道："你说。"胡大说："我想娶蔓金雀。"

古宫臣看了一眼柳秀慧，回头对胡大说："你找到她了？"胡大说："找到了，好长时间了，我养活着她呢。"古宫臣又问道："她愿意吗？"胡大说："她有时候愿意，有时候不愿意。嘿嘿。"古宫臣一时没有听明白胡大的话，就问道："我没有听明白你的话，她到底是愿意还是不愿意？"胡大说："疯病发作的时候不愿意，清醒的时候愿意，就是这么个意思。"

柳秀慧看着古宫臣说道："依我看，有个人愿意照顾蔓金雀，这是她最好的归宿了。要不然疯病发作了是很危险的事儿，会要了她的命。"古宫臣想了想说道："胡大，你到我的窑里来一下，我有话对你说。"胡大不解地跟着古宫臣走进了书院的大门，一直走到了古宫臣住的窑里。在进窑门时古宫臣对柳秀慧说："你也进来吧。"柳秀慧跟了进来。

古宫臣拿出一摞银元放到了胡大面前的桌子上，对胡大说道："胡大，你确定要娶蔓金雀？"胡大说："现在都过在一起了，早就决定了！"古宫臣又说道："那好，你把这些银元拿上，就算是她的嫁妆，从今往后，你要好好待她……她也是个苦命的人。"胡大接过银元，一连给古宫臣作了三个揖，转身走了出去。还没有出了书院的大门就小跑了起来。康二小看到后，赶紧追了出来，还以为胡大在偷东西，当他看到台阶上站着的古宫臣和柳秀慧时才明白过来，胡大是从古先生那里出来的，不是偷了东西跑出来的。

洪拐子对田斌还是放松了警惕。那天，他把田斌推到河里后只顾跑了，没有看到田斌是死是活。河水只有二尺多深，田斌头朝下掉进去后并无大碍，只是呛了几口水。等他从河里爬出来后，洪拐子早已跑得没有了踪影。他心里狠狠地骂道："洪拐子，你等着！"田斌也不敢到县城里去，认识他的人太多，一旦被人发现，非让逮住不可。他转身往乡下走去，走到了离城五里远的爬楼村隐藏了起来，一边寻思着找钱财，一边等着报仇，非把洪拐子治了不可。

这天傍晚，天还没有完全黑下来田斌就进了城，躲到了洪拐子的茅房里，等着洪拐子出现。洪拐子田地里的活儿多，干到很晚了才回去。进家喝了一口水，也没有看到老婆的影子，灶台上锅里的水"咕嘟咕嘟"地滚着，也没有人管。他从缸里舀了一瓢水倒进锅里就向茅房走去。一进茅房，朦胧中看到有一个人倒在地上。洪拐子俯身一看："呀呀，竟是自己的老婆！"他赶紧把洪嫂扶了起来，洪嫂断断续续地说道："田斌……田斌……"一句话还没有说完就断了气。洪拐子把洪嫂抱到了家里的炕上，这时，在昏暗的油灯下他才看清楚了，洪嫂的胸口上还插他捡着捡回来的那把铁刺，伤口还在不断地往外面渗血。洪拐子连喊几声，洪嫂始终没有动静。他赶紧跑到公安局报了案。秦局长一听，这还了得，省里的通缉令还在呢，田斌这小子胆大包天，又犯下了人命案。秦局长大喊一声："高二，集合队伍，全城戒严，抓捕杀人犯田斌！"

过了整整三天，连田斌的影子都没有看见。第四天晚上，县警察局管财务的杨拴柱被抹了脖子，还被抢走了一支手枪和五千元晋钞。这是谁干的？是不是田斌？张县长和秦局长开始挠头了，肯定是田斌干的，他当过警察局长，对警察局的情况太熟悉了。要不是他，还有谁？一时间，整个平鲁县城人心惶惶，比听到匪兵进城还要害怕。许多人不敢在家里睡觉了，把铺盖搬到了房顶上去睡，生怕被"田大盗"进来抹了脖子。

县城里除了警察在巡逻以外，还组织了三支联防队，他们白天睡觉，晚上在大街小巷巡逻。为了不让师生们害怕，古宫臣也成立了四个防御小组，每组 10 人，每天晚上在书院里值夜。到了后半夜，还在书院的四个墙角点起四堆篝火。一是为了取暖，二是为了壮胆。古宫臣每天晚上倒是睡得很安稳。他对田斌是熟悉的，他到现在也认为田斌不会干杀人的事儿，这里面肯定另有隐情。

半年多时间过去了，人们对"田大盗"的事儿也就逐渐淡忘了，县里的联防队没有取消，变成了平鲁县保安大队，队长是高二，他担任大队长的第一件事情就是向全县的商号收取保安费，就是连固山书院和城里的学校也不放过。又过去了半年，人们对这个事儿也就全部忘记了，可高二的保安队牛了起来，连警察局长秦二也不放在眼里，常常为了收取保安费和警察局发生冲突，官司经常打到张县长那里。为此，张县长后悔不已，为啥要成立这个保安队呢？要是解散了吧，还要对付那些土匪呢，光靠四十多个警察是啥事不顶。上次有一股土匪骚扰县城，保安队从西门出击，警察队从东门出击，对土匪形成了夹击之势。土匪吓得一溜烟跑了。要不然县城又要遭殃了。这个保安队还起了大作用，可是他们常常闹矛盾，这该怎么办？

平鲁国民师范的学生又要毕业了，张县长和教育局长又来固山书院主持毕业典礼，宣布了分派的学校和工资，学生们当场就议论开了，纸币贬值贬得厉害，大家都想要银元，哪怕是一个月20块都行。张县长当场答应，就按每月20块银元发给他们。接下来，教育局长又宣布招收第三届学生，还是两个班，80名学生，毕业后一切待遇不变。

下午，古宫臣收到了弟弟的来信。信中说他和欧阳文菊已经在英国定居了，生意做得还不错，尤其是制造武器的机器供不应求，光前半年卖到武汉的机器就有550台，雇了两条货轮才从英国运了过来。弟弟让他照顾好母亲，还说平鲁是个很不好的地方，经常发生战乱，让他去太原或者是其他地方。房子先不要盖了，盖起来怕是又要被烧毁。

又过了几个月，胡大满脸堆笑地走进了固山书院，把一篮子鸡蛋放到了古宫臣的炕上，然后倒身便给古宫臣磕头。古宫臣赶紧把他扶了起来："胡大，你这是干什么？"胡大站起来后说道："我有后代了，是一个大胖小子！上个月生下的，今天满月，我给你送些鸡蛋，感谢你！"古宫臣说："真的假的，你别胡诌啊！"胡大说道："这还有假，我就住在文庙的东厢房里，要是不信你可以去看看嘛！"

说来也奇怪，蔓金雀自从生下了儿子，疯病也慢慢好了，过上了正常人的生活。胡大也不去讨吃要饭了，他在蓝四的骆驼队里干上了活儿。后来，他也不在文庙里住了，在固山书院的旁边盖起了三间石窑，小日子过得有滋有味。

也不知道是什么原因，张正和要调走了。这天，他来到固山书院和古宫臣告别。他说道："我调到了朔县，还是县长。朔县离平鲁不远，你要是有啥困难了，可以随时找我。"古宫臣也有些伤感："平鲁是个苦寒之地，还是离开好。"张正和说："，从内心说我也不想离开平鲁，这个地方毕竟是我的家乡……"

就在古宫臣把张正和送出固山书院大门的时候，张正和又说道："田斌是被冤枉的。"古宫臣吃惊地看着张正和。张正和又说道："是田斌的双胞胎弟弟干的。他的弟弟在口外当土匪，带着两个人来平鲁打探消息。找到田斌后因为言语不和，谁也说服不了谁，两人闹翻了，他就绑架了田斌。他弟弟干了杀人越货的事情，嫁祸于田斌，逼得田斌不能回平鲁了，也就入了伙。人们捐的钱他藏了起来，后来写信告诉了我。我找到后全部给保安队购买了枪械。"古宫臣说道："是啊，人们怎么就没有想起来他还有个双胞胎弟弟？"

固|山|书|院

第四十六章

　　一个叫武胜的人来平鲁当了县长。他上任的第一件事情就是拍卖全部公产给公职人员开工资。是啊,平鲁县实在是太穷了,几乎连办学的经费也拿不出来了。

　　武县长说是接到省里的文件了,于是下令全县公开销售鸦片,一时间,城乡的人们开始吸食鸦片。古宫臣总觉得这不是一件好事,就到县政府找武县长了解情况。

　　武县长见到古宫臣后说道:"我正要去找你,国民师范停办吧,县里没有钱了。你那里的学生一毕业就要增加县里的财政负担,这一届学生毕业了就算了吧。"古宫臣和武县长说了放开吸食鸦片的事儿。武县长双手一摊说:"上面的解禁令,我只是执行上面的命令而已。"古宫臣讨了个没趣，悻悻地走出了县政府的大门。国民师范也要停办了，看样子连这一届也不想维持了。唉……

秦二和高二在固山书院的大门外打了起来。秦二带了两个警察，高二带了5个保安队员，在人数上占优势。不过，秦二带的那两个警察也不是吃素的，毫不惧怕高二他们人多。好在双方都没有动枪，都把枪扔在了地上，拳脚相加，打得不可开交，难解难分。

康二小听到了动静，走出来一看："我的妈呀，这两伙人怎么在这里干起架了。"他赶紧跑到后院告诉了古宫臣。古宫臣一听，赶紧跑了出来，大喊一声："住手！"双方停下手来，一看是古宫臣，都不吭气了。擦嘴的擦嘴，揉脸的揉脸，还有的在整理着衣服，喘着粗气站在那里低头不语。在这伙人里面，除了秦二和高二，其他的都是古宫臣的学生，对古宫臣很尊重。

古宫臣问道："怎么回事，怎么在书院门口打架？"秦二和高二支支吾吾不说话。古宫臣指着一个警察问道："你说说，是怎么回事？"这个警察原来是古宫臣的学生，在固山书院念过4年书。他看着古宫臣说道："我们来书院收治安费，在大门口碰上了他们。他们说是来收保安费，可是武县长说，学校只能收一种费用，不能两种费用全收。商行里可以收两种费用。他们要进去收，我们也要进去收……所以就发生了冲突。"

古宫臣听明白了，问道："收多少？"那个警察说道："也不多，就5块大洋。"古宫臣对站在身边的康二小说道："进去向柳老师拿上10块大洋，给他们每家5块。"说完后转身回去了。柳秀慧说道："啥，因为5块钱警察和保安队打起架来了？他们也不怕人们笑话！"

一年多了，县政府一分钱也没有给国民师范拨，全是古宫臣自己花钱支撑着，存下的钱已经剩下最后500多块了，不过银元还是硬通货，要比晋钞强多了。他盘算着接下来该怎么花钱才能节省一些。再有半年这些学生就能毕业了，决不能让他们半途而废，一定要坚持到毕业。

这时，传来了阎锡山联合冯玉祥反蒋的消息。果然，没过多久省里来了两个督办员，命令武胜县长在一个月之内招收新兵200人，筹集军费5万元。武县长一听头都大了，这个任务怎么能完成呢！眼看就到一个月的期限了，新兵征召了不到100人，军费筹起了两万元，还差一多半。两位督办员不干了："武胜，你不想干不要紧，但不能影响了我们哥俩的前程。你必须强硬一些，采取强硬手段完成这项任务。"武胜摇了摇头说道："二位有所不知，这平鲁县实在是太小太穷了。人少钱更少，实在是……"

"不行，那国民师范不是有80多人吗，把他们招收上不就够了？还有，你要加大税收，强行征收，再给你10天的时间，必须完成！这个事儿没有商量的余地，否则的话军法从事！"两位督办员狠狠地说道。

武胜没有办法，只好派出警察队、保安队连夜出动，向全县征收军事特别税，就连边墙上的稽查队都调了回来，配合征收特别税。对于招兵的事他和古宫臣一说，古宫臣是一万个不同意："他们年龄还小，学业也没有完成，不能给他们去当'炮灰'，坚决不能！"两个督办员一听："什么，一个教书先生就这么强硬？敢不执行省里的政策，我看他是活腻了。走，我们去看看！"

武胜陪着两位督办员走进了固山书院，一进大门就听到了朗朗的读书声。康二小一看势头不对，赶紧到后院告诉了古宫臣。古宫臣心里早有准备，知道他们迟早会来的。

一见面，还没有等武胜介绍，一个督办员就指着古宫臣说道："你就是古宫臣？"古宫臣说："就是在下！"另一个督办员说："听说你拒不执行省里的政策，你的胆子不小啊！你知道这样做的后果吗？"古宫臣咳嗾了一下说道："我就是有十个胆子也不敢违抗省里的政策，相反，我是政策的坚决执行者。民国十七年在南京召开的全国教育会议明确规定，凡15岁以下之少年，必须在校读书。民国二十二年，阎省长亲自签署教育令，本省一律实行9年制义务教育，15岁以下的学生务要完成，不得以任何理由拒绝。这个任何理由当然包括招收新兵。就在今年2月份，刚刚发布的省教育条例规定，师范学生不得以任何理由改行，进入教育以外之职业，必须当教师。二位从省城来的，见多识广，不会不知道阎省长签发的这个教育条例吧？还有……""行了行了，古宫臣，你在哪里念过书？记性不错嘛！"一个督办员挥了挥手问道。古宫臣说："鄙人不才，在山西大学堂读过三年书。请问二位在省城哪个部门发财？"

一个督办员说道："我们在省政府秘书处工作。"古宫臣一听，又问道："二位可认识孙谦？"一个督办员显得有些惊奇："他？省法院的大法官，谁不认识！"古宫臣又问道："二位可认识陆乾？"两个督办员显得更惊奇了："他是我们的上司！你认识他？"古宫臣不慌不忙地说道："他女儿叫陆妙霞，是我的学生，我经常去他们家做客！"两位督办员一听，满脸惊慌，连忙说道："武县长，你怎么不早说，你差点害死我们！走走走，古先生，多有打扰，多有打扰。实在是对不起！对不起了！"

两个督办员赶紧走了，出门时门槛有些高，他们不习惯，一个还差点绊倒，幸亏另一个赶紧过来扶了一把。回到县政府后，两个督办员说："武县长，新兵能招多少算多少，不够的部分用民夫顶替。征款嘛两万就两万，算你完成了任务。就这样吧，我们明天就回省城。"

送走两位督办员后，武胜立即停止了强行征税，撤回了警察和保安队。秦二和高二问道："已经征上来的款怎么办？"武胜说："全部交回县财政局。"

武胜来固山书院找古宫臣，一见面就作揖："谢谢古先生！要不是你，唉……我怕是过不了这一关！给你拨点办学经费吧，这……师范，没少花你的钱吧，我心里清楚，我啥也清楚！可就是无能为力！无能为力！"

武胜在走出固山书院的大门时迎面碰到了蓝宪。蓝宪惊呼一声："啊，原来是你啊！"武胜吓了一跳，看清楚对面的人时也觉得很面熟，但一时想不起来。蓝宪说道："在朔县东关的车马店里，你还送过我一块崭新的毛巾，我一直藏着，没有舍得用。"武胜一下想了起来："啊，原来是你，现在在书院里教书？"

其实，武胜也是个有文化的人，一来平鲁县就创办了《中陵周刊》，还亲自当了主编，每周编辑出版一期，向全县分发。第二年，创办了平鲁县第一个官办印刷局，承揽印制公文和民事业务。印刷局建成后，方便了古宫臣他们印制课本，再也不用跑到太原去购买课本了，省下了不少钱。

阎锡山、冯玉祥联合反蒋失败了，晋钞又贬值了许多。吴油子挎着半篮子晋钞去肉铺买酒肉，掌柜说："这钱不值钱了，你这半篮子也买不上一斤肉，不要不要，拿银元来！"吴油子无奈地从腰间摸出一块银元："这一块银元，加上这半篮子钞票，够打二斤酒和买二斤肉了吧！"掌柜说："够了。"

吴油子拿着酒和肉回家去了，他不敢坐在肉铺前面的台阶上吃喝了，也不敢胡诌了。一年来，他因为散布谣言让警察局和保安队抓过十多次了，每次进去都要挨一顿打，罚他钱吧，他又没有。现在的吴油子除了给人算算卦、看看日子勉强度日外，啥也不做了。他强烈地感觉到，属于他的时代已经过去了……

小学的校长还是萧乐道，高小的校长古宫臣不再兼任，又换了新人。由于时局不稳，女子小学解散了，又在文庙里办起了扫盲夜校。由于经费短缺，学校都难以维持，教学也是时断时续。人们都羡慕古宫臣的国民师范办得好。

这几天，每到傍晚时分，学生家长们都要给学校送些粮食或是蔬菜。有送白菜、菠菜的，有送莜麦、胡麻、豌豆的，还有人送胡麻油。要是人多了，还要在食堂库房的门口排队等候。每到这时，黄存财都忙得满头大汗，他都要一一过秤后登记。这都是父老乡亲对学校的信任和支持啊，不能有半点马虎。

这天，康二小对古宫臣说："县里把保安队改成防共保卫团了，还强令各村成立防共保卫队，这啥是'共'？"古宫臣想了想说道："'共'就是共产党，是为穷苦人办事的党。"康二小似懂非懂地点了点头。

昨晚下了一场大雪。第二天，太阳还没有出来武胜就收到了全省戒严的命令，特别指定平鲁县为重点防务区。过了几天，传来了消息，共产党领导的红军东渡黄河进入山西了。平鲁县的警察和保卫团一下紧张了起来，在各个交通要道设了几个关口，对来往行人进行严格盘查。三个城门口也设立了检查站，对进出城门的人进行检查。秦二和高二乐此不疲，每天都高兴得合不拢嘴。人们说，他们利用盘查之机搜刮了不少钱财，每天都有进项。

古宫桃回来了，她到固山书院找到了古宫臣。古宫臣都不敢认了，她已经长成了一个青春洋溢的大姑娘了，还带着一种侠女的风范，和柳秀慧非常像。古宫臣吃惊地问道："桃桃，他们查得那么严，你是怎么进城的？"古宫桃说："大哥，我自有办法，那些饭桶能拦得住我？这次和我一起来到平鲁的还有12个人，是来宣传抗日的，还要发展会员。哦，对了，这还里有二哥给你的信。"古宫桃说着把一封信交给了古宫臣。

古宫臣接过信打开看了起来。信中说古宫桃加入了牺盟会，还是牺盟会的一名领导，要回平鲁县开展工作，让他积极配合，并且全力支持。看完信后，古宫臣问道："这个牺盟会是什么组织？"古宫桃说："它的全称叫'山西省牺牲救国同盟会'，是共产党领导的一个组织。"

古宫臣明白了，又问道："桃桃，你回家见过母亲了吗？"古宫桃说："见过了，我就住在家里。"古宫臣说："桃桃，你要注意安全，在不影响工作的情况下多陪陪母亲。"古宫桃嘿嘿一笑说："哥，你放心好了！"

固|山|书|院

第四十七章

县教育局长换成了郝正明，他一上任就在县城东街建了一个图书室，倡导有识之士捐献图书，供全县人民阅读。古宫臣带头捐了 200 本图书，其中就有他最爱读的那本《山海经》。郝正明到书院了解办学情况，看到了古宫臣咬牙坚持办学，不让一个学生流失的情况后感动不已："我一定要为你争取办学经费！"

几天后，古宫桃来到书院说："哥，我们想在你的师范学生当中发展 10 名会员，你看如何？"古宫臣说道："我明白你的意思，可以发展。不过不能强求，要自觉自愿。"古宫桃听了后呵呵一笑说："哥，你以为我是法西斯啊，我们是自由民主的组织。你让我强求我也不敢啊，那样会违反纪律的。"

秋后，这些师范生就要毕业了，这可能是最后一届了。郝正明来到书院给全体学生颁发了平鲁县教师行业许可证。他说："我们在全县都要实行教师行业许可证制度，为期 5 年。5 年后，经考察合格的，继续发证。不合格的，不予办理，令其退出教师行业。"大家一阵欢呼，都表示支持郝正明局长的做法。

武胜县长放下了手中的报纸，忧心忡忡地对古宫臣说："看来这日本人要侵略中国了，你看看这里，目的已经很清楚了。"武县长说着把报纸放到了古宫臣面前的桌子上，背着双手在地上不停地踱步。今天，古宫臣到县政府准备和武胜谈一谈学生毕业后还招不招生的事儿。

古宫臣的话似乎并没有引起武胜县长多大的反应。他又问道："这一届有多少毕业生？"古宫臣说："有 78 个，原计划要搞一个毕业仪式的，但是为了节约经费，不准备搞了。""哦，好的。你赶紧把学校的事情安排好。"武胜说完后长叹了一声。

古宫臣走出了武县长的办公室，心里也紧张了起来。这万一日本人打进来可怎么办呢？转念一想，嗨，管他呢，先做好眼下的工作吧。他心里虽然这样想着，但还是着急地向书院走去。进了大门后，没有听见学生们的读书声，他便向东面的教室走去。刚走到门口，就听到了古宫桃铿锵有力的讲话声。他笑了一下，没有进去。他不想打断古宫桃，他知道她在干什么，于是便转身向后院走去。

东百灵庙抗战取得了大捷，牺盟会组织召开了声援大会。大会在戏园子里召开，古宫臣带着全体师生来到了会场，他看见武胜站在台上指挥着台下参加会议的人们在排队。会后，古宫桃找到古宫臣说："哥，我发现你的学生们都很有革命激情和意志，你要保存好这一支革命力量。"古宫臣说道："可他们马上就要毕业了，全部要回村教书。"古宫桃说："我知道了，我会想办法的。"

古宫臣和柳秀慧正在讨论日本人侵华的事情，康二小跑了进来："古先生，没有粮食了，怎么办？"古宫臣问道："还能坚持多久？"康二小说："最多三天。"古宫臣为难起来，这可怎么办呀，钱也花光了，怎么购买粮食和支付教师的工资？沙锁的钱、二弟给的盖房钱，还有黄存财成家的钱全部垫了进去，要是现在毕业还可以，可桃桃说了，要保存这支力量，这没有钱怎么办？古宫臣看着康二小说："啊呀，二小啊，这下可没辙了。"

柳秀慧说："需要多少钱？"古宫臣说："最少得五千块银元。"柳秀慧说道："我这里还有一万元，赶紧到朔县取了吧，要是日本人来了，肯定取不成了！"古宫臣眼睛一亮："好，就算我借你的！康二小，你叫上洪殊、墨仁和水生，咱们一起到朔县取钱。"

午后的太阳黄灿灿地挂在天空，天空中没有一丝云彩，太阳光全都射在了地上。树叶也变得蔫了，无精打采地挂在树枝上。地上的植物全都弯下了腰，躲避着太阳射来的像烧红了的箭头。蚂蚱藏在树影和草丛里，"吱吱吱"地叫个不停，叫得人心烦意乱。

学校的教室里，洪殊拿着一张报纸在反复读着。他在思考着下一步该怎么办。报纸上"日本悍然发动卢沟桥事变，侵我中华"这行大字分外醒目。这时，墨仁、蓝宪、水生他们也得到了消息，全都跑了过来。他们问道："日本人发动了侵华战争，是真的吗？"洪殊什么也没有说，把报纸递给了他们。墨仁接过来念道："7月7日晚，日军在北平西南卢沟桥附近举行非法军事演习，诡称一名士兵失踪，要求进入宛平县城搜索。这一无理要求遭到当地驻军拒绝后，日军竟向宛平县城开枪射击，继而开炮猛轰卢沟桥。连日来，不断派兵……"

洪殊看了看大家，脸色凝重地说："把这个消息告诉全校师生，做好教育疏导工作，以免引起混乱。"说完后，他又让蓝宪把这个消息告诉住在后院的古先生，看看下一步该怎么办。

第二天吃过早饭，平鲁县的牺盟会领导人来到了学校，说让古宫臣配合他们的行动，号召全县人民开展"援助二十九军抗击日军签名募捐运动"。古宫臣立即组织全校师生上街游行，宣传募捐。

晚上，古宫臣把牺盟会的人请到了学校，让他们住到了学校里，这里吃住方便，又便于开展抗日救亡工作。这些人原来住在洪拐子家的东下房里，洪殊回去过好几次，和他们都很熟悉了。牺盟会的人给他讲了很多革命的道理，再加上洪殊在太原念书时看过一些进步书籍，很快就和他们成了朋友。

古宫臣领着一些来帮忙的人在书院的地里割黍子。他望了望长势喜人的黍子，心里想着等打下了黍子，碾下了黄米，要请几个老朋友到固山书院吃顿油炸糕。这时，一个八九岁的小孩子举着一张报纸，边跑边喊："先生，武县长让我送来的，日本飞机给大同城扔炸弹了……"割黍子的人们惊慌地停下了手中的活儿，让古宫臣给念念报纸。古宫臣接过了小孩子递过来的报纸，摘下了头上戴着的草帽，走到了地埂边的树荫下。人们放下镰刀围拢了过来。古宫臣拿着报纸念道："……连日来，日军飞机在大同狂轰滥炸。仅本月19、25两日，即派飞机30余架次，投弹200余枚，炸死炸伤我无辜居民120余人……"人们听了议论纷纷，惊慌失措，不知如何是好。

日军突破天镇棋盘山防线，占领了天镇。日军侵占了大同。日军侵占了左云。日军侵占了右玉。一连串消息传了过来。古宫臣接到县政府的通知，让学校的老师转移，全体学生马上毕业，先回家，看看形势再分派工作。这时，国民党军官第九教导团来招收学员了，让古宫臣配合招收40人。古宫臣说："好的，明天我就宣传，后天你们就来招收。"古宫臣打发走了几位军官后，马上派人去通知古宫桃，让她赶紧过来，看看这事怎么处理。古宫桃接到通知后，和另外两个人立即赶到固山书院，紧急安排了一些事情，然后就开始行动。他们假装成要转移的样子，把东西装了上了 6 辆大马车上，除了老师以外 78 名学生全部要走。古宫桃悄悄对古宫臣说道："哥，你为我们党做出了很大的贡献，我代表党组织谢谢你了。在你的这些学生当中，我们已经发展了 10 名共产党员，他们都成了我们的中坚力量。哥，我又要走了，你照顾好母亲，也照顾好自己。哦，你和那个柳秀慧结婚吧，她是个好人！哥，再见了！"古宫臣的眼睛有些湿润了："我送送你们。"古宫臣走出了固山书院的大门，学生们见他来了，都围了过来，他们说道："再见了校长！校长保重身体！"古宫臣抬头看了看大门上挂着的牌子，想了想说道："桃桃，把这块牌子也带走吧，上面的金子刮下来后能卖些钱，买武器去吧！中华民族的抗日大业就靠你们了。"随后，古宫臣大喊一声："康二小，摘牌！"

古宫桃一惊："哥，这……"柳秀慧也走了出来，看着古宫臣，泪珠从眼睛里滚了出来。古宫臣又对愣在那里的康二小喊了一声："摘牌！"康二小赶紧回去搬来一只凳子，颤颤巍巍地站了上去。热闹的送行场面顿时安静了下来。大家都盯着那块裱糊着红纸的牌匾，康二小的每一下敲击就像是敲在了古宫臣的心上，敲在了柳秀慧的心上，敲在了所有固山书院老师和学生的心上。

牌子摘了下来，大家默默地把它装到了大马车上。古宫臣从柳秀慧手中接过一个沉甸甸的布袋子交给了古宫桃："桃桃，把这个也带上，他们都是长身体的时候，不能饿着。"古宫桃接过来掂了一下，感觉到最少也有 1000 块大洋。古宫桃挥了一下手臂说："出发！"赶车的人一声吆喝，大马车开始走了。随后，学生们跟着大车向西城门走去。他们不断地回头看着站在那里的古宫臣、柳秀慧和康二小。晚霞染红了西方的天际，也染红了他们三个人的面颊……

古宫臣含着眼泪对柳秀慧说："秀慧，我们结婚吧！"柳秀慧含着眼泪点了点头！康二小一下愣在那里，咬着嘴唇，心里像凝结了一块万年冰坨，寒冷无比。不知过了多久，才听古宫臣说道："康二小，明天你给做一桌酒席，我们要结婚！"康二小点了点头，默默地转身走进了大门，走进了食堂，又走进了厨房。这条路他走了无数遍，只是眨眼的工夫就能到。可今天康二小感觉走了一万年。这是康二小第一次走这么长的路，也是他最后一次走这么长的路。

第二天，古宫臣向县政府走去，他要向武胜县长汇报一下学生转移的情况。进入县政府后，里面空无一人。许多房门都敞开着，桌椅东倒西歪，门里门外扔着一些白色的纸片。古宫臣看着眼前的一切，不知如何是好。这时，牺盟会的老李走过来说："古校长，他们已经转移了，你还没有走啊。"古宫臣一看是老李，当即和老李说了他们学校的情况。老李神秘地说道："你们这件事情办得好。他们转移到西山后，有什么困难会找那里的抗日组织，组织会帮助他们的，你放心吧。你们老师也要转移，估计日军两三天后就会进攻县城。"

古宫臣和老李告别后，转身走出了县政府的大门，急忙向固山书院走去。洪殊面色凝重地坐在书桌前，书桌上放着两部书稿，一部是《平鲁县教育志》，一部是《固山书院志》。水生他们已经收拾好了东西，正在劝洪殊转移。洪殊说什么也不走，要留下来继续编这两本书。古宫臣走进来看见了眼前的一切。他知道，洪殊一旦决定的事是不会改变的。就对洪殊说道："你把这两本书带上吧，今后就全靠你了。日本人来了，你留下了也编不成，反而有可能毁了这两本书，你还是和他们一起走吧！留着青山在，不怕没柴烧。"

固|山|书|院

第四十八章

洪拐子站在地埂上看着眼前已经熟了谷子犯起了愁，这该怎么办呢？走吧，这满地的庄稼全都成熟了，就这样扔了，冬天吃什么呢？不走吧，听说日本人杀人放火，啥事都干得出来。全城的人都跑光了，自己不跑，那不是在等死吗？站在一旁的吴油子看见洪拐子发愁的样子，灵机一动，对洪拐子说道："咱们不在城里住了，在野地里搭个窝棚，看看会发生啥事情。"洪拐子一想，哦，也是啊。有几户胆子大的农民学着洪拐子的样子，在庄稼地旁边的树林里搭起了窝棚，悄悄地住了下来。

人们为了祈求城隍爷保佑县城，在转移前给城隍爷上了许多供品，供桌上的供品堆积如山。胡大看着满桌子的供品，挥舞着手中赶骆驼的鞭子，怒骂着："我日你妈小日本，我操了你八辈子祖宗了，你到中国来干啥？你到平鲁县来干啥？你他妈在东洋岛好好的光景不过，你寻灰哩！我日你妈……"

胡大的叫骂声惊动了落在城隍庙院子里大树上的一群乌鸦，那群乌鸦飞了起来，在胡大头顶上盘旋着，看样子是在和胡大争夺这一桌供品。任凭胡大怎么赶就是不飞走，还时不时拉下一泡屎来气气胡大。

古宫臣起床后拿着扫帚认真扫起了院子。过了一会儿额头上冒出了细细的汗珠，他停下来喘了一口气，用手摸了摸自己的腰，接着又扫了起来。扫完了院子，走到大门口先把里面的石板路扫干净了，开了大门，一直扫到了大门外边。他停下手来伸了一下腰，双手扶着扫帚，望着不远处的中陵河陷入了沉思。过了好一会儿才缓过神来，把扫帚扛在肩上，又看了半天光秃秃的门头才走回了院子里。

书院里只剩下了康二小、古宫臣和柳秀慧三人，显得空旷无比。中午饭很简单，康二小在忙着做席，等到了晚上再好好地吃席吧。

饭菜摆了上来，完全是按照平鲁县娶媳妇的席面做的。八凉八热，荤素搭配得当。凉菜有凉拌猪头肉、凉拌猪耳、老汤牛肉、五香兔头，这是凉荤菜。还有四个凉素菜，凉拌豆芽、山药芥子调凉粉、凉拌菠菜、凉拌豆腐皮。八个热菜也是四荤四素，有红烧猪肉、红烧羊肉、牛肉丸子、东坡肘子、糖山药、油剥豆腐、白豆腐烩粉、香菇炖萝卜。主食是油炸糕，还有一个蛋花海带汤。古宫臣吃惊地看着这一桌子菜感慨万千。康二小拿出一个黑瓷酒壶，摆上三个白瓷酒杯，斟了满满三杯酒。黑瓷酒壶和白瓷酒杯放到一起显得很不协调，倒是有一种黑白分明的感觉。"古先生，这是您的。"康二小说着把一只斟满了酒的白瓷酒杯放在了古宫臣面前，又把另一只斟满酒的白瓷酒杯放在了柳秀慧面前。红着脸说道："柳……

柳……嗨，今天应该改口了啊，应该叫师母了吧。"柳秀慧的脸上泛起了红晕，有些不好意思了。平时在古宫臣面前不太说话的康二小此时倒是打开了话匣子，不停地说着话。他不善饮酒，几杯酒下肚，脸也红了，说话有些乱了。康二小又拿起酒杯说："古先生、柳师母，祝你们结婚幸福、白头到老。"说着一口喝了下去。古宫臣看了看柳秀慧，用手摸了摸额头，笑道："是啊，白头到老、白头到老，我的头发还有没白的？"柳秀慧也红着脸笑了。这顿饭一直吃了一个多时辰，古宫臣和康二小都喝多了。古宫臣问道："康二小啊，我们认识有三十三年了吧。"康二小抬眼看了看柳秀慧，出口说道："要是从您第一天见到我算起，到今天是三十三年六个月十九天。"古宫臣和柳秀慧相互看了一下，想不到康二小记得这么清楚。别看康二小瘦小，但是他心灵手巧，凡是书院的事情，样样干得出色，从不偷懒。他也从来不和生人交往，老实本分，属于爱认个死理的那种人。柳秀慧看了看古宫臣，又看了看康二小，说道："天也不早了，今天别喝了，还有这么一大桌席呢，够咱们吃好几天。明天再喝吧。"康二小叹了口气失望地说道："明天……明天……还有明天？"边说边晃晃悠悠地站了起来，开始收拾饭桌，柳秀慧也帮着他一起收拾。古宫臣开了门，站到门外的院子里深深地吸了一口气，感觉清醒了许多。深蓝色的天空中星星闪烁着，好似人间众生繁忙的身影。我该是哪一颗星呢？柳秀慧又是哪一颗呢？康二小该是……忽然，一颗星星坠落了，划了一条长长的弧线。

　　康二小点亮灯笼递给了柳秀慧："天黑得厉害，拿着吧。明天不用拿过来了，你留着用吧。"柳秀慧接过灯笼和古宫臣一起向后院走去。过了好一阵，也没有听到往日熟悉的关门声。她转身看了看，门口黑洞洞的啥也看不见，但她能够感觉到康二小那双眼睛正在黑暗中看着她。那目光中交织着爱和无奈。这种爱是无缘无故的，原始纯净的。这种无奈是一种强烈压抑下的服从，只要这种爱和这种无奈交织在一起，其结果只有两种，一种是得到，一种是毁灭。想到这里，柳秀慧的脊背不由得阵阵发凉。

柳秀慧在不安和忐忑中度过了她的新婚之夜。她有些不习惯，这些年她已经习惯了一个人住，虽然和心爱的人在一起，而且是期盼多年的愿望已经实现了，却感到了一种从未有过的孤独与失落。古宫臣也感觉有些不对劲儿。身边睡着一个人，虽然是个女人，但没有一丝新婚的浪漫和洞房花烛夜的激情。于是，两个人说开了话，海阔天空地聊了一个晚上。天光放亮了，两人起床后，古宫臣像往常一样拿了一把扫帚扫着院子。打扫屋子的事情从今天起就由柳秀慧去做了。

古宫臣扫到康二小住着的窑洞门口，看见门开着。他喊了一声："康二小，起这么早啊。"过了好一阵，里面没有应声。他走了进去，看到康二小穿着以前给他做的那身学生装还在睡觉。他又喊了一声，康二小还是没有回应，直挺挺地躺在那里。古宫臣觉得有些不对劲，伸手摸了摸康二小的脸，冰凉冰凉的。俯下身仔细看了看，发现嘴角和鼻孔有血流出，已经凝固了。枕头旁边放着一张揉得皱巴巴的、包药用过的黄色麻纸。古宫臣拿起来放到鼻子底下闻了闻，一股砒霜味儿直入鼻孔。"康二小啊康二小，你怎么会这样！"

康二小喝砒霜死了。就在古宫臣和柳秀慧结婚的当天晚上。

古宫臣正准备给康二小办个隆重的葬礼，却接到了牺盟会老李的通知，让他赶紧撤离，日军明天就会攻城。一昼夜之间古宫臣明显老了许多，头发竟然白了一半。古宫臣又想到了他教过的学生，一茬又一茬，大多都能够叫上名字来。

上午，洪殊、墨仁、蓝宪、水生和黄存财一起来到了固山书院，古宫臣说道："康二小自杀了，他给你们也做过饭，本来应该把他厚葬，可是已经来不及了，你们抓紧时间买上口棺材，把他葬到他母亲的坟地里。下午你们也走吧。"古宫臣说着把一摞银元递给了洪殊。几个人连忙走了出去，买棺材的买棺材，买东西的买东西，都去忙了。

古宫臣走进了柳秀慧的窑洞，阳光照在白色的窗户纸上，反射着明亮柔和的光。中间的墙上挂着一幅山水画，画的下面摆着一张榆木做的八仙桌，桌子的两边各摆着一张太师椅。西面的墙上挂着一幅临帖字，是王羲之的《兰亭序》。东面的墙上挂着两幅柳秀慧的学生写的字，下面摆着十几盆水仙花。地上的方砖擦得油光滑亮，一尘不染。

柳秀慧见古宫臣看得这么仔细，就笑着说道："你从来没有这样看过我住的窑洞，今天这是怎么了？"古宫臣说道："不管多好的东西都会失去的，就像这固山书院，我们修了多少次，最后还是保不住！"古宫臣看了看柳秀慧，又说道："走吧，回家去看看母亲，让她老人家也放心。你这……新媳妇总得见见婆婆。"古宫臣回到了家里，母亲高兴地说："等到日本人走了，我好好地给你们补办个婚礼。"古宫臣说："娘，这事以后再说，日本人就要进城了，您跟我们走还是和乡亲们一起走？""我哪儿也不去。"母亲说道。古宫臣说："您还是和小翠出去躲一躲吧，等到安全一些了再回来。"母亲说："好吧，我明天就去付家卯。柳姑娘，你把这个拿上，也是我这当婆婆的一点心意。"说着就把一对金镯子递给了柳秀慧。柳秀慧推让了半天才拿上，脸一红说道："娘，谢谢您了！"

埋葬完了康二小，洪殊他们又来到了固山书院，对古宫臣简单说了一下埋葬康二小的情况，然后又说道："我们准备去延安，今天晚上就走，您看看这个。"洪殊说着把一封信递给了古宫臣。古宫臣接过来一看，是古宫桃写的。信中说她带着固山书院的学生过了黄河，在榆林休息几天，然后去延安参军。洪殊他们要是想来就到榆林找她，或者是直接去延安。

去了后找张正和，就是我们县原来的张捕快。古宫臣不说话了，默默地拍了拍洪殊的肩膀，拿出一袋子银元递给他说："把这个也带上，你们路上花，剩下的你编书用。"最后把他们送出了书院的大门。

洪殊他们走远了，直到连背影也看不见了，古宫臣还在那里呆呆地站着，望着洪殊他们离去的方向。在一旁站着的柳秀慧轻轻拉了一下古宫臣的衣服说："走了好一阵了，咱们回去吧。"古宫臣收回了望着远处的目光，喃喃道："这就叫新陈代谢吧，历史规律，谁也抗拒不了。"古宫臣眼睛里的希望与内心的痛苦交织在一起。以往也经常送走毕业生，但心里从来没有像今天这样难受过。

早晨，街道上一片潮乎乎的露水味儿让人有种呼吸不顺畅的感觉，中陵河的河水从西城墙的水口流进了城里，又从南城墙的水口流了出去，慢悠悠的，好像没有了往日的欢腾。往日在这个时候，饭菜的香气早已飘满了大街小巷，而今天却一片萧瑟。几只野狗在空无一人的街道上跑来跑去。

古宫臣和柳秀慧身上各背着一个包袱，手中拿着一根榆木棍子，走出了固山书院的大门，踩着中陵河中的石块过了河，向南城门走去。身后的固山书院显得沧桑而无助，孤独地留在那里。

从大同退下来的军队潮水般涌进了城里，随后就把三个城门用沙袋堵死了。日军来了，黄压压的一大片，步枪上的刺刀在太阳光下闪着寒光。有的步枪上还拴着"膏药旗"，远远望去分外刺眼。开始攻城了，铁甲车开炮了。一发炮弹落在了城楼上，炸得瓦片和砖头乱飞。接着又有几发炮弹落了下来，城墙上燃起了大火。守城的军队一看情况不妙，打开西门就跑，一会儿工夫就跑得无影无踪了。日军开进了城里，肆意烧杀抢掠，固山书院做了日军的兵营和军火库。

1945 年春天的一个夜晚，古宫臣和柳秀慧带着平鲁西山抗日游击队

30 余人摸进了县城，把看管兵营和军火库的岗哨处理掉后，埋下了大量的炸药。古宫臣和柳秀慧撤到城外以后，听着城里惊天动地的爆炸声，迈开大步向前走去。柳秀慧迟疑了一下问道："为啥要炸了呢？"黑暗中的古宫臣摸了摸腰间的手枪，反问道："为啥不炸？"柳秀慧又迟疑了一下，啥话也没有说。这时，一个游击队员问道："古队长，为啥不炸大门呢，来个一锅端该多好！"古宫臣伸手拍了拍那个队员的肩膀，借着天光辨认了一下方向，高声说了一句："快撤！"

1948 年春，古宫臣和柳秀慧一起南下四川支援新区建设。全国解放后，他当上了四川某高校的校长，柳秀慧当上了一所中专学校的校长。1956 年，在一个细雨绵绵的秋日，洪殊的儿子洪留世来四川成都开会，专门来学校看他。从洪留世的口中得知政府在原来固山书院的旧址上修建了新的学校，校名叫"平鲁城中学"。

古宫臣心里想：书院、学校，学校、书院，这是一种历史的延续。就像学生、老师，老师、学生是一种知识的延续。同样，儿子、父亲，父亲、儿子是一种生命的延续。我们每个人都是其中的一个环节，谁也逃离不了。固山书院虽然没了，平鲁的教育还在发展。

中午吃饭时，洪留世告诉古宫臣和柳秀慧传说中的金砖在新建学校挖地基时找到了，有 5 斤多重，金砖的下面还有一坛子银元，有 6000 多块，全部上交给了政府。古宫臣听到后心里感到了一种前所未有的畅快。他放下手中的筷子说："留世啊，明年我就 65 岁了，组织上已经批准了我的退休申请，将来我是要回去的，柳秀慧也要回去的，到时候你可要……帮一把！"洪留世一惊，看着笑眯眯的古宫臣不知说什么好。转而一想，又意味深长地点了点头。

古宫臣和柳秀慧对视了一下后对洪留世说道："留世啊，拜托你个事儿，你每年清明节去祭奠一下康二小，给他烧点纸。他就葬在北固山东面的山坡上，很好找的，烧纸的费用我每年给你邮回去。"洪留世说道："我知道那个地方，现在人们叫'乱坟滩'，人们说的康二小原来埋在那里……我一定办到，您就放心吧！"

古宫臣和柳秀慧送洪留世出门时才知道，洪留世是现在的平鲁城中学的校长，蓝宪的儿子蓝世飞在河北某军校当校长，墨仁的儿子墨年渠也是县城里的小学校长，女儿墨萍在北京上大学。"水生是个啥情况？"古宫臣问道。洪留世说："水生叔……他已经殁了……不过他儿子水来道也上了大学。"

洪殊、蓝宪、墨仁、水生，这四个人是古宫臣当年最心爱的学生，古宫臣猛然想到，把这些名字连起来不就是一首内涵深刻的打油诗吗：

红蓝墨水，

书写人生。

是非曲折，

后人评说。